CISNE

Jude Devereaux

Jude Devereaux

La Heredera

Traducción de
Gloria Méndez

COLECCIÓN CISNE

Título original: *The Heiress*
Diseño de la portada: Método, S. L.
Ilustración de la portada: Steven Assel

Primera edición en U.S.A.: julio, 2000

© 1996, Jude Devereaux
© de la traducción: Gloria Méndez
© 1998, Plaza & Janés Editores, S. A.
   Travessera de Gràcia, 47-49. 08021 Barcelona

Printed in Spain – Impreso en España

ISBN: 0-553-06130-5

Distributed by B.D.D.

1

Inglaterra, 1572

—¡La heredera de Maidenhall!

Joby sintió que la embargaba la emoción al ver a su hermano Jamie sentado junto a su hermana mayor, Berengaria, en la cabecera de la mesa. Ya no le impresionaba la belleza de ambos como cuando era pequeña. Su padre solía tomarla en brazos, levantarla por encima de su cabeza y prometerle que crecería hasta convertirse en una mujer igual de bella que su hermana Berengaria.

Pero resultó mentira. Desgraciadamente no sólo no acertó en eso sino en casi nada. Se equivocó cuando juró que nunca les faltaría de comer, ni un lugar cálido y cómodo donde vivir. Se equivocó cuando afirmó que su madre dejaría de estar siempre en las nubes. Y, sobre todo, se equivocó cuando declaró que viviría para siempre.

Se tocó el cabello mientras contemplaba embelesada a su hermano. Joby había derrotado a unos muchachos en un juego y ellos le habían llenado la cabeza de miel y agujas de pino para vengarse. Le habían tenido que cortar el cabello pero afortunadamente sus rizos negros habían vuelto a crecer y volvía a ser una joven bastante bonita.

–¡La heredera de Maidenhall! –repitió–. ¡Oh, Jamie, piensa en todo ese maravilloso dinero! ¿Crees que utiliza una bañera de oro? ¿Se acuesta con collares de esmeraldas?

–No se acuesta con nada –murmuró Rhys, el criado de Jamie–. Su padre la tiene tan vigilada como a su oro.

Rhys se quejó al recibir la patada que le propinó por debajo de la mesa Thomas, el otro criado de Jamie.

Joby sabía que la patada era para acallar a Rhys porque pensaban que a los doce años no sabía nada de la vida y procuraban que siguiese siendo así. Joby no tenía previsto desengañarles y explicarles lo que sabía porque le parecía que ya le imponían demasiadas restricciones y no quería que le restasen aún más libertad. Si alguno de los adultos que la rodeaban se enteraba de lo que sabía, empezarían a preguntarse dónde había aprendido cosas que supuestamente debía ignorar.

A Jamie le brillaban los ojos.

–Es posible que no duerma con esmeraldas, pero también lo es que utilice un camisón de seda.

–Seda… –repitió Joby ensimismada–. ¿Seda italiana o francesa?

Todos los comensales rieron y Joby supo que los había cautivado. No llamaba la atención por su belleza, pero era capaz de hacer reír a la gente.

Esa rama de la familia Montgomery no podía pagar bufones o entretenimientos varios que animasen sus comidas –de hecho, apenas podían permitirse las comidas–, pero Joby hacía lo que podía para animar las reuniones.

Dio un salto, se subió a la mesa y aterrizó de nuevo sobre el frío suelo de piedra del viejo castillo.

Jamie frunció ligeramente el entrecejo y miró a su madre, que comía tan poco que todos se preguntaban cómo hacía para sobrevivir. La falta de modales de Joby no lograba sacar a su madre de su eterno estado de ensimismamiento. Miraba vagamente en dirección a su hija menor pero Jamie no sabía si llegaba a verla. Y de hacerlo, si recordaba quién era. Su madre podía llamar Edward o Berengaria a Joby, aunque de vez en cuando pronunciaba su verdadero nombre: Margaret.

Jamie observó de nuevo a su hermana pequeña; como de costumbre, vestía como un paje: con mallas y un jubón. Se dijo que debía intentar por enésima vez obligarla a que empezase a vestirse como una jovencita, pero sabía que la quería demasiado para ello. Ya habría tiempo para que creciese y se enfrentase a la crueldad de la vida. Cuanto más tiempo durase su niñez, mejor.

–¿Cómo crees que se viste todas las mañanas? –preguntó Joby, de pie frente a ellos. Sólo había cinco comensales y unos pocos criados en la cocina pero a ella le gustaba imaginar que se encontraba ante cientos de personas y que iba a dar un espectáculo ante la reina.

Joby imitó los gestos de una mujer que se despierta, se despereza y bosteza.

–¡Traedme mi orinal de oro! –pidió, y su hermana lanzó una sonora carcajada. Sabía que si lograba hacer reír a Berengaria, Jamie le permitiría seguir con su actuación.

Joby realizó movimientos vulgares dando a entender que se levantaba el camisón y se sentaba sobre el orinal.

–¡Oh, Dios mío, estas esmeraldas me producen un cosquilleo encantador…! –exclamó estremeciéndose.

Jamie, que susurraba algo al oído de Berengaria, arqueó una ceja para avisar a Joby que cambiase de estilo.

Joby prosiguió.

–¡Rápido, traedme mi vestido! ¡No, éste no! Ni ése, ni aquél ni el de más allá… ¡No, estúpidos, no! ¿Cuántas veces tengo que explicaros que ya me he puesto esos vestidos una vez? Quiero ropa nueva. Estrenar algo cada día. ¿Este vestido es nuevo? ¿Cómo esperáis que la heredera de Maidenhall vista algo semejante? La seda es demasiado fina… ¡se rompería en cuanto me lo pusiese!

Rhys rió, e incluso Thomas, que rara vez reía, sonrió. Estaban acostumbrados a ver a las mujeres en la corte con vestidos tan tiesos y ceñidos que parecían tallas de madera.

—Esto es otra cosa… —prosiguió Joby, dando un paso atrás para contemplar un vestido imaginario—. Éste es más de mi agrado. Sirvientes, levantadme para que pueda meterme dentro.

Thomas sonrió tan abiertamente que hasta mostró su dentadura.

Jamie no pudo reprimir una carcajada.

Joby se levantó y se agachó como si la estuviesen metiendo con poleas en un vestido rígido.

—Ahora veamos mis joyas —dijo al tiempo que fingía tener ante sí un tesoro—. Hay esmeraldas, rubíes y perlas pero no sé cuál escoger. —Hizo una pausa como si reflexionase—. ¿Escoger? ¿Quién puede escoger entre una joya y otra? ¡Me las pondré todas!

Colocó las piernas como si se preparase para recibir un gran peso y abrió los brazos.

—¡Sirvientes, levantadme de nuevo y colocadme las joyas!

Todos reían. Joby estiró primero un pie, luego el otro y por fin un brazo. A continuación tensó el cuello como si estuviesen a punto de ahorcarla y se tiró de las orejas como si llevase unos pesados pendientes. Por fin, alzó los hombros para simular que su cabeza se hundía bajo el peso de una enorme corona.

Para entonces, todos, sirvientes, criados y familiares reían a mandíbula batiente. Todos excepto la madre de Joby.

—¡Soltadme! —ordenó Joby a sus sirvientes imaginarios. Se bamboleó hacia la derecha y luego hacia la izquierda, como si fuese un marinero borracho en la quilla de un barco en plena tormenta. Fingió estar a punto de caerse, pero conservó el equilibrio con una expresión muy digna en el rostro.

Los comensales intentaron recuperar la compostura al tiempo que se preguntaban qué vendría a continuación.

—Bien… —dijo con tono solemne—, ya estoy lista para que venga el hombre que ha de acompañarme a mí, la joven más rica de Inglaterra, hasta el otro extremo del país. Veremos si es bastante bueno como para llevarme hasta donde vive el caballero que mi padre ha escogido para que sea mi esposo. ¡Habladme de él!

Todos miraron a Jamie, que bajaba tímidamente la cabeza sin soltar la mano de Berengaria. Llevaba pocos días en casa y no soportaba tener lejos a sus familiares: necesitaba verles y tocarles.

—James Montgomery —continuó Joby—. ¡Ah, sí! He oído hablar de su familia. Tienen dinero, pero no mucho. Claro que, en realidad, nadie tiene una fortuna comparable con la mía, ¿verdad? ¿Cómo? ¡Gritad, no puedo oíros! ¡Sé que soy muy rica pero me gusta que me lo digan en voz alta!

Guardó silencio unos instantes, contemplando su brazo izquierdo.

—¿De qué estaba hablando? ¡Ah, sí! De ese hombre que tendrá el privilegio de escoltarme. Es un Montgomery. ¿Qué decís? ¿Pertenece a la rama pobre de los Montgomery? —Frunció la nariz en un gesto divertido que pretendía simular sorpresa—. ¿Pobre? No conozco esa palabra. Por favor, explíquenme qué quiere decir.

Esperó a que cesaran las carcajadas y prosiguió.

—Ya entiendo… Es la gente que sólo tiene cien vestidos de seda y joyas pequeñas. ¿Cómo? ¿Que no tienen ninguna joya? ¿Y tampoco vestidos de seda? ¿Cómo es posible? ¿Quieren decir que ese hombre vive en una casa con goteras y que a veces no puede permitirse el comer carne?

Jamie frunció el entrecejo. Ésa era la verdadera razón por la cual había aceptado un trabajo tan degradante como era el escoltar a una heredera rica y malcriada a través de Inglaterra para llevarla junto a su igualmente rico prometido. Sin embargo, no le gustaba que se dijera.

Joby no hizo caso del gesto de su hermano.

—Si no tiene nada que comer, ha de ser… muy bajito —apuntó.

Jamie rió y olvidó sus problemas. Estaba satisfecho de su altura.

—¿Tendré que llevarlas en una caja? —preguntó, estirando las manos como si exhibieran cientos de joyas. Mantenía los dedos separados para simular que llevaba anillos tan grandes que no podía cerrar la mano—. Las llevaré en un joyero —prosiguió—. Así podré llevar todas mis joyas. ¿Cómo? ¿Que todavía no se ha fabricado el joyero en que puedan llevarse? ¿Qué pretenden? Ah… ya entiendo… no es bajito ni pequeño, ¿verdad? No come pero no es enano. Bueno, no estoy segura de comprenderlo… lo mejor será que le hagan pasar. Veamos a ese… ese… ¿Cómo era? ¡Ah, sí!: pobre. Veamos a ese… este… pobre.

Joby se comportó como la heredera de Maidenhall, exageradamente erguida, soportando estoicamente el peso ingente de sus joyas mientras esperaba la llegada de James Montgomery.

Imitó el chirriar de una puerta.

—Sé de buena tinta —dijo en un aparte— que las bisagras de oro chirrían un horror. Por eso nosotros no las usamos.

Joby fingió sorpresa: abrió la boca y los ojos y se puso una mano delante como si la deslumbrase una luz cegadora.

—¡Es tan guapo! —exclamó dando un largo suspiro.

Jamie se sonrojó y sus criados, que estaban hartos de que las mujeres no quisieran nada con ellos debido a la hermosura de su amo, sintieron ganas de reír.

—¡No hay joya en el mundo que se pueda comparar con una belleza semejante! —exclamó Joby para que se la oyese por encima de las carcajadas de los demás—. Ha de ser mío. Ha de serlo, ha de serlo y ha de serlo. ¡Criado! —llamó al tiempo que fingía quitarse montones de joyas de los brazos, cuello y orejas y lanzárselas a él—. Cásese conmigo —rogó—. No puedo vivir sin usted. Es lo que llevo esperando toda la vida. A su lado las esmeraldas carecen de interés, no pueden competir con el brillo de sus ojos. Las perlas son oscuras comparadas con su piel. Los diamantes no logran…

Se detuvo cuando Jamie le lanzó el cojín sobre el que estaba sentado y le dio de lleno en el pecho. Lo agarró y lo abrazó suavemente.

—Me lo envía mi adorado señor. Estaba… ¡oh, cuánta emoción!, estaba sentado encima. Esa noble parte de su cuerpo lo ha tocado… ¡Ojalá mis ojos y mis labios pudiesen compartir la misma dicha que tuvo este cojín!

De pronto Jamie pegó un brinco y le tapó la boca con la mano. Joby le mordió el dedo pequeño y su hermano la soltó.

—Moriría con tal de sentir sus brazos rodeándome —proclamó.

—Morirás si no te callas —amenazó Jamie—. ¿Dónde has aprendido a hablar así? No, mejor no me lo cuentes. Supongo que no te importa herir mis sentimientos, pero te ruego que pienses en tu querida hermana.

Joby miró por detrás de su hermano a Berengaria, que se había sonrojado. A ambas hermanas les interesaba dar a entender que Berengaria era tan angelical e inocente como parecía. Lo cierto era que Joby le contaba todo a su hermana, a menudo la distraía hasta la madrugada explicándole su última escapada.

–¡Es suficiente! –advirtió Jamie mirando a los presentes para que ninguno se creyera libre de pecado–. Ya os habéis burlado bastante de mí. Dime, hermanita, ¿de qué te mofabas cuando yo no estaba?

–Era todo muy aburrido –contestó Joby, tan ocurrente como siempre–. Después de que padre y Edward… –Dio un respingo y se llevó la mano a la boca.

Se produjo un silencio. Todos habían olvidado que dos días antes habían asistido a un doble funeral. En realidad, la casa estaba de luto riguroso tras la muerte del padre y del primogénito de esa rama de los Montgomery. Aunque el hijo nunca había participado en la vida del castillo y el padre vivía enclaustrado en una habitación en lo alto de la torre. Es difícil llorar por gente con la que casi no se tiene trato o a la que no se echa en falta, como era el caso de Edward.

–Sí –asintió Jamie, sereno–. Creo que va siendo hora de que recordemos por qué estamos aquí. –Caminó erguido, con la espalda rígida, y rodeó la mesa para acompañar a Berengaria hasta su cuarto. Minutos después se quedó a solas con su hermana.

–¿Por qué no me ha avisado nadie? –preguntó Jamie, de pie frente a la ventana de la habitación de Berengaria. Estiró la mano y arrancó un trozo de piedra. La pared estaba dañada por la humedad. Años atrás habían vendido las gárgolas y ahora el agua resbalaba por los muros.

Se giró y contempló a su hermana, sentada sobre una silla acolchada. Era una silla más propia de una choza de campesinos que de una propiedad de rancio abolengo.

–¿Por qué no me ha avisado nadie? –insistió.

Berengaria estuvo a punto de darle una excusa, pero finalmente le contó la verdad.

–Por orgullo, esa maldición de los Montgomery. –Hizo una pausa y sonrió–. El mismo orgullo que hace que te duela el estómago y tengas que trabajar. Dime, ¿sigues conservando la daga que te regaló padre?

Jamie no entendía a qué venía aquella pregunta hasta que se dio cuenta de que empuñaba la daga. Tenía una hermosa empuñadura, aunque hacía años que habían sustituido las piedras preciosas por cristales. Sin embargo, cuando le daba el sol, la daga seguía conservando su aspecto señorial.

Sonrió.

—Había olvidado lo bien que me conoces. —Se sentó a sus pies, apoyó la cabeza en el regazo de su hermana y cerró los ojos mientras ella le acariciaba el cabello. No he conocido a ninguna mujer más bella que tú —murmuró.

—¿No es un poco presuntuoso por tu parte teniendo en cuenta que somos gemelos?

Le besó la mano.

—Yo estoy feo y estropeado mientras que por ti no han pasado los años.

—Por mí no ha pasado nada… —se burló de su virginidad.

A Jamie no le hizo gracia.

—No sirve de nada —comentó con una dulce sonrisa; alzó una mano y la colocó ante sus ojos—. No vería ni una antorcha colocada ante mí. No tengo esperanza, ningún hombre desea una mujer ciega. Para lo que sirvo, mejor hubiese sido que no naciese.

Jamie se puso en pie con brusquedad.

—¡Jamie, lo siento! No debería decir algo así… es poco delicado por mi parte. Por favor, vuelve a mi lado. Deja que te acaricie. Por favor.

Él volvió a sentarse, con cierto desasosiego. Se sentía culpable. Eran gemelos pero él era algo mayor y había tardado horas en nacer. Cuando Berengaria pudo salir, tenía el cordón umbilical enrollado alrededor del cuello y no tardaron en descubrir su ceguera. Según la comadrona, la culpa era de Jamie por tardar tanto en nacer, de modo que él jamás pudo perdonarse lo que le había hecho a su bella hermana.

Siempre había permanecido cerca de ella, sin perder jamás la paciencia y sin cansarse de su compañía. La ayudaba en todo cuanto podía: la animaba a que diese paseos por el campo e incluso a montar a caballo sola.

El único que no veía mérito alguno en su comportamiento era su hermano Edward. Cada vez que alguien elogiaba el hecho de que dejase de ir con sus amigos para ir a coger moras con su hermana, Edward argumentaba: «Por su culpa es ciega. Es natural que intente compensarla.»

Jamie suspiró.

—¿De modo que nadie me contó lo que hacía Edward por orgullo? —preguntó intentando regresar al presente. Seguía sintiéndose muy culpable. Culpable por haber abandonado a su hermana que tanto lo necesitaba, y por todo lo que había pasado después de su partida.

—Deja de torturarte —repuso Berengaria, estirando el cabello negro de su hermano para que la mirase. Era difícil creer que aquellos hermosos ojos azules de largas pestañas no podían ver—. Si no dejas de apiadarte de mí te dejaré calvo —amenazó estirando aún más fuerte.

—De acuerdo —contestó sonriente al tiempo que su hermana le soltaba el cabello. Luego le tomó una de las manos, se la llevó al pecho y la besó—. No puedo evitar sentirme culpable. Sabía bien cómo eran Edward y nuestro padre.

—Sí —asintió ella con una mueca—. Padre no levantaba la nariz de sus libros a menos que le obligasen, y Edward era un cerdo. No había muchacha del pueblo mayor de diez años que no cayera en sus garras. Murió joven porque el demonio estaba tan orgulloso de él que quiso que estuviese siempre a su lado.

Jamie sonrió a su pesar.

—No sabes cuánto te he echado de menos estos meses.

—Años, querido hermano, han sido años.

—¿Por qué las mujeres siempre recuerdan los detalles más insignificantes?

Berengaria le estiró la oreja hasta hacerle gemir.

—Deja de hablar de las mujeres y cuéntame más sobre esa empresa en la que vas a participar.

—¡Qué amable eres! Haces que escoltar a una rica heredera a través del país suene como una tarea caballerosa y sacra.

—Lo será si tú participas. No entiendo cómo Edward y tú podíais ser hermanos.

—A veces me pregunto de quién era hijo, ya sabes que nació cinco meses después de que nuestros padres contrajeran matrimonio —explicó Jamie con cinismo.

Si otra persona hubiese dicho aquello, Berengaria habría defendido el buen nombre de su madre, que había perdido el juicio hacía años.

—Un día hablé de eso con madre.

—¿Y qué te dijo?

—Movió su mano y dijo que aquel verano había conocido a tantos jóvenes encantadores que no recordaba a ciencia cierta de quién podía tratarse.

Jamie se sintió herido y ofendido, pero conocía demasiado bien a su madre, de modo que se relajó y sonrió.

—Si su familia se enteró de que estaba embarazada, ¿quién mejor que padre para casarse con ella? Ya imagino a la abuela anunciándole que había llegado la hora de casarse y pidiéndole que levantase la cabeza de los libros durante unos minutos.

—¿Crees que pasó la noche de bodas leyendo? Jamie… ¿crees que nosotros podemos ser…? —Abrió los ojos de par en par.

—Incluso los monjes dejan los libros de vez en cuando. Además, fíjate: somos iguales a nuestros primos. Y Joby es el vivo retrato de padre.

—Así es —asintió—. De modo que ya te lo habías planteado, ¿verdad?

—En un par de ocasiones.

—Supongo que cada vez que Edward te arrojaba al estiércol de los caballos o te ataba a la rama de un árbol, o cuando destrozaba todas tus cosas.

—O cuando te insultaba —añadió Jamie con ternura y se puso serio—. O cuando intentó casarte con Henry Oliver.

Berengaria protestó.

—Henry continúa pretendiendo a madre.

—¿Sigue teniendo la inteligencia de una zanahoria?

—Yo diría que la de un rábano —dijo pestañeando para ocultar el desespero que sentía al tomar conciencia de que la única petición de mano que le habían dirigido provenía de una persona como Henry Oliver—. Por favor, no hablemos más de Edward ni de cómo diezmó lo poco que nos quedaba. Y tampoco hablemos más de… de ese hombre. Cuéntame más acerca de tu heredera.

Jamie se dispuso a protestar pero optó por callar. «Su» heredera tenía mucho que ver con el jugador, mujeriego y depravado de Edward. Mientras Jamie luchaba y arriesgaba su vida por la reina, Edward se había dedicado a vender todo cuanto poseía su familia para comprar caballos (a los que acababa por romper una pata o el cuello), ropas elegantes (que perdía o estropeaba) y para invertir en un sinfín de apuestas (que perdía sistemáticamente).

Mientras Edward llevaba a la familia a la bancarrota, el padre se había encerrado en la torre para escribir una historia general del mundo. Apenas comía y dormía. No veía a nadie y no hablaba con nadie. Se limitaba a escribir: día y noche. Cuando Berengaria y Joby acudieron a hablar con él, con pruebas de las fechorías de Edward entre las que figuraban cesiones de tierras con las que pretendía pagar sus deudas, su padre respondió: «¿Qué puedo hacer? Algún día todo será suyo y hará lo que le plazca. Tengo que acabar este libro antes de morir.»

Pero una fiebre había segado la vida del padre y de Edward. Habían enfermado repentinamente y muerto en menos de dos días.

Cuando Jamie regresó para los funerales, encontró la propiedad en un estado lamentable. Había vendido todas las tierras, salvo la que ocupaba el viejo castillo. El año anterior habían vendido la casa solariega con todos los campos y las casas donde vivían los campesinos.

Jamie había tardado días en calmar su indignación.

—¿Cómo esperaba que sobrevivieseis? —había preguntado—. Sin los pagos de los campesinos ni las cosechas, ¿cómo ibais a alimentaros?

—Con lo que él ganara en el juego, por supuesto. Siempre afirmaba que iba a ganar una fortuna en la próxima apuesta —había explicado Joby con un tono que la hizo parecer a la vez prematuramente vieja y terriblemente joven. Arqueó una ceja y prosiguió—: ¿No sería mejor que dedicases menos tiempo a pensar en cosas que ya no tienen solución y te centraras en cuidar lo que todavía tenemos? —había dicho señalando con la mirada a Berengaria.

Joby sabía que ningún hombre aceptaría una esposa ciega, por hermosa que fuera o por importante que fuese su dote. Berengaria formaría siempre parte de las responsabilidades de Jamie.

—Orgullo —murmuró ahora—. Es cierto, tú y Joby teníais demasiado orgullo para pedirme que volviese a casa.

—No; yo tenía demasiado orgullo. Joby opinaba que… Bueno, quizá sea mejor no repetirlo.

—Supongo que me consideraría un cobarde por dejaros solas en manos de un monstruo como Edward.

—Eres más amable contigo mismo de lo que ella fue —aclaró Berengaria mientras sonreía al recordar las palabras exactas de Joby—. ¿Dónde aprenderá todas esas palabras malsonantes?

Jamie hizo una mueca.

—Sin duda Joby es una Montgomery. Nuestro padre tenía razón cuando se quejaba de que Job no pasó tantas penas como él con su hija pequeña.

—Nuestro padre odiaba todo lo que lo alejaba de sus queridos libros —sentenció con amargura—. Pero por lo menos Joby podía leer en voz alta para él mientras que yo no.

Jamie estrechó su mano y por unos segundos ambos se sumieron en un mundo de recuerdos pesarosos.

—¡Ya basta! —exclamó al cabo Berengaria—. ¡Háblame de tu heredera!

—No es mía. Va a casarse con un Bolingbrooke.

—¡Menuda fortuna! —suspiró Berengaria ensimismada—. ¿Crees que quemarán grandes troncos cada día para mantener la casa caliente?

Jamie rió.

—Joby sueña con joyas y vestidos de seda, y tú con no pasar frío.

—Sueño con mucho más que eso —matizó con ternura—. Sueño con que te cases con la heredera.

Jamie se sintió incómodo, le soltó la mano y se dirigió hacia la ventana. Sacó la daga de su funda y se puso a juguetear con ella sin darse cuenta.

—¿Por qué las mujeres ven posibilidades románticas en todo?

—¿Romanticismo? —contestó exaltada—. Yo lo que quiero es tener algo que llevarme a la boca. ¿Tienes idea de lo que supone no comer más que lentejas durante un mes? ¿Sabes el efecto que producen en el estómago, por no hablar del intestino…?

Jamie le puso las manos sobre los hombros y la obligó a reclinarse sobre la silla.

—Lo siento. Yo… —¿Qué podía decir? Mientras su familia había pasado necesidad, él había compartido mesa con la reina.

—No es culpa tuya —agregó con ternura—. Pero cuando se come pan duro, se olvida pronto el romanticismo y se piensa en lo que se tiene. Podríamos acudir a nuestros familiares ricos y solicitar su piedad. Podríamos comer bien tres veces al día.

Jamie la miró con una ceja arqueada.

—Si cabe esa posibilidad, ¿por qué no lo habéis hecho hace años, tú y nuestra querida y bocazas hermana menor? A Edward no le hubiese importado y padre no se hubiese dado cuenta. ¿Por qué optasteis por quedaros aquí a comer bazofia?

Berengaria esbozó una sonrisa y ambos pronunciaron al unísono la respuesta, como solían hacer:

—Por orgullo.

—Es una pena que el orgullo no se venda —comentó Jamie—. De lo contrario seríamos más ricos que la heredera de Maidenhall.

Ambos soltaron una carcajada; «más rico que la heredera de Maidenhall» era una frase hecha en toda Inglaterra y Jamie la había escuchado incluso en Francia.

—No podemos vender nuestro orgullo —dijo Berengaria—, pero tenemos algo muy valioso.

—Cuéntame de qué se trata… ¿Acaso ahora compran edificios en ruinas? Podríamos extender el rumor de que el agua del molino tiene propiedades curativas para atraer a enfermos ricos. O podríamos…

—Tu belleza.

—… vender el estiércol de las cuadras —prosiguió—. O podríamos… ¿Mi qué?

—Tu belleza. Joby lo dijo muy bien antes. Piensa en ello. ¿Qué no puede comprar el dinero?

—Pocas cosas, en realidad.

—No puede comprar belleza.

—Empiezo a entender. Puedo vender mi… belleza, como tú la llamas, si es que la poseo. —Sus ojos brillaban como siempre que se burlaba de algo—. ¿Y cómo sabes que no soy tan desagradable como... un plato de lentejas?

—Jamie, no puedo ver pero no estoy tan ciega —aclaró Berengaria como si le hablase a un niño.

Él sofocó una carcajada.

—¿Piensas que no oigo los suspiros de las mujeres cuando pasas o que no he escuchado sus sucios comentarios cuando hablan de lo que les gustaría hacer contigo?

—Suena interesante, cuéntame.

—¡Jamie, estoy hablando en serio!

Él puso una mano sobre su hombro y se inclinó hacia su hermana.

—Mi dulce hermana pequeña —dijo a pesar de que sólo había nacido minutos antes que ella–, no me escuchas. Voy a escoltar a la rica heredera hasta la casa de su prometido. No necesita un marido: ya tiene uno apalabrado.

—¿Y quién es ese Bolingbrooke?

—Es un hombre rico, como bien sabes. Su padre es casi tan rico como el de ella.

—Entonces ¿para qué necesita más dinero?

Jamie sonrió con ternura. Su hermana había pasado toda su vida en el campo y para ella la riqueza suponía ropas de abrigo y mucha comida. Pero Jamie había viajado y sabía que nunca se tenía suficiente dinero ni suficiente poder. Para la mayoría de la gente, la palabra «demasiado» no tenía sentido.

—No me trates como a una niña —protestó.

—Pero si no he dicho nada... —Levantó las manos en señal de inocencia, con la daga en una de ellas.

—Sí, pero podía oír tus pensamientos. Sabes que la reina ha informado que podría darle un título a Perkin Maidenhall si pagase suficiente dinero.

—Y él ha declinado la oferta. Todos saben que es un tacaño pero por una vez me alegro, de lo contrario no hubiese contratado a alguien tan pobre como yo para escoltar a su preciada hija.

—Eres pobre, sí, pero has heredado los títulos de nuestro padre.

Jamie meditó unos instantes.

—Es cierto —musitó—. Ya soy conde, ¿verdad?

—Y vizconde, y tienes por lo menos tres dignidades de baronet.

—Así es… ¿Crees que debería obligar a Joby a arrodillarse ante mí y a besarme el anillo?

—Jamie, piensa en todas las jóvenes que buscan marido. Eres muy guapo y tienes títulos.

Él se sonrojó.

—Me haces sentir como un pavo para Navidad. Acérquense, muchachas, contemplen este hermoso ejemplar. Observen la calidad de las plumas. ¿No quedaría estupendo en su mesa? Lléveselo y su familia se lo agradecerá eternamente.

Berengaria apretó los labios.

—¿Qué otra esperanza nos queda? ¿Crees que yo podría casarme con un hombre rico? ¿Una joven ciega y sin dote? ¿Y qué me dices de Joby? Ni tiene dote ni es una belleza, y encima tiene un carácter que complica las cosas.

—Exageras —protestó Jamie.

—Y tú te comportas como un tonto.

—Disculpa —respondió—, pero cuando me miro al espejo veo a un joven normal y no a ese Apolo que parecen ver mis dos hermanas. —Tomó aire y trató de calmarse—. Querida Berengaria, yo también he pensado en todo esto. No exactamente en lo que tú estás pensando, pero sé que si me casara con una mujer de dinero se acabarían las penurias de esta familia. Te confieso que cruzó por mi mente la loca idea de que esta joven heredera podría ser la solución.

Berengaria sonrió de una forma que Jamie conocía muy bien, pero él no tenía ganas de sonreír.

—¿Qué estáis tramando? ¿Qué plan habéis urdido? —Ambas hermanas no podían ser más distintas y, a la vez, estar más unidas—. ¡Berengaria! —exclamó—. No pienso participar en vuestro pequeño complot. Acompañaré a la joven hasta la casa de su prometido y me pagarán una buena suma por ello. No haré nada más y me niego a entrar en tu juego o en el de esa mocosa...

Se detuvo y lanzó un gemido. Era capaz de luchar en guerras, guiar a un ejército en una batalla y negociar pactos entre distintos países, pero reconocía que sus dos hermanas podían con él.

—¡No pienso participar! —insistió—. ¡Ni hablar! ¿Queda claro? Berengaria, deja de sonreír de ese modo.

2

—Si se enamora de ti, Jamie, su padre no impedirá la boda. Es su única hija, su única heredera, y él le consentirá cuantos caprichos tenga.

Jamie hubo de reconocer que los argumentos de Joby eran razonables. Hubiese querido matizar un par de cosas, pero no podía porque estaba sujetando un montón de agujas entre los labios. Llevaba toda la mañana y parte de la tarde en ropa interior, con las piernas desnudas viendo como Joby le explicaba al sastre del pueblo y a seis costureras cómo debía ser el traje de un joven destinado a robar el corazón de una rica heredera.

La noche anterior había bebido una buena cantidad de vino mientras escuchaba el descabellado plan que habían tramado sus dos hermanas. Se enteró de más de lo que nunca hubiese querido saber acerca de su pérfido hermano (o hermanastro, como le gustaba imaginar). Edward, no contento con vender las tierras de los Montgomery, las había entregado a hombres de su misma calaña.

—Eran horribles, mentirosos y asesinos… explicó Joby ahora.

—De acuerdo… —interrumpió Jamie—. Pero dime qué hicieron exactamente.

Los nuevos dueños no sabían cómo dirigir una propiedad. Su verdadera pasión era asustar a los campesinos. Quemaban cosechas y casas, violaban a todas las jóvenes vírgenes que encontraban a su paso y cabalgaban por los campos recién sembrados.

Cuando Jamie supo que Joby había tranquilizado a los campesinos prometiéndoles que él lo arreglaría todo a su vuelta, casi se desmayó de la impresión.

—Esas tierras ya no nos pertenecen —recordó.

Berengaria se encogió de hombros.

—Los Montgomery han sido los propietarios de esas tierras durante siglos. ¿Cómo puedes lavarte las manos después de transcurridos dos simples años?

—Es una cuestión de compra y venta: se trata de oro —repuso Jamie, aunque ellas sabían que podía sentir el peso de aquellos siglos sobre sus hombros.

—Hablando de intercambios comerciales… —añadió Joby haciendo señas a uno de los criados.

Jamie se dijo que si la noche anterior no hubiese estado borracho, habría saltado por la ventana y no hubiese dejado de correr hasta encontrarse muy lejos del castillo. No hacía dos semanas que había aceptado escoltar a aquella joven a través de Inglaterra, y sus hermanas ya habían puesto en pie de guerra los tres pueblos que pertenecían a la familia antes de que Edward los vendiese.

Jamie se indignó pensando lo que se habría rumoreado a sus espaldas. Sus hombres tenían tantas ganas de reír que salieron de la habitación. Era como si sus dos hermanas le hubiesen «vendido».

—Sólo vendes tu belleza —había matizado Berengaria como si eso pudiese servirle de consuelo.

—Ya sabes… es como si fueras un purasangre —había

añadido Joby, que no pudo reprimir una carcajada cuando su hermano se abalanzó hacia ella y tuvo que salir huyendo.

La noche anterior habían llegado representantes de todas las casas de los tres pueblos con todas las riquezas que habían logrado salvar (aunque Jamie sospechaba que podía tratarse de objetos robados). Trajeron cucharas de plata, el mango de un aguamanil de oro, monedas con los rostros de antiguos reyes, sacos con plumas de oca, cerditos (uno de los cuales intentó emborracharse igual que Jamie), pieles de animales, la hebilla de un cinturón y unos botones de un vestido elegante, entre otras cosas. La lista parecía interminable.

—¿Alguien podría explicarme para qué es todo esto? —había inquirido Jamie contemplando los objetos que cubrían la mesa y se apilaban en el suelo. El cerdito curioso había volcado todos los vasos que quedaban en la mesa y se había bebido su contenido como si aquel vino intomable le pareciese delicioso.

—Vamos a encargar varios trajes para ti —había explicado Berengaria—. Queremos que estés vestido como un príncipe para que la heredera de Maidenhall se enamore de ti nada más verte.

Al oír semejante tontería, Jamie soltó una carcajada y el cerdito, que se encontraba junto a él, se lo quedó mirando fijamente.

Jamie se dio cuenta de que en la habitación había unas cien personas (algunas parecía que no hubiesen tomado un baño en su vida) y, sin embargo, nadie reía.

—Jamie, eres nuestra única esperanza —admitió Berengaria—. Cualquier mujer se enamoraría de ti.

—¡No! —había protestado. Y dejó caer bruscamente la taza sobre la mesa. Siguió sujetando el asa de la taza rota, tan concentrado que no vio como el cerdito hundía el morro en ella.

—¡No pienso hacerlo! Esa mujer está comprometida

con otro hombre. Su padre jamás consentiría un cambio de planes. –Le hubiese encantado añadir que pensaba casarse por amor, pero sabía que los condes pobres y sin tierras no se podían permitir semejante lujo. Sin embargo, llegado el momento de casarse, quería hacerlo de una forma digna. No tenía dinero pero tenía títulos. Tal vez emparentarse con una familia de ricos comerciantes…

Claro que eso precisamente implicaba casarse con la heredera de Maidenhall. Todo el mundo sabía que era rica pero pocas personas la habían visto en realidad. Era una especie de dama de cuento de hadas. Unos decían que era tan hermosa como una diosa mientras que otros afirmaban que era horrorosa y deforme. Fuese como fuese, lo cierto es que iba a heredar una fortuna.

–No puedo. No quiero. No. ¡Ni hablar!

Eso era lo que había sentenciado la noche anterior, pero ahí estaba, quieto mientras le tomaban medidas para un traje. No pensaba preguntar ni dónde ni cómo habían logrado reunir telas tan maravillosas. Sabía que los sirvientes robaban ropa de los cofres de Edward y suponía que los nuevos propietarios habrían corrido igual suerte y estarían echando de menos alguna prenda.

Pero no pensaba preguntarlo porque prefería no saberlo.

–¡M'mdito ceermdo! –farfulló con las agujas entre sus labios y los brazos extendidos.

Joby le quitó las agujas.

–¿Sí, hermanito?

–¡Quita este maldito cerdo de mis pies!

–Pero él te quiere –comentó Joby mientras los demás intentaban no reír.

Se sentían felices porque creían que Jamie iba a resolver todos sus problemas. Ninguna mujer se le podría resistir. Medía un metro ochenta, pesaba ochenta kilos, tenía hombros anchos, cintura estrecha, muslos musculosos y firmes y un rostro angelical. No era extraño que las mujeres cayesen rendidas a sus pies al ver sus ojos verde oscuro, su cabello negro, su piel color miel, sus labios finos y sus rasgos esculturales.

—Es que este cerdo es hembra —explicó Berengaria. Los demás no pudieron contener la carcajada.

—¡Ya basta! —bramó Jamie viendo cómo la gente se desternillaba de risa.

Apartó bruscamente la chaqueta de terciopelo negro que le estaban probando y lanzó un grito de dolor al clavarse dos agujas en la palma. Tuvo que esperar pacientemente a que Joby se las sacara. Luego cogió su ropa vieja y gastada y se dirigió airado hacia la puerta, sin molestarse en vestirse. El cerdito corrió a sus pies y faltó poco para que le hiciese caer. Jamie se indignó, agarró al animal, lo sacudió y se acercó a una ventana dispuesto a lanzarlo al vacío. Pero de pronto le miró a los ojos y se arrepintió de su arrebato.

—¡Maldita sea! —masculló al tiempo que colocaba bajo el brazo el cerdito. Salió dando un portazo y escuchó cómo todos volvían a reír con estrépito—. ¡Mujeres! —gruñó y apretó el paso escaleras abajo.

3

Axia ni vio ni oyó a nadie hasta que aquel hombre la sujetó por la cintura, le tapó la boca con la mano y la arrastró detrás de un seto. Su corazón latía con fuerza pero ella intentaba mantener la calma. No te pongas nerviosa, sobre todo no pierdas los nervios, se decía. Y de pronto comprendió y perdonó a su padre. Ahora entendía por qué no le había permitido salir de aquellos muros, por qué la había condenado a vivir prácticamente enclaustrada toda su vida. De pronto se preguntó cómo habría entrado aquel hombre en su jardín privado. Los muros estaban rematados con púas de hierro y había perros guardianes por todas partes que avisaban si algún intruso intentaba colarse en la propiedad, al igual que los trabajadores.

El tiempo que tardó el hombre en llevarla detrás del seto le pareció una eternidad. Había estado contemplando un retrato de su hermosa prima Frances, que debía de ser el retrato número veinte que mandaba pintar aquel año, y ahora la secuestraban. ¿Cómo lo sabe?, se preguntó. ¿Cómo sabe quién soy?

El hombre se detuvo y acercó su cuerpo al de Axia, sujetándola por la espalda, con el brazo justo debajo de sus pechos. Nunca había estado tan cerca de un hombre. Su casa estaba llena de espías contratados por su padre y si un hombre (el jardinero, el sastre o cualquier otro) osaba siquiera sonreír, era despedido al poco tiempo.

—Si retiro mi mano, ¿promete no gritar?

Le oía respirar en su oído.

—Es posible que no me crea, pero no pretendo hacerle daño. Sólo busco cierta información.

Axia se relajó. Muchos hombres querían información acerca de su padre, de la casa, de sus posesiones, de cuánto obtendrían si se casaban con ella. Conocía a un sinfín de personas que querían más detalles acerca de la fortuna familiar.

Hizo un gesto de asentimiento. Estaba dispuesta a contarle todo lo que sabía. Todo… es decir, nada, porque eso era lo que ella sabía: nada.

Pero el hombre no retiró la mano de la boca. Axia se dio cuenta de que la miraba de arriba abajo. Tenía la cabeza inclinada hacia atrás, apoyada en su hombro y él pegó la mejilla a su frente.

—Eres una buena presa —comentó. Axia se asustó de verdad por primera vez. Luchó por liberarse—. ¡Deje de moverse! No tengo tiempo para jugar. He de atender asuntos importantes.

Axia se giró y le miró fijamente. Se preguntó si pretendía que se excusara por robarle parte de su tiempo al tener que secuestrarla. Pero el hombre no la miraba, sino que contemplaba a Frances a través de los arbustos.

Axia le mordió la mano repentinamente para que la soltara.

—¿Por qué ha hecho eso? —exclamó en voz baja.

—Haré más si…

Él volvió a taparle la boca.

—Ya le dije que no pretendía hacerle daño. He venido para escoltar a la heredera de Maidenhall a través de toda Inglaterra.

Axia se tranquilizó al comprender la situación. Aquel hombre deseaba saber cómo era su cliente y pensaba que Frances era la heredera. Después de todo era natural que se confundiera, pues Frances vestía como una auténtica reina y vivía con todo el lujo que consideraba oportuno para una joven rica. Dicho de otro modo, si se le cayese una aguja, llamaría a un criado para que la recogiese.

Axia asintió con la cabeza.

—¿No gritará si retiro la mano?

Axia negó con la cabeza.

El hombre apartó la mano y aflojó el brazo que le apretaba la cintura.

Como Axia era una mujer inteligente, aprovechó la oportunidad para intentar alejarse de su captor.

El hombre la arrojó al suelo y colocó su pesado cuerpo sobre ella con tal fuerza que la dejó momentáneamente sin respiración.

Cuando se hubo recuperado, Axia miró a su agresor. Era increíblemente atractivo y tremendamente viril. Parecía salido de un cuento de hadas.

Jamie, a su vez, vio a una joven hermosa, no tanto como la heredera, pero de expresión más vivaz. Tenía el rostro en forma de corazón, el cabello oscuro, los ojos grandes y marrones, de pestañas largas y espesas, la nariz pequeña, y la boca más perfecta que había visto jamás. La joven le miraba expectante, como si aguardase a que le mostrara de qué era capaz. Ninguna mujer le había mirado así antes, y le resultó sumamente intrigante. Por lo demás, la muchacha tenía un busto generoso, una cintura estrecha y unas caderas sensuales que despertarían un fuerte deseo en cualquier hombre; por lo menos lo despertaban en él.

Una vez recuperada del impacto que le había provocado la belleza de aquel hombre, Axia se preguntó por qué su padre había contratado un joven tan apuesto para acompañarla hasta la casa de su prometido, pues siempre la rodeaba de hombres feos para evitar que pudiese enamorarse de ellos. Su padre valoraba mucho su fortuna y la protegía casi más que a ella. Con Frances había aprendido que las personas hermosas eran unas perfectas inútiles. Se comportaban como si su mera presencia fuese lo único que se les pudiese exigir. ¿Por qué razón habría contratado su padre a un hombre hermoso e inútil para protegerla? ¿Qué tendría su padre en mente?

—Escúcheme, por favor —rogó Jamie.

Mientras hablaba, contempló el menudo y voluptuoso cuerpo tendido bajo el suyo y sintió deseos de retirar la mano de su cintura para deslizarla más arriba. Axia nunca había visto una mirada semejante, pero comprendió enseguida qué se proponía el joven.

—Si me toca, gritaré —amenazó al tiempo que le lanzaba una mirada gélida.

—No suelo violar a las muchachas —contestó él, como si acabasen de herir su orgullo.

—Entonces, aparte sus manos y su cuerpo de mí.

—Enseguida —contestó con una sonrisa tan seductora que Axia comprendió que debía de haber fascinado a más de una mujer. Los hombres jóvenes y guapos siempre sonreían con aire inocente a la heredera de Maidenhall o a cualquier persona que pudiese tener relación con ella.

Sin embargo aquel hombre no se retiró.

—¿Va a quedarse quieta?

—Sólo si se quita de encima de mí. No me deja respirar.

Se retiró con evidente desconfianza y esta vez, cuando Axia volvió a intentar liberarse, ya no le pilló desprevenido; la agarró por la falda y se colocó de nuevo sobre ella.

—No tiene palabra, ¿verdad? —preguntó solemne.

—Sí tengo palabra —replicó indignada— cuando trato con caballeros. Usted no es más que un caradura.

—Prefiero creer que no nos hemos conocido en las circunstancias adecuadas.

De nuevo su mano comenzó a ascender desde la cintura de la joven.

Axia lo fulminó con la mirada.

—Si no me suelta, no le diré nada —sentenció como si el contacto de aquel hombre le repugnase más que todos los pecados del mundo.

Observó que sus palabras le habían impactado. Era evidente que aquel joven estaba acostumbrado a que las mujeres cayesen rendidas a sus pies. Después de pasar la mayor parte de su vida en compañía de su bella prima Frances, Axia conocía el poder que la belleza ejercía sobre los demás. Mientras que Axia podía pasar una hora discutiendo con un jardinero la forma en que debían podarse los manzanos, bastaba con que Frances pestañease y comentase que los árboles estarían mejor cortados de una determinada manera para que tres hombres se peleasen por cumplir sus deseos. De hecho, uno de los jardineros estaba tan perdidamente enamorado de ella que había recortado el romero en forma de F, y había cisnes (el ave favorita de Frances) por todas partes.

Axia odiaba a las personas hermosas. Si bien le encantaba dibujarlas y pintarlas, prefería la compañía de los hombres como Tode o el sastre.

—Entendido —dijo el joven, retirándose de nuevo de encima de ella—. Pero, por favor, no corra ni haga ruido o tendré que…

Axia se sentó.

—¿Tendrá que volver a ponerme la mano encima? Si lo hace no le diré lo que desea saber. —Sintió ganas de reír al observar el efecto que producía en aquel joven su tono desdeñoso.

El hombre se puso en pie y le tendió la mano para ayudarla a levantarse, pero ella le ignoró. En cuanto estuvo derecha dijo:

—¿Qué quiere saber? ¿La cantidad exacta de libras de oro que poseen los Maidenhall? ¿O se conformará con una cifra aproximada?

—Le gusta ser cínica, ¿verdad? Sólo deseo que me hable de ella.

—¡Ah, sí! La bella Frances —dijo Axia sacudiéndose el polvo del vestido. Él llevaba un traje de terciopelo negro, y ella un simple vestido de lino rojo porque consideraba que el terciopelo era muy poco práctico para la vida en el campo.

—¿Así se llama? ¿Frances?

—¿Pretende componer sonetos de amor con su nombre? Ya lo han hecho otros antes que usted, y le advierto que no es fácil conseguir una buena rima.

Jamie rió y observó a Frances a través de los arbustos. Estaba sentada en un banco con un libro abierto en las manos.

—¿Por qué está tan quieta? ¿Tanto le entusiasma la lectura?

—Frances no sabe ni leer ni escribir. Opina que si leyera se le formarían arrugas en su preciosa frente y que escribir estropearía la fina piel de sus manos.

El joven sintió deseos de reír.

—Entonces ¿por qué está tan quieta?

—Están retratándola —explicó Axia como si considerara que el joven era un idiota por no ver algo tan obvio.

—Pero usted es la pintora y ahora está aquí. ¿No se ha percatado de su ausencia?

—Le basta con pensar que alguien la admira. —Axia observó la camisa del joven—. ¿Está sangrando?

—¡Maldita sea! —exclamó— ¡Olvidé las cerezas! —Empezó a sacar cerezas aplastadas del bolsillo.

—De modo que además de un caradura es usted un ladrón.

Se encontraba de espaldas a los arbustos.

—¿Qué puede importarle? Es tan rica que no echará en falta unas pocas cerezas. ¿Quiere una?

—No, gracias. ¿Sería tan amable de explicarme qué desea saber exactamente para que pueda regresar a mi trabajo?

—¿La conoce bien?

—¿A quién? —preguntó Axia fingiendo no comprender.

—A la heredera de Maidenhall.

—Mejor que nadie. ¿Es ella quien le interesa? ¿Todo su dinero?

—Sí, todo su dinero —admitió mirándola muy serio mientras escupía el hueso de la cereza que estaba comiendo—. Pero también deseo conocerla a ella. ¿Qué podría hacer por ella o qué podría darle para complacerla?

Axia lo miró unos segundos.

—¿Y por qué quiere complacerla?

El rostro del hombre mudó de expresión; se suavizaron sus rasgos y, por imposible que pareciera, se volvió aún más hermoso. Si hubiese mirado así a otra mujer, ésta se habría derretido tan rápido como la cera, se dijo Axia. Se inclinó hacia ella y le susurró al oído unas palabras con una voz tan bella como su rostro y su cuerpo.

—¡Venga, dígame qué puedo regalarle que le haga ilusión! —rogó con tono seductor.

Axia sonrió con ternura.

—¿Qué tal un espejo de dos caras? —propuso pensando que así ambos podrían contemplar sus respectivas bellezas simultáneamente.

El joven echó a reír, pero se contuvo para no llamar la atención. Lanzó la última cereza al suelo y prosiguió:

—Necesito un aliado, un socio que participe conmigo en un negocio.

—¿Se refiere a mí? —inquirió con falsa ingenuidad y, al ver que él asentía, agregó—: ¿Y qué ganaré yo con todo esto?

—Empieza a gustarme.

—Es una lástima que yo no sienta lo mismo por usted, de modo que le ruego que vaya al grano para que pueda marcharme antes.

—¡Váyase! —ordenó, soltándole el brazo—. Es libre, márchese. Estaré aquí mañana. Tal vez volveremos a encontrarnos, tal vez no.

Muy a su pesar Axia se sentía intrigada.

—¿Qué me ofrece a cambio de mi ayuda? —A las herederas nunca les ofrecían dinero; eran ellas quienes lo daban.

—Más riquezas de las que pueda imaginar.

¡Ah!, pensó, el oro de los Maidenhall, la plata, las tierras, los barcos, los graneros y…

—No me mire así —agregó él—. No pretendo hacerle daño. Sólo quiero… —La miró vacilante

—De modo que la quiere como esposa, ¿verdad?

Vio un destello en sus ojos y supo que había acertado a pesar de que él se mostraba confuso. Era uno más de los muchos hombres que deseaban contraer matrimonio con el dinero de los Maidenhall, no con la mujer. No obstante optó por dejarle creer que era el primero a quien se le ocurría semejante idea. Volvió a preguntarse por qué su padre había contratado a un hombre tan apuesto, capaz de seducir a cualquier mujer.

Axia sonrió.

—Es usted un joven ambicioso. ¿No sabe que está comprometida con otro hombre?

—Bueno… sí —contestó, desenfundando la daga que llevaba en la cadera. Axia se asustó, pero pronto comprendió que aquél era un gesto mecánico del que probablemente él no era consciente.

—Entiendo —prosiguió ella—. Piensa declararse durante el trayecto e intentar convencerla.

—¿Cree que tengo alguna posibilidad? —preguntó. Era la primera frase sincera que pronunciaba ante ella.

Axia pensó en darle unas palmaditas de ánimo.

—Frances le amará —sentenció, riendo para sus adentros. Frances detestaba todo cuanto pudiese hacerle sombra. Le gustaba rodearse de objetos feos para que su belleza destacara aún más—. De modo que viene dispuesto a contraer matrimonio con la heredera de Maidenhall. Supongo que su familia y sus propiedades pasan por un mal momento, ¿me equivoco?

A Jamie le brillaron los ojos.

—Sabía que podía confiar en usted. Desde el momento en que la vi, con el pincel en la mano, supe que era una persona honesta. Creo que seremos buenos amigos. ¿Viajará con ella?

—¡Oh, sí! De hecho somos primas.

—Yo también tengo primos ricos —comentó él sonriente.

—Dígame… ¿cómo se llama?

—James Montgomery, conde de Dalkeith. Tengo un título pero, desgraciadamente, he perdido las tierras y el dinero que lo acompañaban. ¿Y usted es…?

—Soy una Maidenhall, por supuesto, pero desgraciadamente sólo soy Axia Maidenhall.

—Un nombre original para una dama original. Bueno, dígame qué puedo hacer para impresionar a nuestra heredera. Un regalo. ¿Sonetos alabando su belleza? ¿Alguna fruta exótica? ¿Tal vez rosas amarillas? Déme una pista. No hay nada que no pueda conseguir por ella.

—Margaritas —contestó Axia sin dudar.

—¿Margaritas? ¿La más humilde de las flores?

—Sí. A Frances no le gusta tener cerca nada que pueda competir con su belleza. Las rosas son una afrenta para ella, mientras que las margaritas le permiten lucir más hermosa.

—Es usted una mujer muy inteligente.

—La gente como yo tiene que espabilarse para poder sobrevivir.

Jamie sonrió.

—Sí, créame que la entiendo.

—Regálele una capa de lino adornada con margaritas —añadió Axia—. Así podrá cubrir sus hombros mientras ella permanece quieta, con los ojos cerrados. ¿No le parece romántico?

—Sí, ciertamente. —La contemplaba intrigado—. No me engaña ¿verdad?

—Le juro por lo más sagrado que la heredera de Maidenhall adora las margaritas.

—¿Y por qué quiere ayudarme ahora?

Axia inclinó ligeramente la cabeza.

—¿Me permitirá pintar un retrato de su familia?

—Sí —aceptó sonriente—. Y le pagaré bien por ello. Tengo una hermana gemela.

Axia bajó la mirada para que él no descubriese lo mal que se sentía. Había traicionado a su prima porque deseaba pintar a un ser extremadamente bello.

—Será un honor para mí, milord.

—Llámeme Jamie. —Se inclinó hacia ella como si fuese a besarla en los labios, pero Axia movió la cabeza, y acabó por besarle la mejilla.

—Esto no va incluido en el trato —advirtió con un

tono que pretendía imitar el de Frances cuando desde-
ñaba al galán de turno–. Aún no –matizó al tiempo que
corría en dirección al caballete. Con el rabillo del ojo le
vio marcharse, atravesando el huerto, a una velocidad
sorprendente para un hombre de su envergadura.

Tomó un pincel y lo acercó a la tela, pero la risa le
impedía pintar. Espera a que llegue mañana, se dijo,
cuando descubra la verdad… cuando se entere de que yo
soy la heredera de Maidenhall y Frances sólo una pobre
dama de compañía.

De pronto empezó a temblar, y la risa dejó paso al
miedo. Si James Montgomery había conseguido entrar
tan fácilmente en la propiedad, también podrían hacerlo
otras personas, hombres que odiaban a su padre por una
razón u otra (sus enemigos se contaban a miles), dispuestos a secuestrarla para reclamar un rescate. Hombres…

Estaba de pie ante el caballete y en cuestión de segundos se desplomó.

Tal como había prometido, Jamie escribió a sus hermanas aquella misma noche. ¿Qué puedo contarles?, se
dijo sonriente, mientras tomaba papel y pluma. Quieren
un cuento de hadas… de modo que se lo daré. La lucha
de un hombre por conquistar a una doncella cuya belleza va más allá de todo límite, una hermosura como la de
Frances Maidenhall.

    Queridas hermanas:
    Hoy la he visto. Lo que aprendí intentando esca-
par de las torturas de Edward me ha servido para des-
lizarme de rama en rama y saltar el elevado muro de la
propiedad. Los perros no ladraron porque me puse
un traje de jardinero que encontré en un cobertizo. ¡A
Joby le hubiese encantado!

La heredera de Maidenhall estaba en el jardín, posando para un retrato, tan inmóvil como una estatua; igual que una Venus perfecta. No me extraña que su padre la mantenga encerrada porque su extraordinaria belleza vale más que cualquier joya.

No le he hablado, sólo he podido contemplarla de lejos y admirar su belleza.

Jamie hizo una pausa. Sí, aquello era lo que esperaban; romanticismo y aventura mezclados. ¿Qué más podía añadir para tranquilizarlas? ¡Claro! Les explicaría que había conseguido ayuda.

Había una joven pintando el retrato de la heredera. Era como un hermoso gorrión enjaulado, muy inteligente. Ha accedido a ayudarme a conseguir el favor de la heredera. Cuando lo hayamos logrado, llevaré al pequeño gorrión a casa para que os pinte unos retratos.

Recibid todo mi amor,

JAMES.

—¡Qué idiota! —exclamó Joby al leer la carta—. ¿Cree que una mujer sencilla puede ayudarle a conquistar el amor de una belleza semejante? Yo no le ayudaría lo más mínimo. —Muchos hombres que habían visto a Berengaria de lejos habían pedido a Joby que se la presentara, lo que siempre había encolerizado a la muchacha.

—Nuestro hermano está enamorado —apuntó Berengaria tranquilamente.

—¿Eso piensas? Sí, claro… en la carta no deja de alabar su hermosura. Me alegro. Jamie tiene demasiados escrúpulos, y así por lo menos…

—No, no. Está enamorado de ese sencillo gorrión.

—Estás loca —replicó Joby sin ánimo de ofender a su hermana.

—Ya lo veremos —dijo Berengaria sonriente—, ya lo veremos.

4

—¡Bueno! —dijo Rhys observando a Jamie por encima de la jarra de cerveza—. Ya la has visto. ¿Cómo es?

Thomas, Rhys y Jamie eran amigos desde hacía años. Habían luchado juntos en varias batallas, compartido la comida en tiempos de escasez y pasado hambre unidos en las circunstancias más extremas. Si bien parecía una persona dulce y tierna, fácil de manipular, Rhys y Thomas sabían que si alguien se pasaba de la raya Jamie se convertía en una verdadera fiera.

Con los años Rhys y Thomas habían descubierto una de las mayores debilidades de Jamie: actuaba como si las mujeres fuesen ángeles que hubiesen bajado a la tierra. Claro que, con el físico de Jamie, no era extraño que las mujeres se comportaran como verdaderos ángeles. En todos los lugares y países que habían recorrido las mujeres se volvían encantadoras en su presencia, incluso las más ariscas, ya fuesen rubias danesas o morenas de Tierra Santa.

Rhys recordaba bien aquella ocasión en que, estando en Francia, una granjera les había amenazado con una horca hasta que apareció Jamie y le sonrió. A partir de ese momento la mujer cambió de actitud; les regaló botellas de vino que tenía guardadas en el sótano y les ofreció camas con colchones de plumas para que pasaran la noche. Bueno, en realidad había sólo una cama con colchón de plumas. Para Jamie. Rhys y Thomas tuvieron que conformarse con el suelo.

Si Jamie no hubiese sido la clase de hombre que era

se habría aprovechado de su belleza, pero jamás lo había hecho. Se comportaba con cortesía y educación y declinaba la mayoría de las ofertas que recibía. Siempre decía «El pobre marido no se lo merece», lo que producía ataques de risa en cuantos hombres lo escuchaban.

Durante su estancia en la corte Jamie pudo haber estado muy ocupado, ya que casi todas las mujeres, casadas o solteras, ansiaban acostarse con él. Sin embargo el joven las rechazaba educadamente. No era un puritano ni un casto empedernido; se trataba de una simple cuestión de prudencia.

«No quiero que me maten en una batalla, de modo que no veo por qué habría de exponer mi vida pasando la noche con una mujer casada –solía afirmar–. Tampoco me parece buena idea arriesgarme a que me agreda el padre de una muchacha virgen, y está claro que no puedo permitirme mantener a una amante.»

A pesar de la amistad que los unía y el tiempo que pasaban juntos, Rhys y Thomas sabían poco de las relaciones que Jamie había tenido con mujeres. Algunas noches su cama permanecía vacía, y otras se le oía gemir, pero jamás contaba dónde había estado ni con quién.

Que Jamie pensase en casarse sólo indicaba lo mucho que le preocupaba la situación financiera de la familia.

–¿Cómo es ella? –volvió a preguntar Rhys.

La heredera de Maidenhall era un personaje mítico. Una leyenda como Midas o Creso. Hija única de un hombre con una inmensa fortuna, desde el día de su nacimiento se convirtió en el sueño de muchos. «Quisiera ser tan rico como la heredera de Maidenhall» era una frase que todo el mundo en Inglaterra había pronunciado alguna vez. Se rumoreaba que incluso la reina había preguntado a un embajador extranjero si consideraba que ella era tan rica como la heredera de Maidenhall.

Curiosamente nadie deseaba ser tan rico como Perkin Maidenhall porque era una persona frugal, carente de atractivo. Su tacañería era conocida en el mundo entero. Se rumoreaba que vestía el mismo traje hasta que quedaba convertido en harapos y que estaba desnutrido porque no quería gastar dinero en alimentos. No tenía vicios. Se comentaba que se había casado una sola vez, y porque el padre de la joven se había negado a venderle una tierra que se encontraba entre dos terrenos de su propiedad. Al parecer sólo había hecho el amor con su esposa en una ocasión, y de ese único encuentro había nacido su hija. Su mujer murió al poco de dar a luz.

Muy poca gente envidiaba a Maidenhall, pero todos envidiaban a su hija, una joven a la que nunca se veía en público, ya que vivía recluida entre los altos muros de su propiedad, al sur de Inglaterra. Ni siquiera los campesinos de la hacienda la habían visto jamás. Si alguien osaba hablar con ella, «desaparecía» al poco tiempo, porque Maidenhall tenía espías por todas partes.

—Sí —dijo Thomas—, ¡cuéntanos!

No solía intervenir cuando Rhys formulaba una pregunta, pero el silencio de Jamie requería medidas más drásticas.

—Es hermosa como un pequeño gorrión —explicó Jamie con la mirada fija en el horizonte—. Tiene unos ojos grandes y marrones que te atraviesan el alma, un pecho hermoso, y se mueve rauda como un pajarillo. Una amplia sonrisa se formó en su rostro—. Su lengua es tan afilada como el pico de un ave. Podría hacer que un hombre sangrara sólo con usarla.

Rhys y Thomas se quedaron boquiabiertos. Rhys fue el primero en recuperar el habla.

—¿Te has enamorado de la heredera de Maidenhall?

Jamie los miró con perplejidad

—¿Axia? —preguntó, y apenas hubo pronunciado su nombre se dijo que estaba hablando demasiado. Ciertas cosas merecían guardarse en secreto—. ¿Amor? ¿Qué tiene qué ver el amor con todo esto? Sólo voy a escoltar a una joven hasta…

—De modo que un gorrión con un hermoso pecho, ¿eh? —repitió Rhys con tono burlón, dando un codazo a Thomas en las costillas—. Creo que este invierno comeremos bien; le gusta la heredera de Maidenhall.

Thomas no sonrió.

—¿Quién es Axia?

—Es una joven que me ayudará a conquistar a la heredera —contestó Jamie sin mucha convicción.

—Yo creía que el hermoso gorrión de que hablabas era la heredera de Maidenhall —protestó Rhys confuso.

—No —declaró Jamie mirando fijamente su jarra—. La heredera se llama Frances y es más hermosa que el sol. Creo que nunca he visto una mujer más perfecta que ella; cabellos dorados, pestañas como abanicos, mejillas sonrosadas, una boca encantadora y una mandíbula perfecta. Es una verdadera diosa.

Rhys trataba de entender.

—Tus palabras no concuerdan con tu tono. Describes a una maravilla de la naturaleza, pero haces que parezca una arpía. Dime qué no te gusta de ella.

—No sabe leer ni escribir —contestó Jamie—. Y le encanta posar para que la retraten. Es…

Rhys rió.

—Una mujer. Creo que debería probar suerte si a ti no te interesa.

Jamie lanzó una mirada gélida a Rhys, que quedó petrificado.

—He de cumplir con mi deber. Debo pensar en mis hermanas y, si alguien puede seducir a esa mujer, yo lo haré.

—No creo que resulte tan complicado.

—Tú no has visto lo hermosa que es —replicó Jamie—. Está acostumbrada al galanteo, y me costará mucho conquistarla.

–¿Contrariamente a lo que ocurre con tu hermoso gorrión? –preguntó Thomas sin dejar de observar a Jamie. Era mayor que Rhys y Jamie, quienes no habían cumplido aún los treinta años. Thomas frisaba en los cuarenta y había visto mucho mundo antes de entrar al servicio de James Montgomery, quien, cuando tomaba una persona a su cargo, la cuidaba hasta el extremo de que prefería privarse de algo para que sus seres queridos tuviesen cuanto anhelaban.

Jamie sonrió.

–¡Ojalá pudiese ser libre! –exclamó–. Ser el hijo de un granjero y casarme con quien quisiese. –Levantó la jarra y brindó–. ¡Por la libertad! –dijo y apuró la bebida.

Rhys y Thomas se miraron. Por mucho que conociesen a Jamie, sabían que nunca acabarían de entenderle. Era uno de los pocos hombres que había visto a la heredera de Maidenhall y se quejaba porque era demasiado bella.

–¡Por la libertad! –corearon antes de beber.

5

–¿Le has visto? –preguntó Axia con el rostro encendido de rabia.

–No; no le he visto –contestó Tode mientras se limpiaba las uñas con una navaja para ocultar su preocupación.

Cuando un fornido jardinero la había entrado en brazos en la casa, a Tode casi se le había parado el corazón al verla inconsciente. Por un momento creyó que estaba muerta. La había llevado a su habitación, había cerrado la puerta y había pedido que fuesen al pueblo para avisar a un médico. Pero cuando comprendió que se trataba de un simple desmayo dio orden de no dejar pasar a nadie, ni siquiera al doctor. Le había dado una bebida fuerte para reanimarla y le había pedido que le contase lo ocurrido. A medida que la joven hablaba, Tode procuraba disimular el miedo que sentía; aquel intruso podía haberla agredido.

—No camina, se pavonea —explicó Axia, que, recuperada por completo, recorría la habitación sin parar, totalmente indignada—. Se contonea. Echa los hombros hacia atrás y camina como si fuese el dueño del mundo. ¿Por qué? ¿Simplemente porque es un conde? ¡Ah! Mi padre se merienda dos condes, si quiere.

—Entonces, no me extraña que esté tan enfadado —repuso Tode.

Axia no rió la gracia.

—Deberías haber visto cómo miraba a la prima Frances. Era asqueroso.

Tode pensó que no debía serlo tanto, pero no dijo nada porque prefería no contradecirla, especialmente cuando se trataba de la prima Frances.

—Fue muy hábil por tu parte decirle que ella era la heredera de Maidenhall.

—James Montgomery desea casarse con ella. Bueno, conmigo, con la heredera. En realidad sólo quiere el dinero, nada más. —Axia se dejó caer en una silla—. ¿Por qué nadie se fija en mí? Mi padre me tiene encerrada como si hubiese cometido algún pecado grave. Los criminales gozan de más libertad que yo.

—Ninguna heredera o joven de tu posición escoge a su marido —explicó intentando calmar su indignación.

—Sí, pero ellas no tienen que enfrentarse a los hombres que saltan los muros para poder verlas o, mejor dicho, para ver cómo brilla su dinero. Algunas veces le agradezco a mi padre la reclusión. —Hizo un gesto, señalando más allá de los muros—. ¿Qué piensan que hago durante el día?

Tode sabía que a veces debía actuar como un verdadero bufón.

—Creen que comes lenguas de colibrí en salsa de perlas, que pasas las tardes contando tus joyas y las mañanas escogiendo la seda para tus nuevos vestidos.

A Axia no le hizo gracia la broma, y se lo quedó mirando fijamente.

—Estás diciendo la verdad.

—Me pagan por hacerte reír, y ¿qué mejor chiste que la propia verdad? —Se alejó trabajosamente de la pared. Aquel día le dolían mucho las piernas.

—Ven, siéntate aquí —gruñó Axia, que sabía que el hombre odiaba que lo tratasen con demasiada ternura—. Me preocupas cuando cojeas de ese modo.

—Entonces, discúlpame por preocuparte —replicó al tiempo que se hundía en una silla tapizada que había en la habitación, pequeña e innecesariamente pobre. Perkin Maidenhall había comprado la casa porque pertenecía a unas tierras que codiciaba. Al nacer su hija decidió enviarla allí, lejos de las miradas, protegida por altos muros. Durante los diecinueve años que habían transcurrido desde su nacimiento, Axia sólo había tenido dos compañeros: Tode y Frances.

Cuando Tode llegó a la casa tenía sólo doce años y una dura vida a sus espaldas; conocía el miedo y el dolor y esperaba encontrar lo mismo en su nuevo trabajo. Pero Axia, que sólo contaba ocho años, lo había acogido amorosamente y le había tratado con suma amabilidad. Gracias a sus tiernos cuidados, Tode había recuperado la sonrisa y conocido el calor y el amor que hasta entonces le habían sido negados. De todos modos no podía decirse que Tode la amase.

—Ese Montgomery ¿te va a escoltar a ti o a Frances? ¿Volverá mañana? —Los ojos de Tode brillaban; eran lo único hermoso que había en su rostro.

—¡A Frances, a ti o a mí! —contestó furiosa—. Lo único que quiere es el oro de los Maidenhall. Si te pusiese una peluca se arrojaría a tus pies y te declararía su amor.

—¡No me lo perdería por nada del mundo! —exclamó

Tode, jovial, al tiempo que se tocaba las cicatrices que afeaban su cuello.

Casi nadie sabía que su torso era perfecto, sin una sola cicatriz.

De pronto Axia se derrumbó en la silla, echó la cabeza hacia atrás y puso cara de desesperación.

–¿Así es como será mi viaje? ¿Acaso todos los hombres que encuentre en el trayecto tratarán de conquistarme con mentiras? ¿Cuántos jóvenes atractivos me hablarán de amor con la esperanza de conseguir la fortuna de mi padre? –protestó–. ¡Si supieran! Mi padre no paga nada. Le pagan por todo. Sólo el hijo de otro hombre rico, como Gregory Bolingbrooke, puede comprar el oro de mi padre.

Tode no replicó; estaba totalmente de acuerdo con ella, pero no lo admitiría por nada del mundo. Si lo hiciera, ella se sentiría aún peor. No había salido nunca de su casa. Se había criado rodeada de gente que su padre pagaba por cuidarla (lo menos que podía). Cobraban más si la espiaban y contaban todo a su señor. Para él Axia era un objeto preciado y no estaba dispuesto a que perdiera su virginidad con un pobre desgraciado.

Por ese motivo, en cuanto Axia mostraba un tímido interés por algún hombre, éste era despedido. Por si eso fuera poco, también se expulsaba a toda muchacha con quien trabara amistad, por miedo a que ésta pudiera influir negativamente sobre ella. Tode y Frances eran los únicos que habían permanecido a su lado a lo largo de los años. El aspecto de Tode hacía pensar que ningún ser humano podría amarlo, pero en realidad, Tode era la única persona a quien Axia quería.

–¡Oh, Tode! –prosiguió con voz desesperada–. ¿Sabes qué destino me espera después de la boda?

Tode se alegró de que Axia estuviese mirando hacia el techo (que necesitaba un arreglo urgente), ya que de lo contrario hubiese visto la tristeza en sus ojos. Sabía perfectamente qué la aguardaba.

–Ya sé que no habrá amor; no soy tan ingenua. He pasado la vida encerrada, y eso me ha hecho madurar. Gregory Bolingbrooke debe tener algún defecto grave, pues sólo así se explica que su padre haya tenido que comprarle una novia. Sé que no me espera una vida feliz. Me pregunto si tendremos hijos.

Cuando la joven volvió la cabeza, Tode desvió la mirada para que no pudiese leer en sus ojos.

–¡No digas nada! –exclamó la joven–. ¡No quiero saberlo! –Se levantó y bajó los brazos–. Me gustaría disfrutar de la vida aunque sólo fuese una vez. Sueño con mirar a un hombre a los ojos y ver que me ama o me odia por mí misma, no por la fortuna de mi padre. No soy como Frances, que no puede callar ni un segundo que es la prima de la mayor heredera de la zona. Sabes que prefiero hablar con el cocinero antes que con esos hombres que me manda mi padre.

Tode cerró los ojos un instante.

–Querida Axia, podrás hablar con quien quieras cuando estés fuera.

–¡Cómo ansío ver el mundo! –exclamó, y empezó a dar vueltas–. Eso es lo que quiero; ver mundo. ¡Quisiera pintar el mundo! –Se detuvo–. Pero para poder verlo de verdad es preciso que me convierta en alguien normal como… como Frances. Sí, ser tan normal como Frances, ¡eso deseo!

Tode se mordía la lengua para no hablar. Era mejor que se guardara su opinión acerca de Frances. Cuando Axia tenía doce años, su padre mandó una carta para anunciar que una prima suya de trece años se instalaría en la casa para hacerle compañía. Axia se puso tan contenta que Tode sintió celos. Durante meses preparó la llegada de su prima; dejó su habitación, la mejor de la casa, y la redecoró para su prima. Cuando Tode protestó por lo que consideraba una exageración, Axia repuso que si su prima no se encontraba a gusto se marcharía, como si eso fuese la peor de las desgracias. Axia nunca pedía nada para sí para no molestar a su padre, pero no dudaba en pedir para otra persona. De modo que cuando Frances llegó encontró cortinas nuevas, cojines nuevos y un dosel nuevo para la cama. A medida que se acercaba el día, Axia se mostraba más y más eufórica.

Pero el día en que Frances debía llegar, Axia desapareció. Después de mucho buscar, Tode la encontró escondida detrás de un manzano.

«¿Y si no le gusto? –preguntó con un hilo de voz–. Si no le gusto, se lo dirá a mi padre y se marchará.»

Tardó mucho en convencerla de que sin duda le gustaría, y finalmente la muchacha accedió a recibir a su prima.

Pero a Frances no le gustó Axia. Tode, que tenía mucho más mundo que Axia y se había curtido en su difícil infancia, comprendió que Frances era una aprovechada que no pensaba dejar pasar la oportunidad de sacar partido de la pobre Axia, obsesionada por complacerla. No era de extrañar que James Montgomery hubiese pensado que Frances era la heredera, porque vestía como si lo fuera; de hecho vestía, comía y vivía como si lo fuera. Cuanto más daba Axia, más creía merecer la reina Frances. En los siete años que habían transcurrido desde su llegada, Tode había intentado convencer a Axia de que no consintiera tanto a Frances, pero aquélla seguía pidiéndole a su padre todo cuanto se le antojaba a su prima: naranjas en invierno o una tela de seda. Axia meneaba la cabeza y argumentaba:

«Si la hace feliz, y mi padre puede pagarlo, ¿qué mal hay en ello?»

Tode sabía que Axia, que había vivido encerrada toda su vida, nunca dejaría de ser una niña temerosa de quedarse sola, rodeada de desconocidos. Durante todos esos años la muchacha no había dejado de apreciar a Frances, aunque ésta jamás le había correspondido. Axia no protestaba nunca; al contrario, fingía que no le importaba el desdén de su prima. Tode se vengaba a su manera, por ejemplo, pintando mujeres feas en el espejo de Frances o poniéndole margaritas debajo de la almohada porque sabía que esas flores la hacían estornudar.

Tode volvió al presente cuando Axia lo miró ansiosa y declaró:

—Tengo que ser Frances.

—¡Por supuesto! Cubriremos las paredes de tu habitación de espejos, para que sea como la de ella, y sacaremos esos horribles libros que tanto te gustan. Y, desde luego, nada de pintar. —Guardó silencio unos segundos—. ¿Y quién será Frances? —Enseguida comprendió qué se proponía la joven— ¡No, tu padre…!

—Mi padre no tiene por qué enterarse. De todos modos no creo que le importase demasiado. Le diré que lo hice para proteger su fortuna. Si secuestran a la heredera, será a Frances, no a mí, a quien se llevarán. Y dudo de que ella tardara mucho en admitir la verdad a los secuestradores. Pero eso no ocurrirá nunca, porque van a escoltarme. No corremos ningún peligro.

—Se trata de ese tal Montgomery, ¿verdad? Fue él quien te metió esa idea en la cabeza.

—Por mí se puede morir. Carece de honor y de dignidad. Ni siquiera tiene alma para poder venderla. Todo él es una gran mentira.

Tode sabía muy bien qué opinaba Axia de los hombres y mujeres que se acercaban a ella por su dinero. Una vez, refiriéndose a Frances, había dicho: «Por lo menos su amistad no está a la venta; lo sé porque he intentado comprarla.»

Axia se acercó a la silla de Tode, puso las manos en los apoyabrazos y acercó su cara a la del joven. Era la única persona que podía mirarle sin sentir asco. Al verla tan cerca, Tode sintió que lo invadía una ola de amor.

—¿No lo comprendes? —preguntó—. Es mi oportunidad, mi única oportunidad. Me convertiría en la pobre compañera de mi prima rica.

–Si quieres parecer pobre, no imites a Frances –aconsejó mirándola con dulzura.

Axia sabía del amor que Tode sentía por ella y de vez en cuando lo utilizaba para convencerlo de que la ayudara, ya que el joven era el principal espía de su padre. Sonrió con ternura.

–Todo depende de ti –comentó Axia.

–¡Aléjate de mí! –exclamó él levantando los brazos al comprender lo que Axia pretendía–. ¿Crees que puedes persuadirme de lo que sea? Esto es peligroso. Tu padre enfadado es…

–¿No se enfadaría más si nos asaltasen y tuviese que pagar un rescate por mí? –preguntó bajando la voz y sin dejar de mirarle. Esperaba que Tode no se diese cuenta de lo ilógico de su argumento, pues minutos antes había afirmado que nada podía ocurrirles porque irían con escolta–. ¿Cómo te sentirás cuando mi padre se niegue a pagar y me maten?

Vio tristeza en sus ojos y supo que había vencido. Dio una palmada, rió y empezó a dar vueltas por la habitación.

–¡Nadie sabrá quién soy! Nadie me vigilará. Nadie se quedará mirando mi ropa y mi comida, preguntándose si duermo con un camisón de seda. Nadie prestará atención a mis palabras porque las haya pronunciado la mayor heredera de Inglaterra. Ya no me propondrán matrimonio tres veces al día.

Tode sonrió. Axia exageraba, por supuesto, pero era cierto que le lanzaban declaraciones de amor por encima del muro bastante a menudo y le organizaban serenatas. Los jóvenes componían sonetos dedicados a su belleza; aseguraban haberla visto en sueños o subidos a un árbol y haber sucumbido a sus encantos. Cuando Frances oía eso siempre mascullaba que debían haberla visto a ella.

–¿Crees que Frances accederá? –preguntó Tode–. Sabes que le encanta llevarte la contraria.

–¿Lo dudas? ¿Crees que se negaría a tenerlo todo, el dinero y la belleza? ¡Sueña con eso! –Rió feliz–. Yo me encargaré de Frances.

–Que Dios nos coja confesados –murmuró Tode con la esperanza de que Axia no lo oyera.

Frances escuchó en silencio a Axia. Su habitación, el doble de grande que la de su prima, tenía las paredes cubiertas de retratos suyos, todos ellos lujosamente enmarcados.

–¿Quieres que me haga pasar por ti? –preguntó Frances levantando la nariz–. ¿Quieres que me exponga a que me ataquen todos los criminales de Inglaterra que andan detrás del dinero de tu padre?

Axia suspiró.

–Sabes que mi padre no me mandaría cruzar el país si no fuese seguro.

Frances sonrió con cierto cinismo.

–¡Seguro para ti! Pero si yo me convierto en la heredera, ¿qué pasará conmigo?

–Te comportas como si pensases que una banda de forajidos armados hasta los dientes fuese a perseguirnos sin descanso. Sabes perfectamente que mi padre ha contratado a un grupo de hombres para que me escolten. Para que nos escolten. Ninguno de ellos nos conoce, y nuestros criados no dirán nada. A nadie le importa lo más mínimo –matizó con acritud.

Tenía previsto dar dinero a Tode para que comprara el silencio de los sirvientes.

Axia prosiguió:

–No va a ser como si la reina cruzara el país con su cortejo. Sabes lo tacaño que es mi padre; toda Inglaterra lo sabe. Nuestro carruaje será tan pobre que nadie sospechará que mi padre es rico. Pensarán que eres la hija de un simple comerciante, ni más ni menos. Es tu única oportunidad de…

—¡Cállate! —ordenó Frances. Se alejó de su prima un momento, echó un vistazo por la ventana y cuando volvió a mirar a Axia lo hizo con una expresión dura en el rostro—. Siempre consigues lo que quieres, ¿no es cierto Axia?

—¿Cómo puedes afirmar eso? Vivo prisionera.

—¡Prisionera! ¡Ja! No sabrás qué es una prisión hasta que hayas sido pobre. Tan pobre como mi familia. Tú tienes todo cuanto deseas. Te basta con pedírselo a tu padre para conseguirlo. En esta casa tus deseos son órdenes.

Axia apretó los puños pero no replicó. Frances tenía razón: Axia no sabía qué era la pobreza. El mundo se moría de hambre, y ella vivía en la abundancia… y sin embargo echaba de menos su libertad. Frances siempre encontraba la frase justa para lograr que Axia se sintiese culpable.

—Está bien, te dejaré que compruebes cómo es la vida cuando se carece de poder —declaró Frances al ver que su prima permanecía en silencio.

Axia la miró atónita.

—¿Poder? ¿Crees que yo mando aquí?

Frances rió.

—Eres la reina aquí, pero no te das cuenta.

—Tú eres la que flirtea con los jardineros, bromea con los criados, la que…

—¡Eso es todo lo que puedo hacer! ¿No lo comprendes? Ni siquiera necesitas pedir que te abran la puerta porque para ti siempre está abierta. Todos saben quién eres y tratan de complacerte.

—Procuro vivir tan austeramente como puedo. He oído que…

—¿Has oído? ¡Axia, eres tan ingenua que crees que los

cuentos de hada son reales! Está bien, veremos cómo te las apañas como acompañante, pero te advierto que, una vez empezado el juego, lo llevaremos hasta sus últimas consecuencias. Seré la heredera de Maidenhall hasta que lleguemos a nuestro destino. Si te acercas a mí al cabo de una semana o mañana para pedirme ser tú misma de nuevo, me negaré. Acepto si prometes cumplir esta condición.

Axia arqueó una ceja.

—¿Crees que es fácil ser una leyenda, no saber nunca quién es tu amigo y quién tu enemigo? Hace tres años estuvieron a punto de secuestrarme. ¿Sabes qué es vivir presa del miedo?

—Yo vivo presa del miedo. Temo que escribas a tu padre para pedirle que me mande de nuevo a casa y vuelva a ser pobre. Envío todo cuanto tu padre me paga a mi familia. Al vivir contigo he perdido la oportunidad de conseguir una buena boda; no conoceré a nadie interesante aquí encerrada. Pero tal vez mis hermanas puedan lograrlo gracias a mi sacrificio.

—No te mandaré a casa —aclaró Axia con dulzura, como había hecho tantas otras veces, pero Frances nunca la creía. Cada vez que discutían, Frances afirmaba: «Ahora me enviarás de vuelta a casa, y mi familia se morirá de hambre.»

Frances quedó pensativa unos segundos y por fin sonrió.

—Tal vez deberíamos fijar un precio. No creerás que soy tan estúpida como para arriesgar mi vida gratis.

Axia sonrió a su vez.

—Te aseguro que en ningún momento pensé que harías esto por amistad. Así pues, me tomé la libertad de preparar una lista de los posibles pagos —explicó al tiempo que desenrollaba un pergamino.

Frances le echó un vistazo y volvió a sonreír.

—No es suficiente; yo no arriesgo mi vida por tan poco.

Axia, que la conocía bien, había previsto su reacción. Estaba preparada.

—Sentémonos —propuso, consciente de que negociar con Frances siempre llevaba mucho tiempo.

Al cabo de unas horas, oro, joyas, ropa e incluso derechos sobre unas tierras que habían pertenecido a la madre de Axia habían cambiado de dueño como por arte de magia. En realidad, era menos de lo que Axia había pensado le costaría su plan.

Axia se levantó y enrolló el pergamino.

—No te gustará hacerte pasar por mí —sentenció.

—Ni a ti hacerte pasar por mí —respondió Frances.

A continuación se dieron la mano.

El trato estaba cerrado.

6

Jamie sentía remordimientos.

En su casa, bromeando con sus hermanas, tratar de conquistar a una joven rica le había parecido una buena idea. Había llegado el momento de casarse, era consciente de ello. Estaba harto de dormir en el suelo o en posadas infestadas de pulgas. Quería recuperar lo que habían vendido su padre y su hermano, pero para eso necesitaba dinero. Enamorar a una joven heredera parecía una buena solución; cautivarla hasta el punto de que rogara a su padre que no la obligara a casarse con su prometido.

Jamie consideraba que era mucho mejor partido que el prometido de la joven, aunque sonase algo vanidoso. Era un Montgomery, miembro de una familia de rancio abolengo. No tenía dinero, pero sí títulos para compensar su pobreza. Sin embargo, al día siguiente, mientras pagaba a unos muchachos para que llevaran margaritas a la heredera, empezó a tener mala conciencia. Perkin

Maidenhall le había encomendado esa misión porque confiaba en él. Debía defender a la doncella de posibles enemigos, no convertirse en uno de ellos. ¿Cómo podía traicionarle?

En ningún momento había dudado de que tendría éxito. A pesar de su supuesta modestia, sabía que las mujeres se volvían locas por él. Pero cada vez que pensaba en conquistar a la bella Frances recordaba el cuerpo de la pequeña Axia bajo el suyo. Recordaba sus pechos contra su brazo y la mirada de desprecio de sus ojos castaños. Tal vez era eso lo que le gustaba de ella; no se mostraba intimidada por su presencia. Al contrario, había permanecido muy digna intentando hacerse respetar.

Al recordarla sonrió un instante. ¿Cómo podría viajar con ella al tiempo que intentaba conquistar a la heredera? Evidentemente se trataba de un acto indigno de él, puesto que no la amaba ni creía que fuese a amarla nunca. Además, era una joven comprometida con otro hombre…

—¡Maldita sea! —exclamó Jamie—. ¿Qué demonios es eso?

Jamie detuvo su caballo y se frotó los ojos, sin dar crédito a lo que veía. Pensó que lo deslumbraba el sol de la mañana. Apenas había dormido, pues había tenido que ocuparse de los preparativos; había ordenado coser margaritas en una capa (que casi no podía pagar) y aleccionado a los hombres que iban a acompañarle durante el viaje.

Ahora no podía creer lo que veía desde lo alto de la colina.

—¿Cuántos hay? —preguntó Thomas desde atrás.

—Creo que unos ocho —contestó Rhys, que se encontraba al lado de Jamie. Al cabo de unos segundos añadió—: Parece un circo.

Jamie sólo acertó a decir:

—¿Cómo voy a protegerla?

Delante de los muros de piedra de la casa había ocho carros, pero no se trataba de carros convencionales. Seis eran de madera de roble, con bandas de hierro en que aparecía escrito el nombre de la heredera de Maidenhall. Eran verdaderos tesoros sobre ruedas. Si hubiesen contratado a un trompetista para que anunciase que transportaban objetos de valor, hubiesen resultado más discretos.

Los otros dos carros estaban recién pintados de rojo y oro, adornados con querubines y drapeados en los costados. Durante su estancia en Tierra Santa Jamie había visto suntuosos carruajes en que viajaba la esposa del sultán, los cuales, comparados con los vehículos que ahora veía, le parecían sencillos. Se trataba de una caravana tan llamativa que hasta un ciego se daría cuenta de que en ella viajaba la heredera de Maidenhall con toda su dote.

—Llamaremos la atención de todos los ladrones del reino —apuntó Thomas.

—Y de todos los cazafortunas deseosos de conquistarla —añadió Rhys. Al ver que Jamie lo miraba fijamente se aclaró la garganta y matizó—: No me refería a ti, por supuesto…

—Algún día te pisarás la lengua, Rhys —protestó Jamie al tiempo que espoleaba su caballo.

—Está de muy mal humor —advirtió Thomas a Rhys—. Será mejor que mantengamos la boca cerrada —concluyó al tiempo que empezaba a descender por la colina.

—Seguramente le remuerde la conciencia —musitó Rhys—. La conciencia es su punto débil.

Ambos siguieron a su amo.

En verdad a Jamie le costaba controlar su mal humor. Maidenhall era sólo un comerciante, uno de los más acaudalados, sin duda, pero un comerciante al fin y al cabo. Por lo tanto, no era de extrañar que no supiera nada acerca de las técnicas de estrategia y protección, pero enviar a su única hija a atravesar el país con carros llenos de oro era una imprudencia pasmosa.

Empezaba a amanecer. En la penumbra Jamie vislumbró a unos hombres que caminaban; sin duda se trataba de los conductores de los carros. ¿Dónde estaban los guardas? Maidenhall no podía esperar que tres hombres escoltasen semejante caravana.

No tardó mucho en verlos. Tres hombres fornidos salieron de las sombras, bostezando y estirándose. A Jamie no le gustaron. Maidenhall había caído en la más burda de las trampas: pensar que el tamaño equivalía a la fuerza. Jamie sabía que no se contrata a los hombres por su peso, como si se estuviese comprando carne... Aquellos individuos eran de aproximadamente su misma estatura pero pesaban por lo menos el doble. Por la forma en que se movían dedujo que no tenían experiencia.

No lo haré pensó, a pesar de saber que se engañaba a sí mismo. ¿Acaso no le había explicado Maidenhall en su carta (no se habían visto en persona) que le encomendaba esa misión porque era un hombre en quien podía confiar? ¿No era suficiente pensar en traicionarle conquistando a su hija? Abandonarla a su suerte con todos sus carros llenos de oro era algo que su conciencia jamás le permitiría.

—James Montgomery —dijo a modo de presentación en el momento en que se apeaba de su caballo. Tal y como había previsto, los tres guardas le lanzaron miradas insolentes. Jamie pensó en gruñir para mostrales que él era quien mandaba, pero optó por preguntar—: ¿Sólo son tres?

—Hasta ahora no hemos recibido quejas —contestó uno sacando pecho—. De hecho, uno de nosotros suele ser más que suficiente. —Miró a sus compañeros, que esbozaron una fea sonrisa.

Gordos, pensó Jamie. Cuerpos gordos y mentes gordas.

—Has olvidado a uno —intervino otro que trataba de no reír—. Somos cuatro. —El hombre no pudo reprimir por más tiempo una sonora carcajada. Se retorció unos instantes y logró recuperarse para añadir—: Él es el cuarto.

De pie, en una esquina, había un joven alto, delgado, de aspecto simple. Llevaba una espada que parecía de los tiempos de los romanos. Sonrió tímidamente.

Jamie dejó caer los brazos y se encaminó donde estaban Rhys y Thomas, que había contemplado la escena desde lejos.

—Camuflaremos los carros lo mejor que podamos —explicó Jamie—. Para escoltarlos tal y como están se necesitarían cien soldados en lugar de ese atajo de obesos. Nos libraremos de ellos en cuanto podamos, pero de momento tendremos que conformarnos con lo que hay.

—¿Y el chico? —preguntó Thomas.

—Mándalo a casa con su madre. Voy a hablar con los conductores. Y por favor, Rhys, no te pelees con esos bravucones; no necesito más problemas por hoy.

Rhys lo miró molesto pero asintió. En realidad aquellos hombres le desagradaban sobremanera y con gusto les hubiese dado una paliza a cada uno.

—¡Comerciantes! —musitó Jamie mientras se dirigía hacia los carros.

La puerta de entrada estaba cerrada. Jamie hizo sonar la campana, pero nadie acudió a su llamada. Insistió, sin éxito.

Observó con irritación que los tres guardas se hallaban a sus espaldas y lo miraban desde arriba. Sabía que de ese modo intentaban indicarle que eran superiores.

—Antes de que vuelvas a llamar tenemos que advertirte de algo —explicó uno.

Jamie no estaba de humor para juegos.

—Abrid la puerta —ordenó. ¿Cómo iba a proteger a una mujer indefensa rodeada de carros llenos de oro? ¿Qué haría si le pasaba algo a Axia… a Frances, la heredera?, rectificó. Estaba tan absorto en sus pensamientos que apenas oyó a uno de los hombres hablar de nuevo.

—¿Le has visto? —preguntó el guarda casi al oído de Jamie, como si fuese un amigo a punto de hacerle una confesión—. Yo no diría que es un hombre. Está atrofiado y tiene una cara horrible. Es un monstruo.

Jamie no se volvió. Sabía que sólo pretendían provocarle. Algunas personas llamaban «monstruo» a Berengaria.

—Al verle me entran ganas de vomitar —añadió el hombre. Los otros le rieron la gracia—. Espero que no viaje con nosotros. Me pondría enfermo verle cada día.

Uno de sus compañeros soltó una risotada.

—Deberíamos echarlo a los perros como hacemos con los mendigos y los ciegos.

Jamie propinó una patada a uno y lo derribó. Acercó la espada al cuello de otro y Rhys y Thomas entraron en acción. Éste amenazó con su daga al tercero, y Rhys se encargó del que yacía en el suelo.

—¡Largo de aquí! —exclamó Jamie—. Marchaos antes de que os mate.

Los hombres intentaron responder. Por fin se alejaron profiriendo insultos y amenazas.

—Y ahora, ¿cómo vamos a escoltar los carros? —preguntó Thomas enojado mientras enfundaba la daga. Había sospechado cómo reaccionaría su señor tras oír la palabra «ciego».

—¿Qué hacemos con el muchacho? —inquirió Rhys, que estaba tan enfadado con Jamie como el propio Thomas—. No creo que un niño pueda ayudarnos a proteger a unas mujeres.

De pronto Rhys se encontró en el suelo. El muchacho se colocó encima de él y le puso su sucia y oxidada espada en el cuello.

—¿Lo mato, señor? —preguntó.

Rhys no encontraba divertida la situación, pero Jamie y Thomas no paraban de reír, al igual que los conductores, que no habían perdido detalle. Jamie advirtió que Rhys se disponía a enseñarle una lección al chico y le hizo una señal de que se detuviera.

—¿Cómo te llamas?

—Smith, señor.

—¿Has luchado alguna vez? —Jamie estaba seguro de que no, pero quería poner a prueba la honestidad del muchacho.

El chico quedó pensativo, como si estuviese tratando de inventar una respuesta, pero finalmente sonrió con aire inocente.

—No he hecho más que ayudar a mi padre en la granja, señor.

Al oírlo Jamie y Thomas sonrieron, e incluso Rhys estuvo tentado de hacerlo. No solía guardar rencor a nadie, y había que reconocer que el muchacho tenía valor.

—Quedas contratado —concluyó Jamie. Tras ordenar al joven que fuese a buscar la capa, se dirigió de nuevo hacia la puerta de entrada.

Esta vez se abrió antes de que llegara a tocar la campana. Ante él apareció el «monstruo» al que habían aludido los tres bravucones. Era un hombre joven, con un tronco normal y unas piernas lisiadas. Tenía el cuello y el rostro cubierto de cicatrices que le tensaban la piel y lo hacían parecer una caricatura de ser humano. Era evidente que habían intentado curarle las heridas con algún producto extraño que las había teñido permanentemente de rojo. Jamie suponía que aquellas heridas no eran congénitas.

A diferencia de los demás, Jamie no se inmutó.

—¿Cómo te llamas?

Nadie solía formular esa pregunta a Tode.

—No lo sé —respondió sincero—, pero puede llamarme Tode.

A continuación retrocedió un paso para franquear la entrada a Jamie y sus hombres. Al pasar junto a él, Jamie le puso una mano en el hombro en un gesto amistoso. Y de ese modo se ganó la lealtad de Tode para siempre. Únicamente Axia se atrevía a tocarlo, y sólo de vez en cuando. Ningún hombre le había tocado jamás como muestra de amistad.

Tode se apresuró para ir al paso de Jamie, que avanzaba con largas zancadas. Advirtió que el hombre estaba enojado y pensó que era lógico. Tampoco a él le gustaba la idea de recorrer el país con esos carros que llevaban pintado en un costado el nombre «Maidenhall». Axia correría verdadero peligro; no, Axia no, se corrigió, sino Frances, puesto que ahora ella era la heredera. Axia había tenido que pagar a todos cuantos vivían en el castillo para evitar que revelasen su auténtica identidad. Por fortuna los sirvientes sólo tendrían que realizar esa farsa durante unas horas antes de que ellos partiesen.

Se encaminaron hacia la sala donde Frances les aguardaba. Antes de cruzar el umbral, Jamie se esforzó por controlar su mal humor. El sentimiento de culpabilidad y el temor por la seguridad de la joven le producían un profundo desasosiego. Contempló a la muchacha y se prometió cuidarla bien, pasase lo que pasase.

Se hallaba de pie frente a una pared con frescos que representaban diversas escenas de mitos griegos. Era tan adorable que Jamie no pudo reprimir una sonrisa. En realidad se reía de ella; Frances se parecía enormemente a la parodia que Joby había hecho de la heredera de Maidenhall. Su vestido de seda verde oscuro con brocados debía de pesar tanto como un pequeño poni. El corpiño estaba bordado con hilos de oro, el escote adornado con esmeraldas, y llevaba unos pendientes de perlas que hubiesen servido para pagar a un ejército.

–Lord Montgomery –dijo al tiempo que le ofrecía la mano. Jamie la besó y notó los muchos anillos que lucía en cada dedo–. De modo que usted me escoltará hasta la casa de mi prometido.

—Si me concede ese honor —contestó. Sacó un documento que llevaba en la capa y se lo tendió.

En cuanto Frances tocó el papel, Jamie enrojeció y lo retiró.

—Permítame que le lea esta carta de su padre. «Montgomery, quisiera emplearle para...»

Frances tendió la mano.

—Creo que sería mejor que la leyese yo misma.

Jamie abrió los ojos como platos, sorprendido.

—¿Sabe leer?

Todos miraron a Jamie atónitos por la rudeza de su pregunta.

—Quiero decir... —se excusó, aclarándose la garganta y sonrojándose aún más—. No pretendía ofenderla. Me dijeron...

—No puede creer que una mujer tan hermosa sepa leer. Es como si viese una perla cubierta de diamantes, ¿no es así? —aventuró Axia, que se encontraba detrás de su prima. Era más baja que ésta y vestía de manera muy sencilla. Parecía un gorrión puesto al lado de un ave exótica. Pero su traje marrón con brocado blanco resaltaba de tal manera el color de sus ojos que éstos brillaban más que cualquiera de las joyas de Frances.

De todos modos Jamie la miró con severidad por encima del hombro de Frances para darle a entender que le molestaba que le hubiese mentido. Inmediatamente pensó en la capa. Sin duda Frances odiaba las margaritas. Una mujer que vestía como ella no podía apreciar flores tan humildes. Aunque, bien pensado, ¿qué mujer podía detestar las flores, fuesen las que fuesen? Además, no había preparado ningún otro regalo. Más valía eso que nada.

—Mi señora —dijo con su mejor sonrisa, intentando ignorar la mirada burlona de Axia—, tengo un obsequio para usted.

—¿En serio? —replicó Frances, que parecía verdaderamente feliz con la noticia. Tanto, que a Jamie le extrañó; estaba seguro de que la heredera de Maidenhall recibía regalos todos los días.

Jamie deseó borrar la expresión de mofa del rostro de Axia.

—No es nada —prosiguió con voz dulce—. El regalo menos extraordinario para la más extraordinaria de las mujeres.

—Has conseguido intrigarme —comentó Frances, encantada—. ¿Puedo verlo ahora? Se lo ruego.

—Aún no —repuso Jamie—. Antes ha de cerrar los ojos.

—De acuerdo —exclamó Frances feliz, dejando caer los párpados.

Jamie mandó entrar al joven Smith, que llevaba la capa de terciopelo rojo en los brazos. Con suma ternura Jamie envolvió con la capa a la joven, cubriéndola con cientos de margaritas. Le puso la capucha para que su rostro quedase enmarcado por las flores y le ató la cinta al cuello.

Al respirar, Frances notó que algo le oprimía la garganta.

—Ya puede abrir los ojos —anunció Jamie, retrocediendo un paso para contemplarla mejor. Parecía una dama legendaria, la heredera de la primavera.

Frances miró alrededor. Se sentía muy rara, pero no entendía bien qué estaba pensando. Por fin las vio.

—¡Margaritas! —exclamó. Su reacción fue tan vehemente que Jamie creyó que le encantaban.

La muchacha intentó desatar la cinta del cuello, pero los dedos le temblaban tanto que no lo consiguió. La capa seguía cubriéndola. Frances palideció, cerró los ojos y se desmayó.

Afortunadamente Jamie logró cogerla antes de que cayera al suelo. La sentó junto a la ventana.

—¡Vino! —pidió. Se preguntó si Frances estaba enferma. Tal vez ésa era la verdadera razón por la que la mantenía aislada del mundo. Quizá estaba aquejada de un mal que progresivamente le restaba vida. Jamie le retiró la capucha y deshizo la lazada del cuello. La cabeza de Frances descansaba en el regazo del joven, y su hermoso y esbelto cuerpo destacaba sobre su lecho de margaritas. Estaba muy pálida. Jamie temió que fuera a morir. ¡Vino! ¡Maldita sea, llamen a un médico!

A pesar de sus piernas lisiadas, Tode fue el primero en aparecer con un vaso de vino. Al ver a Frances ordenó:

—¡Quítele la capa!

—¿Cómo dices? —preguntó Jamie extrañado.

—Son las flores. La hacen estornudar y la marean. ¡Aléjelas de ella!

Jamie reaccionó y en cuestión de segundos retiró la capa y se la pasó a Smith, que salió corriendo de la habitación. Pensando que la joven necesitaba aire fresco, abrió la ventana.

Al poco rato la heredera de Maidenhall recuperó el conocimiento. Aún parecía medio muerta, pero por fortuna respiraba con normalidad.

Más calmado ya, Jamie reflexionó sobre lo ocurrido. Comprendió que todo aquello lo había provocado Axia. No resultaba difícil intuir sus motivos; estaba celosa de su prima, que, además de rica, era mucho más hermosa que ella. Pero con su actitud había estado a punto de acabar con su vida.

Jamie hizo una señal a Rhys de que se retirara y trató de localizar a Axia entre la masa de criados. La joven estaba como petrificada, el rostro inexpresivo, pero Jamie adivinó que no sentía remordimiento alguno. ¿Qué ganaría ella con la muerte de su prima? ¿Acaso heredaría su fortuna?

Si un hombre hubiese osado poner en peligro la vida de la heredera, Jamie lo hubiese atravesado con su espada, pero no se trataba de un hombre. Aunque en aquel momento para él tampoco se trataba de una mujer.

—¿Quién se cree que es? —protestó Axia cuando Jamie la agarró por la muñeca y empezó a zarandearla.

Todos apartaron la mirada de Frances y la posaron en Axia porque, a pesar de que les habían pagado por mantener el secreto, sabían muy bien quién era la verdadera heredera, es decir, la persona a quien debían obedecer sin dudarlo.

—¡Eres una vil mentirosa! —exclamó Jamie mientras se sentaba en un banco y tendía a Axia boca abajo sobre su regazo.

—¡Deténgase! —ordenó furiosa—. ¿Cómo se atreve? Soy...

Se interrumpió al sentir la nalgada que Jamie le propinó.

—Su broma pudo costar la vida a tu prima —explicó Jamie al tiempo que le daba un segundo azote.

—¡Me las pagará! —amenazó Axia—. Mi padre...

—Su padre me dará las gracias —atajó Jamie—. Su padre debería haber hecho esto hace tiempo. Es una mentirosa y una egoísta—. Tras estas palabras la arrojó al suelo y saltó por encima de ella.

Con el rostro encendido de indignación, Axia se levantó y observó que todos la miraban. A pesar de que sabían quién era ella, no habían levantado un dedo por ayudarla y... ¿dónde se había metido Tode?

Frances seguía junto a la ventana. Todavía estaba pálida, pero la felicidad que le producía la humillación de Axia la había devuelto a la vida. Sabía perfectamente que Axia no pretendía causarle daño. Desde que había descubierto que le hacían estornudar, su prima no había parado de ponerle margaritas en todas partes; la ropa, los armarios, bajo la almohada... Axia nunca pensó que la capa con margaritas le provocaría un efecto tan fuerte. Estaba indignada porque Frances no admitía la verdad ante aquel odioso joven, que estaba fingiendo.

—¡Sólo le interesa tu dinero! —espetó Axia, paseando

arriba y abajo por la habitación. Jamie se detuvo sorprendido, de espaldas a la joven–. Pretende cortejarte
hasta que te enamores de él y pidas a tu padre que te per-
mita casarte con él.

Axia, que no podía tolerar que la humillaran, quería
que Frances sintiera cuánto dolía que la apreciaran por
el dinero de la familia, no por su belleza.

Jamie no pudo dar un paso. Aquella joven le había
gustado mucho un día antes, cuando la había conocido,
pero era evidente que la había juzgado mal.

–Espero que lo consiga –exclamó Frances. Todos
rieron, y Jamie salió de la habitación sonriente. No dejó
de sonreír hasta que llegó a la taberna más cercana y se
entregó a la dura tarea de emborracharse.

7

Axia cerró los puños y los descargó varias veces sobre la cama. Nunca pensó que las cosas saldrían así. No
había pretendido matar a Frances, contrariamente a lo
que todos parecían creer. ¡Sólo quería hacerle estornudar un poco! ¿Cómo iba a sospechar que la debilucha de
su prima se quedaría sin respiración por la simple presencia de unas margaritas? Le dolía que incluso Tode le
hubiese lanzado una mirada acusadora.

¡Por no hablar de Montgomery! Axia dejó caer los
brazos y se tendió en el lecho. Le había gustado cuando
la conoció, estaba segura de ello, y no por el dinero de su
padre, sino por ella misma.

Pero ahora aquel caballero sólo pensaba en Frances
y los carros cargados de oro. Ni siquiera la había mirado. Axia guardó las pinturas, los pinceles, los carbonci-
llos y los lápices de cera y decidió que pasaría el día encerrada. Tal vez debía despedirse de la gente que había
compartido con ella aquella bella prisión, pero su padre

cambiaba la servidumbre tan a menudo que nunca llegaba a tomar cariño a nadie, salvo a Tode, por supuesto. Y
a Frances, en cierto modo.

Notó que las lágrimas acudían a sus ojos, pero las
contuvo. Nadie podía entender cómo se sentía. Después
de todo, ¿quién se compadecería de la mujer más rica de
Inglaterra? Nadie, por supuesto. Incluso de pequeña,
cuando lloraba, no faltaba quien le dijera que se enjuga-
ra las lágrimas con oro. Nadie le había hecho compañía
por voluntad propia. Nunca había salido de su propiedad, y todos sus acompañantes estaban al servicio de su
padre.

Durante toda su vida había observado cómo cambiaba la expresión de la gente cuando se enteraba de su
identidad. Muchas veces habían llegado jóvenes que la
miraban con escaso interés hasta que descubrían que era
la heredera de Maidenhall –¡su fama trascendía a pesar de
vivir enclaustrada!–; entonces empezaban a brillarles los
ojos. No fallaba nunca: todos cambiaban de actitud. Algunas personas se mostraban poco corteses con ella para
demostrarle que no les importaba su posición. De niña
varias personas le habían advertido que no estaban dis-
puestas a permitir que las tratara mal, dando por sentado
que era una especie de monstruo. Tuvo un maestro cuya
frase preferida era «La fortuna de tu padre no te da derecho a…»

Y ella solía replicar entre sollozos: «La fortuna de mi
padre no me da derecho a ser libre.» Pero tenía que tra-
garse las lágrimas. Un hombre que mantenía encerrada a
su hija para que el misterio en torno a ella la hiciese más
deseada no desperdiciaría todo su esfuerzo casándola
con un joven fuerte y sano. Axia no sabía qué defecto tenía Gregory Bolingbrooke, pero estaba convencida de
que alguno tendría. Cada vez que preguntaba a algún
emisario de su padre algo acerca de su prometido, el in-
terrogado desviaba la mirada. Axia temía que estuviese

loco, que fuese un ser enfermo o un hombre sumamente cruel. Tal vez era las tres cosas a la vez. En cualquier caso su padre estaba dispuesto a pagar una fortuna por incorporar a la heredera de Maidenhall a la familia con la condición de que al morir Perkin su hija lo heredara todo.

Axia conocía a su padre mejor que nadie. No le extrañaría que vendiese todas sus posesiones antes de morir y enterrase el dinero donde nadie pudiese encontrarlo. No podía llevárselo a la tumba, pero sí impedir que otros disfrutaran de él. Axia sabía bien lo mucho que su padre gustaba de mantener bajo llave su fortuna.

Al día siguiente empezaría la mayor aventura de su vida. No se hacía ilusiones con respecto a su matrimonio: casarse con Gregory Bolingbrooke no la haría más libre. Por lo menos su padre le permitía pintar y le procuraba el material necesario. Tal vez su marido o el padre de éste, que parecía controlarlo todo, opinaban que las mujeres sólo servían para coser y orar.

Axia volvió a golpear la cama con los puños cerrados. En el fondo todo estaba saliendo bien. Había conseguido fingir no ser la heredera de Maidenhall durante todo el día. Los criados de la casa se habían divertido de lo lindo al no tener que abrirle la puerta, el cocinero la había echado de la cocina y un sirviente la había empujado para poder pasar. No había ocurrido nada grave. Todos estaban contentos de simular que era una persona corriente.

Axia se consideraba una persona corriente. «Tan corriente como una mala hierba entre las flores», había comentado Frances un día, cuando aún eran niñas. Luego había añadido «e igual de fuerte» y la había empujado hacia un lecho de flores recién plantadas.

—Corriente —repitió en voz alta—. Normal, pero sin libertad.

Se preguntó qué haría una persona corriente en sus circunstancias. Suponía que debía pedir perdón a James

Montgomery, pero se dijo que antes prefería morder el polvo.

Se clavó las uñas de rabia al recordar cómo el caballero había contemplado a la bella Frances. Un día la miraba a ella, Axia, visiblemente interesado, y al siguiente seguía como un perro a la rica Frances.

Axia no quería recordar siquiera lo que había ocurrido. Los cotilleos que corrían por la propiedad la habían impulsado a esconderse… bueno, a quedarse descansando en sus aposentos casi todo el día.

—¡Maldito sea! —exclamó. No se le había ocurrido preguntarle nada. Se había limitado a dar por sentado que estaba celosa, que carecía de piedad y que… ¡que era una asesina!

Nuevamente sintió deseos de llorar, pero, incorporándose en el lecho, trató de calmarse. Tenía ante sí un letrero bordado que rezaba «*Carpe diem*» (aprovecha el momento). Aquél era su lema; disfrutar de todo lo bueno cada día: el sol, la tarta de arándanos, robar un beso siempre que fuera posible, mantenerse despierta toda la noche y dormir a pierna suelta al día siguiente. Tode afirmaba que esos pensamientos acabarían por ocasionarle problemas algún día, pero Axia reía antes de declarar: «Eso espero; así no me aburriré.»

Axia pensaba que lo que le faltaban eran problemas. Se le ocurrió que sería divertido llegar a casa de Gregory embarazada. Eso anularía la boda. Dejó de sonreír al pensar que de ese modo evitaría tener que engendrar el hijo de un loco.

La noche había caído y nadie había acudido a su habitación para encender las velas. Los sirvientes pretendían demostrarle que ellos valían tanto como ella.

Frunció el entrecejo, compadeciéndose de sí misma. Saltó de la cama, se arregló la ropa, se peinó y se dispuso a salir del dormitorio. De pronto dio media vuelta y cogió un sombrero que había sobre una mesa, junto a la ventana. Era la única pertenencia de su madre que conservaba, varias capas de seda azul con bordados que representaban animales fantásticos: dragones, unicornios y grifos. De niña Axia pasaba horas contemplando el sombrero, que se había convertido en su tesoro más preciado. Rara vez lo usaba; sólo se lo ponía cuando necesitaba consuelo, como en ese momento.

Era una tarde de primavera algo fría, y los árboles en flor perfumaban el aire. Quizá no echaría de menos a los sirvientes, pero sin duda extrañaría el jardín. Se sujetó el sombrero con horquillas y se dispuso a dar un paseo. El jardín estaba prácticamente desierto ya que todo el mundo se encontraba dentro de la casa, cenando.

Al pasar junto al muro que daba al norte, lejos del edificio, se percató de que faltaban algunas de las púas de seguridad que lo coronaban. Se dijo que debía advertir a alguien al volver. Luego descubrió que había marcas recientes en la rama de un roble. Quedó perpleja tratando de adivinar qué pretendía el jardinero.

—Así fue como entró —exclamó y miró alrededor temiendo que alguien la hubiese oído. No había nadie cerca. Comprendió que James Montgomery había atado una cuerda y se había columpiado para salvar el muro. No resultaba demasiado difícil.

Recogiéndose la falda echó a correr hacia un cobertizo en busca de un trozo de cuerda. Quince minutos después, tras un pequeño esfuerzo, se encontró al otro lado del muro.

Se recostó contra los ladrillos, todavía calientes aunque ya se había puesto el sol, y echó un vistazo alrededededor. En la incipiente oscuridad distinguió campos y casas. Vislumbraba gente, desconocidos a quienes su padre no había pagado por acompañarla. Su corazón latía con fuerza cuando se aferró a la cuerda con la intención de regresar al jardín, donde se sentiría segura de nuevo.

Pero cuando oyó voces que provenían del otro lado de

la esquina, su miedo se esfumó para dejar paso a la curiosidad. Se acercó de puntillas y vio tres tiendas, en una de las cuales ondeaba un estandarte con tres leopardos dorados.

—Tal vez si le hago tragar un barril de azúcar se le suavizará el carácter. —Axia se asomó con sumo cuidado y vio a los dos hombres que habían llegado con el caballero que… ¡No; no quería recordarlo siquiera!

—¿El barril incluido? —preguntó el compañero.

—El barril, los clavos y todo lo que tenga. Empezando por la parte más ancha.

Axia se preguntó de quién hablaban. ¿Quién necesitaría suavizar su carácter? ¿Se referían a ella? ¡No, por favor! Afortunadamente no podía ser, pues parecía evidente que se trataba de un hombre.

—Algo le sacó de sus casillas —comentó el otro. Su voz era dulce y agradable. Parecía mayor que su interlocutor.

—No creo que fuese la heredera. ¡Qué belleza! Dulce, amable, tímida… No me extraña que su padre la haya mantenido encerrada.

Axia arañó el muro, encolerizada.

—Me parece que fue la otra.

Su compañero lanzó un bufido.

—¿Te refieres a la pequeña? Es cierto que tiene unos pechos que gustarían a cualquiera, pero un hombre tendría que estar loco para querer cargar con un temperamento como el suyo. Ahí viene. Escóndete.

Axia quedó perpleja. ¿Unos pechos que gustarían a cualquiera? ¿Se refería a su pecho? ¿Era ella «la otra»? Se miró el busto como si lo viese por primera vez.

La noche había caído por completo, pero los ojos de Axia se habían adaptado a la oscuridad. Vio que un muchacho salía de una tienda y se dirigía hacia el pueblo a toda velocidad. Era uno de los guardias que su padre había contratado. Momentos después James Montgomery salió de otra y desapareció en la oscuridad.

Picada por la curiosidad, Axia corrió hacia la tienda y aguardó en silencio. Al cabo de unos segundos se decidió a entrar con la esperanza de averiguar algo más acerca de aquel hombre. En el interior no había más que una vela encendida que llenaba de sombras un espacio decepcionantemente vacío: una mesa y una silla plegables, además de un jergón con sábanas de lino y una manta de lana. La ropa estaba colgada de un tronco, y Axia no pudo resistir la tentación de acercarse para acariciar el satén y el terciopelo. Estaba segura de que los sueldos que pagaba su padre no bastaban para comprar prendas como ésas. Era evidente que el joven las había elegido para cortejar a una dama, para enamorar a una heredera.

Indignada, dejó caer la manga de terciopelo que tenía en las manos. Oyó un ruido, y antes de que pudiera darse cuenta ahí estaba él, a punto de entrar en la tienda. Axia apagó la vela.

—¿Quién anda ahí? —preguntó él con tono amenazador.

La joven observó que había empuñado su espada. ¿Sería capaz de matarla por su intrusión? Tragó saliva.

—Soy yo —contestó con un hilo de voz.

—¡Ah! —exclamó sin mucho entusiasmo—. Quítate la ropa y acuéstate.

Axia quedó boquiabierta. ¿Quién demonios pensaba que era?

Jamie trataba de ver en la oscuridad.

—Eres la chica que mandó llamar Smith, ¿no? —La falta de luz y el exceso de alcohol le impedían concentrarse.

—Sí… —contestó dubitativa. Sospechaba que no querría verla ni en pintura después de lo ocurrido por la mañana.

—¡Bien! Entonces desnúdate y enciende esa vela. Me gusta ver lo que pago.

Axia comprendió por fin. Pagar… ¡Pensaba que era una…!

—Enciende la vela —ordenó tajante.

—¡No! —protestó Axia. Luego, con tono más suave, añadió—: No puedo, señor. —Su voz resultaba demasiado aguda.

—¿Y por qué no, si puede saberse? —inquirió aburrido.

Axia trató de inventar una excusa.

—Soy fea, señor, muy, muy fea. Horrenda. Me marcó la viruela. —Pudo percibir el asco que sus palabras le inspiraban—. Pero todo el mundo dice que tengo un pecho que volvería loco a cualquier hombre.

Jamie rió.

—Supongo que tendré que comprobarlo por mí mismo —dijo al tiempo que daba un paso hacia ella.

Axia no sabía qué hacer. ¿Revelar su verdadera identidad? Si la había azotado en público, ¿qué no sería capaz de hacer en privado? Pero… ¿qué ocurriría si no aclaraba el malentendido?

Carpe diem, pensó. Disfruta el momento.

Jamie se hallaba frente a ella. La oscuridad era tal que, más que verlo, lo sentía; percibía su aliento, suave y masculino. Se percató de que estaba bastante borracho.

—¿Y bien? —inquirió Jamie como si esperara que ella diese el primer paso.

¿Qué podía hacer? Tirar su ropa al suelo y…

—Soy virgen, señor —explicó.

—¿Eres qué?

—Sí —afirmó—. Soy virgen. Bueno, al menos se me da muy bien fingirlo. Advirtiendo que Jamie empezaba a impacientarse, le acarició el pecho con la punta de los dedos.

—Señor, estoy segura de que no le importará tocar a una virgen —murmuró—. Sobre todo si tiene un pecho que volvería loco a cualquier hombre.

Jamie dudó un instante y contestó:

—Por supuesto.

Axia sintió que se le aceleraba el pulso. Ahora podría volver a su habitación sabiendo que un hombre la había deseado de verdad.

Pero cuando se disponía a salir, Jamie hizo algo inesperado; puso la mano sobre su pecho. Axia estaba demasiado impresionada para hablar; de todos modos no hubiese podido hacerlo porque Jamie la tomó en sus brazos y la besó.

Fue un beso tierno y apasionado. Cuando acabó, Axia abrazó al caballero.

—Eres una actriz excelente —murmuró con una mano en su pecho mientras con la otra le acariciaba el cuello—. Juraría que es la primera vez que te besan.

—Lo es. ¿Aun así quiere tocarme?

En lugar de contestar, Jamie volvió a besarla.

Tocar. Para Axia que la tocaran era como un regalo. Todas las personas que la rodeaban tenían órdenes de su padre de no tocarla, fuesen hombres o mujeres, para evitar que le contagiasen cualquier enfermedad. El único que lo hacía era Tode, y siempre en privado: le rozaba la mano o le acariciaba la mejilla con la yema de los dedos.

Axia sucumbió cuando Jamie la besó en la palma de la mano y le rozó con los labios el cuello, la barbilla, el lóbulo de la oreja.

—Me llamo Jamie. ¿Y tú?

—Diana —susurró y suspiró como si le faltase el aire. El simple hecho de sentir su piel, de saberle frente a ella, aun sin tocarla, le parecía una delicia.

—Como la diosa virgen —replicó él.

Axia creyó ver que una sonrisa se dibujaba en sus labios mientras le acariciaba el rostro.

—No parece que tengas marcas en la cara. Tienes una piel suave como el mármol.

—¿Tan fría?

—No, al contrario, muy cálida.

Sus manos expertas empezaron a desabrochar el vestido, y Axia supo que debía detenerle. Pero sus besos le impedían razonar.

–¿Te gusta así? –preguntó Jamie–. Dime qué te gusta.

–No lo sé. –Axia echó la cabeza hacia atrás para que pudiera besarle mejor el cuello–. Todo es nuevo para mí, pero por ahora me gusta todo.

Jamie rió con ternura. Sus manos recorrían su cuerpo, y las ropas de la muchacha cayeron al suelo como por arte de magia. El hombre acariciaba su suave y cálida piel y cuando una mano comenzó a descender por su vientre, Axia sintió un deseo irrefrenable. Enmudeció al notar la mano masculina entre sus piernas y sus dedos dentro de ella. Pero cuando Jamie la retiró, la muchacha protestó.

Jamie dio un paso atrás, puso las manos sobre sus hombros y exclamó:

–¡Es cierto! Eres virgen.

–¿Qué hay de malo en ello? –inquirió. La tienda estaba tan oscura que ni siquiera distinguía el contorno de su rostro.

–Tomar a una doncella es una gran responsabilidad –explicó muy serio. En ese momento deseó no haber bebido tanto–. No lo haré.

Axia quería implorarle que no la dejara.

–Necesito el dinero. Mi familia es pobre. –Había oído muchas veces esa frase en boca de otros.

–Toma tu moneda y vete.

Al ver que Jamie se alejaba, Axia se precipitó sobre él, le rodeó el cuello con los brazos y apretó su cuerpo desnudo contra el de él.

–No me dejes, Jamie, por favor –sollozó–. Me siento sola y me espera un futuro horroroso, lo sé. –Por una vez Axia no mentía.

Jamie dudó un instante y finalmente pensó que decía la verdad. Si era tan fea como decía, si tenía el rostro marcado y su familia era pobre probablemente no le quedaba más salida que la prostitución. Sin duda el hombre que la poseyera por primera vez no sería tan considerado como él. Y lo cierto era que la deseaba con locura; una locura que nada tenía que ver con el alcohol que había ingerido.

La rodeó con los brazos para atraerla aún más hacia sí y puso las manos sobre sus nalgas, firmes y redondeadas. Nunca había hecho el amor con una muchacha virgen, con una joven a quien ningún otro hombre había tocado.

—Quiero recordar esta noche durante el resto de mi vida —murmuró Axia—. Recordarla siempre. ¿Podrías fingir que… que me amas? —pidió—. Ningún hombre ha sentido amor por mí, y supongo que ninguno lo hará jamás —añadió con tristeza.

Jamie pensó que lo decía por las cicatrices de su rostro, pero mientras la estrechaba entre sus brazos le costaba imaginar que alguien pudiese no amarla. Para él era una joven pura, más hermosa que Diana, la diosa de la luna.

—Es posible que yo te ame —se oyó decir, pero inmediatamente le asistió la razón—. Por lo menos esta noche.

—Con eso basta.

Jamie siguió abrazándola, acariciándola y besándole el cuello y la barbilla.

—¿No vas a quitarte la ropa? —preguntó Axia y al instante advirtió que él sonreía.

—No, tú lo harás.

—¿Yo? —exclamó con tal mezcla de sorpresa y emoción que Jamie no pudo reprimir una carcajada—. ¿Y podré tocarte?

—Sí, Diana, amor mío. Será mejor que me toques —explicó alegre. Luego la tomó entre sus brazos y comenzó a dar vueltas—. Ha sido un día horrible, verdaderamente horrible, pero tú eres mi consuelo, mi premio.

Axia pensó que él era el consuelo de toda su vida.

Supo que nunca se sentiría tan feliz como en ese momento.

—Bésame miles de veces. Bésame hasta que mis labios se adormezcan y no pueda ni hablar.

—Sí —afirmó contento—. Pienso besar cada palmo de tu piel.

Jamie la ayudó a desvertirlo. Le excitaba mucho la curiosidad infantil con que Axia recorría su cuerpo, explorándolo.

—¿Puedo tocarte aquí? —preguntó con la mano entre sus piernas. Jamie no pudo ni contestar; se limitó a gemir.

La llevó en brazos hacia la cama y besó su hermoso cuerpo. Axia permaneció inmóvil, gozando de las caricias, los labios, que recorrían sus pechos, las manos en sus caderas y entre sus piernas, los dedos en su interior. Cuando Jamie se puso encima de ella, Axia pensó que no había nada tan maravilloso como sentir su peso.

—Te quiero, Jamie —murmuró—. Te amo.

Él no contestó. Comenzó a penetrarla, pero al oír sus quejidos se retiró.

Axia temió que la abandonara, por lo que alzó las caderas para incitarlo a que la poseyera. Gritó de dolor.

—Amor mío, tranquila, tenemos toda la noche —explicó Jamie mientras le besaba los ojos llenos de lágrimas.

Una vez superado el dolor, Axia se percató de que le encantaba sentirle dentro.

—Me gusta —comentó al tiempo que dejaba caer los brazos—. Tómame, Jamie, soy toda tuya.

Axia abrió los ojos de par en par. Pensaba que sentirlo en su interior era todo, pero no... todavía había más. Cerró los ojos de placer y arqueó las caderas instintivamente para recibir mejor sus suaves embestidas. Jamie empezó a moverse con mayor rapidez. Axia lo rodeó con las piernas y los brazos para atraerlo aún más hacia su cuerpo.

De pronto Jamie se detuvo, se estremeció y se derrumbó sobre ella. Axia pensó que era adorable. Primero era fuerte y pesado como un hombre, luego liviano como un niño.

Le acarició la cabeza con dulzura, contenta de haber sido capaz de darle placer.

—¿Te he hecho mucho daño? —preguntó él con ternura.

—No, en absoluto —contestó sinceramente. De repente pensó que Tode debía estar buscándola. Si no la encontraba daría la voz de alarma—. Tengo que irme.

—¡No! —replicó Jamie tajante, abrazándola fuertemente por la cintura. Al momento lo pensó mejor, la soltó y se separó de ella—. Perdona. Claro, tienes que marcharte.

Que me busquen, se dijo Axia. En realidad no le importaba que la encontraran. ¿Cómo podían castigarla? ¿Manteniéndola encerrada durante el resto de su vida?

Se acercó de nuevo a él y tomó su rostro entre sus manos.

—Cuéntame qué te preocupa.

Jamie se sintió feliz de poder relajarse después de unos días tan difíciles.

—No sé cómo protegerla —contestó, suponiendo que Axia no sabría de qué hablaba.

—¡Ah! Te refieres a la heredera. —Jamie había pasado la cabeza sobre el hombro de la joven, y una pierna sobre su cuerpo. A pesar de lo íntimo de la postura, a Axia le parecía natural estar así con él—. ¿Es importante para ti?

—No puedo fallar. Muchas personas dependen de mí. Pero esos carros… —Empezó a sentir sueño.

—Los carros… es cierto. —Axia frunció el entrecejo. Había deseado cruzar Inglaterra sin llamar la atención; de todos modos ahora sería Frances quien la llamaría, puesto que era la heredera…

Era evidente que esos carros repletos de tesoros que

su padre había decidido mandar no pasarían inadvertidos. Suspiró–. Si yo fuera la heredera de Maidenhall querría ser otra persona.

Jamie sonrió soñoliento.

–¿Quién preferirías ser? ¿La reina de Inglaterra?

–No, por supuesto. Me gustaría ser alguien normal. La mujer de un comerciante. Alguien que se hospedara en posadas o tiendas como ésta. No querría que nadie supiese quién era.

–Sí, pero la gente la ha visto.

–¿Quién? He oído que ha vivido prisionera toda su vida. Nunca la dejan cruzar los muros de su hacienda. Supongo que no sabe cómo es el mundo; seguro que nunca ha visto un teatro de guiñol, ni una catedral, ni ha conocido a nadie sin mediar una presentación oficial.

–Tienes mucha imaginación. Frances es tan hermosa que llamaría la atención por sí misma. Si viajara solo con ella, tendría problemas para defenderla.

–¿Quieres que le contagie la viruela? –inquirió Axia, dispuesta a ayudar.

Jamie echó reír.

–Me encantaría llevarte conmigo. Me gustas. Me siento bien a tu lado.

–¡Sería fantástico! –exclamó como una niña feliz.

–Sí, pero por desgracia no puedo.

–¿Por qué? Porque soy fea, ¿verdad? Te avergonzarías de mí.

Jamie ignoraba qué sentiría si la viese a plena luz, pero no era eso lo que le preocupaba.

–Podrían intentar matarte.

–¿Quién? ¿Por qué querría alguien matarme?

–Me refiero a la prima de la heredera. Frances es una muchacha dulce y adorable, pero su prima se muere de celos.

–¿Cómo sabes que su rencor no está justificado? Algunas veces las mujeres se muestran de una manera ante los hombres y de otra muy distinta ante las personas de su mismo sexo.

—¿Como tú? Yo te encuentro atractiva, y al parecer los demás te consideran horrorosa.

—Más o menos. ¿Qué me dices de la prima? ¿No tiene nada bueno?

—Pensé que sí, pero me equivoqué. No me gustan las personas mentirosas.

—Tal vez tenía motivos para mentir —dijo subiendo la voz.

Jamie se apoyó en un codo.

—Hablas como si la conocieras.

—No, claro que no. ¿Cómo iba alguien como yo a conocer a una gran dama como ella? Simplemente sé lo que se sufre cuando se tiene una hermana muy bella.

—¿Y cómo sabes que la prima no es tan hermosa como la heredera?

Axia meditó unos segundos.

—Por la forma en que hablas de ella. Tu voz cambia cuando te refieres a la bella Frances. Siempre he oído a la gente hablar con ese tono al describir a mi hermana, pero nunca nadie lo ha empleado para hablar de mí.

—La belleza no es lo único importante en una mujer —matizó pensando en Berengaria. Axia sintió que algo cambiaba en él—. Te enviaré con mi hermana —afirmó como si se tratase de un gran honor.

—¿Con tu hermana? ¿Por qué?

—No te abandonaré a tu suerte. Después de lo ocurrido esta noche, me siento responsable de ti. —Jamie sonrió satisfecho, convencido de que era una gran idea—. Dejaré dinero y una carta a uno de los sirvientes de la heredera de Maidenhall y mañana mismo partirás hacia mi casa. Avisaré a mi hermana de tu llegada.

Axia se sintió impresionada por su generosidad. Nadie regalaba nada a una persona tan rica como ella. En

Navidad todos esperaban que les regalase algo, pero Tode era el único que le entregaba algún obsequio. En cambio ese hombre, un completo desconocido, se ofrecía a cuidar de ella el resto de su vida. Se preguntó si todos los pobres eran tan considerados y generosos. Siempre había fantaseado con la idea de que los pobres se querían y ayudaban entre sí más que los ricos.

—¿Tu hermana es tan hermosa como tú? —preguntó Axia.

—¿Cómo sabes qué aspecto tengo? —Su mano acariciaba su vientre, sus caderas, sus pechos…

A Axia no se le ocurría una buena respuesta.

—Te he visto. Eres…

Jamie la besó.

—No digas nada. Como a ti, no me gusta que me juzguen por mi aspecto.

Axia sonrió y lo abrazó.

—Por favor, vuelve a hacerme el amor.

—Por supuesto —dijo antes de posar sus labios sobre los de ella.

Esa vez lo hicieron más despacio, y Axia disfrutó mucho. Le gustaba estar cerca de él, porque por primera vez no se sentía sola.

Cuando Jamie volvió a derrumbarse sobre ella, Axia adivinó que esta vez su amante se sumiría en un profundo sueño y decidió marcharse. Tras depositar varios besos sobre su rostro dormido, se deslizó de sus vigorosos brazos, que la estrechaban con la misma fuerza con que su padre se aferraba a su dinero. Sigilosamente buscó su ropa y se vistió, pero no logró encontrar su sombrero. Sintió pavor al pensar que se trataba del sombrero de su madre. Prefería perder cualquier cosa antes que eso, incluida su virginidad. Esa idea le hizo sonreír.

—¿Qué ha sido eso?

Axia quedó helada al oír una voz masculina fuera de la tienda.

–Tanto oro me pone nervioso. Si veo algo moverse, dispararé antes de averiguar qué es.

Axia pensó que debía salir de allí cuanto antes. Ahora que ya no estaba en brazos de Jamie se preguntó qué pensaría su padre si se enteraba de que había entregado su virginidad a un hombre que él no había escogido. Decidió marcharse, pensando que si Jamie estaba dispuesto a dejar dinero para Diana, probablemente también le dejaría el sombrero.

–Hasta pronto, mi amor –murmuró antes de salir de la tienda sigilosamente.

Sus ojos estaban acostumbrados a la oscuridad, y consiguió dejar atrás a los guardias sin ser vista. Pasó un mal trago cuando, ya junto al muro, tardó en encontrar la cuerda. Por fin dio con ella, se balanceó tres veces y saltó. Sabía que había hecho ruido y que había alertado a los guardias, pero ya se hallaba en el jardín, con el corazón agitado.

–Probablemente era una ardilla –comentó uno de los guardias.

Cuando de nuevo se hizo el silencio, Axia atravesó el jardín a toda prisa y se dirigió a su habitación.

No vio a Tode salir de su escondite y regresar a la casa muy pensativo.

8

–¡Está aquí! –exclamó Frances irrumpiendo bruscamente en la habitación de Axia para sacarla de la cama. Nadie había corrido las cortinas por la noche, de modo que la luz del sol le daba de lleno en la cara–. Es maravilloso, tan amable y considerado… Tiene los modales de un príncipe. Y es el hombre más atractivo que he visto jamás.

No era preciso preguntar de quién hablaba.

—Y es mi amante —musitó Axia adormilada y sin ganas de levantarse.

—¿Qué dice mi pobre prima?

—Nada, Frances. ¿Por qué te has levantado tan temprano? ¿Que te has puesto?

—Un vestido de seda amarilla. ¿No es precioso? Lo reservaba para una ocasión especial.

Axia hizo una mueca. Su padre solía hacer un alto en la casa cuando viajaba con carros llenos de seda francesa o cuero italiano. Frances aprovechaba la oportunidad para robar cuanto podía. Por supuesto sobornaba a la modista para que dijera que se trataba de un vestido para la heredera. A Axia no le gustaba la seda porque con ese delicado tejido no podía subir a una escalera para coger manzanas del árbol. Y las manchas de pintura jamás desaparecían de un traje de satén. En realidad a Axia nunca le había interesado demasiado la ropa.

—¿Lo reservabas? —preguntó Axia bostezando—. ¿Y cuántos trajes has reservado para este viaje? ¿Has preparado un vestuario digno de una reina? —Axia se enteraba de todo cuanto Frances robaba o pedía.

Frances se miró en el espejo que había junto a la ventana.

—Deberías oír sus planes —explicó observando el reflejo de Axia en el espejo—. Quiere que sea su esposa. —A Frances le satisfizo ver la sorpresa dibujada en el rostro de su prima.

—¿Su qué?

Frances le lanzó una mirada dulce y maliciosa.

—¡Se me hace tarde! He de apresurarme. Me alegro mucho de que hayas dormido hasta tan tarde, prima, pues de ese modo James y yo hemos tenido tiempo de entablar amistad. —Y dicho esto salió de la habitación.

Axia buscó algún objeto para lanzarlo contra la puerta, pero sólo encontró sus zapatos, que apenas hicieron ruido al chocar contra la madera. De todos modos Frances debió oírlo porque soltó una sonora carcajada antes de bajar hacia el vestíbulo.

Axia saltó de la cama. ¿Su esposa? ¿Qué estaría planeando Frances?

Se vistió presurosa, sin ayuda por primera vez, y lanzó una mirada triste al perchero en que solía estar el sombrero de su madre. Salió de la habitación reflexionando sobre lo mucho que había cambiado su vida. Aquél iba a ser el día más maravilloso de su existencia. Mientras descendía por las escaleras se arregló el cabello. Estaba ansiosa por saber qué vería durante el viaje, a quién conocería, qué comida nueva podría probar, qué olores nuevos descubriría, qué sonidos podría escuchar.

Al abrir la puerta de la sala se detuvo en seco. Allí estaba él, de pie, mientras la luz del sol recortaba los rizos de su cabello y perfilaba sus hombros, anchos y fuertes, y ese cuello que ella había besado tantas veces la noche anterior. Se hallaba junto a una mesa, estudiando un mapa.

Al ver sus manos le invadieron los recuerdos, y hubo de recostarse contra el quicio de la puerta. ¿La reconocería? ¿Intuiría que ella era la mujer con quien había pasado la noche?

Parpadeó y desvió la vista de Jamie, que seguía concentrado en el mapa.

Advirtió que Frances y Tode la observaban, aquélla con un aire burlón. Axia trató de recuperar la compostura. No estaba dispuesta a que nadie descubriera lo que sentía.

–Buenos días –susurró. Tode la saludó con un movimiento de la cabeza y permaneció en silencio, mirándola con una expresión extraña; Frances, por su parte, continuaba sonriendo burlona, y Jamie la recibió con el entrecejo fruncido.

–Veo que duerme hasta tarde –declaró como si eso fuera una prueba más de su mezquindad.

Por su mirada Axia dedujo que no la había reconocido.

–No es muy habitual en mí –explicó; no le agradaba que pensara que era una perezosa–. En realidad…

–No importa –atajó Jamie, volviendo a concentrar su atención en el mapa como si su presencia le trajese sin cuidado–. Nos reuniremos aquí.

–¿Qué está haciendo? –inquirió Axia al tiempo que se inclinaba sobre la mesa y trataba de colocarse lo más cerca posible de Jamie.

–Lord James ha concebido un plan maravilloso –comentó Frances coqueta–. ¡Por favor, explícaselo! –rogó con aire inocente.

Axia no pudo evitar sonreír. Su prima haría cualquier cosa con tal de llamar la atención de Jamie; fingiría ser estúpida, desvalida… cualquier cosa. Axia la había visto pedir a hombres más bajos que ella que le alcanzaran algún objeto situado a cierta altura. Frances llegaba a extremos ridículos, pero a los hombres parecía encantarles.

Pestañeando, Frances insistió:

–Por favor…

Jamie se dirigió a Axia visiblemente incómodo.

–He enviado un mensaje a mis familiares para pedirles que manden más guardias con el fin de proteger los carros. Al verlos todo el mundo adivinará que la heredera viaja junto con su dote. Además he contratado a alguien para que se haga pasar por la heredera.

–Nunca adivinarás quién va a hacerse pasar por mí –comentó Frances al tiempo que colocaba una mano en el brazo de Jamie.

–¿Yo? –aventuró Axia, la heredera fingiendo ser la heredera…

–¡Por supuesto que no! –replicó Jamie molesto, como si tal sugerencia le resultase ofensiva–. No pondré en peligro la vida de ninguna mujer obligándola a viajar con esos carros repletos de oro.

Axia se alegró de que se preocupara por ella, a pesar de que su forma de mirarla parecía indicar que la odiaba.

—¡Smith! —exclamó Frances sonriente—. El joven que mi padre contrató será el encargado de sustituirme.

Axia tardó en entender que se refería a su padre, no al de Frances. Sonrió discretamente, aunque se sentía incómoda por la forma en que Jamie la miraba.

—¡Cuéntale el resto! —urgió Frances—. Es una idea tan inteligente...

Jamie empezó a enrollar el mapa como si quisiese dejar claro que no deseaba explicar nada a Axia.

—Mis dos sirvientes y yo viajaremos en otros dos carros como si fuésemos vendedores de telas. La señorita Maidenhall se hará pasar por mi esposa para que pueda defenderla sin que nadie sospeche su verdadera identidad. —Colocando el mapa bajo el brazo, miró a Axia desafiante—. ¿Alguna duda? —agregó.

Axia tragó saliva. Se preguntaba por qué le guardaba tanto rencor.

—¿Y yo con quién viajaré?

Jamie la miró de arriba abajo.

—No viajará. Se quedará aquí.

Axia enmudeció. Sintió que el mundo se hundía bajo sus pies. ¿Quedarse?

—No necesitamos su presencia —añadió Jamie—. Se me contrató para proteger a la señorita Maidenhall y usted se ha revelado como uno de los mayores peligros para ella. Sus celos enfermizos no tienen límite.

Axia estaba tan impresionada que le parecía que su alma se había desprendido de su cuerpo y flotaba por la habitación, observando la escena. ¿Quedarse? La habían confinado entre esos muros al poco de nacer y no había salido nunca, salvo la noche anterior. Sabía que, una vez terminado el viaje, la encerrarían de nuevo, y ahora ese hombre pretendía privarla de la poca libertad de que podía gozar.

Observó el rostro de Frances; era evidente que le complacía la noticia.

Aunque James Montgomery no recordase la noche anterior, Axia sabía que le había entregado lo más preciado y había admitido que lo amaba. Y de pronto él le negaba la oportunidad de disponer de unas semanas de libertad. La privaba de lo que más ansiaba en el mundo.

Axia nunca había sentido tanta rabia. Se abalanzó sobre Jamie y le arañó la cara. Su ataque fue tan imprevisible que todos los presentes quedaron sin habla. Nadie movió un dedo. Jamie trató de apartarse para protegerse de sus uñas. Axia cerró el puño y lo golpeó en el rostro al tiempo que exclamaba:

—¡Le odio! ¡Le odio! ¡Le odio!

Tode fue el primero en reaccionar. Era la única persona que comprendía cómo se sentía Axia. La abrazó y, sujetándole las manos, la separó de Jamie. En ese momento los sirvientes del caballero ya se habían interpuesto entre él y el gato salvaje.

—¡Chist, tranquila! —susurró Tode, agarrándola con fuerza—. Nadie va a dejarte aquí. Irás con ellos.

Jamie se llevó la mano a la cara. Un ojo empezaba a ponerse morado. Al ver sangre en los dedos exclamó:

—¡Está loca!

Al oírle Axia trató de soltarse, y Tode, sujetándola con fuerza, vociferó:

—¡Frances! ¡Díselo!

Frances suspiró porque sabía a qué se refería Tode.

—No iré si mi prima Axia no me acompaña —declaró con escasa convicción. Era evidente que no quería que fuese.

Jamie miró a Frances, luego a Axia, preguntándose por qué aquella joven odiaba tanto a la heredera.

—No tiene por qué hacer esto —afirmó Jamie dirigiéndose a Frances. Los arañazos empezaban a sangrar—.

Está loca. Intentó asesinarla y ahora me ha agredido a mí. ¿Qué debo hacer? ¿Encerrarla en una jaula?

Axia nunca había sospechado que pudiera abrigar tanta rabia, pero la mera idea de quedarse en la casa la encolerizaba.

Tode soltó un poco a Axia al notar que se relajaba.

—Frances —advirtió—, si no lo explicas todo, lo haré yo.

La joven hizo una mueca. Sabía perfectamente a qué se refería Tode (ese monstruo odioso); quería que admitiese ante lord James que no era la heredera. Sin embargo eso significaría ser excluida del viaje. Suspiró y se dispuso a dar una explicación.

—Axia no trataba de matarme; sólo pretendía hacerme estornudar. Nadie sabía que las margaritas podían afectarme tanto.

Sus palabras eran correctas, pero su tono delataba indiferencia.

—¿Y? —preguntó Tode, dejando claro que no pensaba dejar las cosas como estaban.

—Axia está enfadada porque quiere acompañarnos.

Al oír sus palabras Rhys soltó una risotada, y Thomas sonrió. ¿Enfadada? ¿Aquello era un simple enfado? Habían visto hombres luchar con menos pasión en una batalla en que estaba en juego sus vidas.

Rhys observó detenidamente a Axia. La melena le caía hasta la cintura como una capa dorada, y su pecho ascendía y descendía agitado. Nunca antes le había parecido tan atractiva.

Jamie vacilaba, y Frances, consciente de que Tode estaba a punto de desvelar la verdad, rogó sin fingir por primera vez:

—Por favor, podría ser mi sirvienta.

—Antes preferiría... —Axia se interrumpió cuando Tode le tapó la boca.

—No esperaba esto de ti —dijo Tode a Frances.

–Está bien, entonces puede venir como mi prima o mi hermana o lo que quiera.

–Soy tu prima –protestó Axia.

–En efecto –asintió Frances mirando a Axia de arriba abajo, aquélla vestida con seda amarilla adornada con cientos de mariposas bordadas y ésta con una falda de lana corriente. La mirada desdeñosa de Frances parecía expresar que no entendía cómo podían pertenecer a la misma familia.

Al verlas Rhys no pudo evitar soltar una nueva carcajada; Thomas se tapó la boca para sofocar la risa.

–¿Estás seguro de que Maidenhall te paga lo suficiente? –susurró Rhys.

Jamie alzó la mano para acallarlo.

–Si he de viajar con las dos, preferiría que fueran en caravanas distintas, pero no puedo. –Lanzó una mirada desafiante a Axia–. Se hará pasar por mi hermana. –Se acercó a ella–. Pero si causa algún problema la mandaré de vuelta a casa con una escolta, ¿entendido?

Axia no le tenía miedo y no estaba dispuesta a dejar que la intimidara. Poniéndose de puntillas, lo miró directamente a los ojos.

–Le aseguro que haré lo posible por complicarle la vida, y si trata de tomar represalias se arrepentirá hasta el fin de sus días.

Jamie, que nunca se había enfrentado a una mujer tan hostil, la miró perplejo. Frances lo sacó de su trance.

–¿Él vendrá con nosotros? –preguntó señalando a Tode. Su tono dejaba claro que no deseaba que los acompañase.

Jamie se pasó la mano por la frente. En cierta ocasión una terrible tormenta le había sorprendido en el mar y había visto hundirse cuatro barcos de su escuadra; se había enfrentado a doce turcos con la sola ayuda de Rhys y Thomas; había permanecido siete meses encerrado en una cárcel sucia e infestada de ratas… y ahora preferiría volver a pasar por esas penalidades a lidiar con aquellas dos mujeres. Tomó aire antes de contestar:

—Sí, Tode vendrá con nosotros. Maidenhall pidió expresamente que viajara con su hija. —Lanzó una mirada asesina a Axia—. En cuanto a usted —no sabía qué decir exactamente, pues temía las consecuencias—, pintará los carros para que parezcan los de un vendedor de telas. Tal vez así pueda ser de alguna ayuda. —Y tras estas palabras salió de la habitación seguido de sus dos criados.

Se encontraba en una austera habitación iluminada por una sola vela. Pensó que a su hermana pequeña no le gustaría saber que la casa de los Maidenhall no era tan lujosa como habían sospechado, aunque sí era confortable. De hecho, sólo Frances era como habían supuesto. Decidió escribirles una carta para explicarles que todo iba bien y tranquilizarlas.

«Axia está loca. Pero Frances, la heredera…» Dejó la pluma. Frances ¿qué? ¿Realmente apreciaba a su prima loca? Jamie se tocó los arañazos de la cara y el ojo morado y dolorido. Axia tenía poder sobre Frances por alguna razón. ¿De qué podría tratarse? ¿Qué secreto podía ocultar una doncella de diecinueve años que la impulsara a dar su brazo a torcer para evitar que saliera a la luz?

¿Y qué había entre Tode y Axia? ¿Serían amantes? Al pensarlo rompió la punta de la pluma y hubo de afilarla de nuevo con la daga.

No era asunto suyo la relación que existiese entre Tode y la prima de la heredera… Volvió a concentrarse en la misiva.

Pero Frances, la heredera, se niega a viajar sin su prima. Me temo que no es consciente de cuán peligrosa resulta esa mujer.

Viajaremos de incógnito. Frances se hará pasar por mi esposa, y yo fingiré ser un vendedor de telas. Axia, la prima, siente unos celos enfermizos hacia su prima, por lo que tendré que mantenerla bien vigilada. Se hará pasar por mi hermana. No creo que existan viajeros más mentirosos que nosotros.

Os mando una joven. Se llama Diana y tiene la cara llena de cicatrices. Sed buenas con ella porque ella lo ha sido conmigo.

Os quiero a las dos. Que Dios vele por vosotras. Vuestro hermano que os adora,

JAMES.

—Bueno —comentó Joby—, ¿sigues pensando que está enamorado de esa tal Axia?

—Esta enamorado de alguien, pues de lo contrario no se sentiría tan apenado —contestó Berengaria—. ¿Quién será esa tal Diana y en qué sentido habrá sido buena con nuestro hermano?

—En el sentido en que las mujeres suelen serlo con hombres tan hermosos como nuestro hermano —apuntó Joby acertadamente.

Berengaria tendió la mano para que Joby le diera la misiva. Jamie siempre decía que Berengaria podía sentir lo que no se había escrito en una carta.

—Sí —confirmó Berengaria sosteniendo el papel entre sus manos y haciéndolo girar—. Algo le preocupa. Está… —Su rostro se iluminó—. Está buscando algo.

—Probablemente habrá perdido la daga —aventuró Joby como si no le importase, aunque en realidad deseaba que Berengaria continuara.

La hermana mayor lo comprendió y prosiguió:

—Está buscando a una mujer, pero ella se esconde.

Al ver que Berengaria no tenía nada más que añadir, Joby comentó:

–Debería buscar en la bodega. ¿A qué se deberán las cicatrices de Diana?

–Tendremos que esperar para saberlo –concluyó Berengaria dando por sentado que Joby sería sus ojos. Aún con la carta en las manos, frunció el entrecejo. Algo preocupaba sobremanera a su hermano.

9

Al amanecer, cuando los habitantes de la propiedad de los Maidenhall empezaban a despertar, Axia entró bostezando en la casa. Encontró al mayordomo en la puerta principal.

–¿Te dio algo para una joven llamada Diana? –preguntó mirándole fijamente a los ojos.

El hombre estuvo a punto de recordarle que ya no era la heredera y, por lo tanto, no tenía obligación de obedecerla. Pero al mirar a Axia a los ojos se acordó de que era la hija de uno de los comerciantes más importantes del mundo. Introdujo la mano bajo el jubón y le tendió una carta.

–¿No te entregó un sombrero azul junto con la carta? –El hombre negó con la cabeza–. Entonces dame el dinero que dejó para ella.

El mayordomo dejó caer varias monedas en la palma de su mano. Axia las miró y le lanzó una mirada severa.

–Voy a leer la carta y te sugiero que mientras lo hago pongas el resto de monedas en mi mano.

A mis queridas hermanas Berengaria y Joby:
Ésta es Diana. Cuidadla y ayudadla. No dejéis que nadie le haga daño. Es un regalo que os hago porque su alma está siempre alegre. Espero que os procure tanta dicha como me procuró a mí.
Con todo mi amor,

JAMES.

Mientras leía, Axia oía el sonido de las monedas. En cuanto el mayordomo se marchó, cerró el puño para no perder ninguna. Subió hacia su dormitorio y sonriente se tumbó en la cama sin quitarse la ropa manchada de pintura. Según sus cálculos, podría dormir una hora antes de que descubrieran lo que había hecho. Concilió el sueño al instante con una sonrisa en los labios.

Diez minutos después la despertaron unos gritos.

—¿Dónde está? —exclamó alguien en la planta baja. Axia reconoció de inmediato el clásico rugido de James Montgomery.

Hizo una mueca y se guardó la carta y el dinero en el bolsillo. Ignorando la cólera del caballero, volvió a dormirse.

Despertó al oír que abrían la puerta de su habitación.

—¡Axia! —exclamó Tode con tono severo y desesperado a la vez.

—Sí, sí —murmuró adormilada—, ya voy.

Se levantó con mucho esfuerzo y salió del dormitorio bostezando.

—¿Por qué has hecho algo así? —preguntó Tode, que la seguía escaleras abajo—. ¿Por qué le provocas? Piensa que eres peligrosa, que pretendes hacer daño a Frances. ¿Por qué no…?

Al llegar a la planta baja encontraron a Jamie rojo de ira. Por lo menos parte de su rostro se veía rojo, aquellos trozos de piel que restaban intactos entre los distintos arañazos y el ojo morado.

—¿Acaso ha intentado afeitarse? —inquirió Axia con calma, avanzando hacia la puerta principal.

Por supuesto, sabía por qué estaba furioso, aunque en realidad ella se había limitado a obedecerle. Esa noche, con ayuda de un pinche de cocina, dos jardineros y la mujer del mayordomo, había pintado uno de los carros. Ella se había ocupado de los contornos y los rostros, y los demás habían cubierto las zonas más sencillas. La mujer del mayordomo había pintado las letras siguiendo sus indicaciones.

En torno al carro se había congregado casi todo el servicio, los conductores que su padre había contratado y los guardias que había mandado la familia de James. Axia se dijo que había quedado muy bien. Fantástico. Y a juzgar por los rostros sorprendidos de los demás no cabía duda de que a ellos también les gustaba.

Había pintado un dragón, a Jamie desafiándolo con una armadura y a Frances encadenada a un poste, muerta de miedo y con los ojos bien abiertos. Si Jamie no la salvaba al instante, la joven moriría. El dragón tenía una cola enorme y verde que daba la vuelta al carro...

Para convertirse en la cola de un terrible león en el otro costado. De nuevo Jamie, vestido con una camisa blanca y una especie de falda de cuero, defendía a la joven con su musculoso cuerpo mientras Frances, totalmente vestida, luchaba por liberarse del poste a que estaba atada.

Era uno de los espectáculos más impresionantes que los sirvientes habían visto jamás. Axia había retratado a la perfección a la pareja.

—Te mataré, Axia —exclamó su prima al ver el carro.

Hizo ademán de propinar un bofetón a Axia. Pero Jamie la detuvo, y Frances aprovechó la oportunidad para refugiarse en sus brazos y romper a llorar desconsolada. Jamás permitiría que sus ojos enrojecieran por un llanto real, pero le gustaba fingirlo.

«Ésta es Frances, la mujer más hermosa del mundo; compre la ropa y véala desnuda. El que no compra, no ve.»

El carro estaba lleno de anuncios: «Véala en carne y hueso en el interior.» «Admire a Jamie, el único hombre cuya belleza puede competir con la de ella.» «Véalos comer. Véalos respirar.»

Quienes sabían leer explicaban a los demás el contenido de los carteles, y poco a poco todos se volvieron hacia Jamie y Frances, sorprendidos.

—¡Me has convertido en un monstruo de feria! —protestó Frances—. ¿Qué pretendes? ¿Meterme en una jaula, cubrirme con una manta y levantarla cada vez que alguien compre un trozo de tela?

Axia habló con tono solemne:

—Frances, tu cara vale por lo menos medio metro de la mejor tela.

Jamie volvió a retener a Frances para evitar que golpeara a su prima.

—¡Cúbralo! —ordenó Jamie—. ¡Todo! Píntelo de nuevo.

Todos guardaron silencio, horrorizados. ¿Cómo era posible que quisieran destruir algo tan hermoso?

—¡No lo haré! —declaró Axia indignada, con las manos en la cadera, mirándole amenazadora por encima del hombro de Frances—. Esta decoración nos ayudará a vender mucha tela.

—El fin de este viaje no es vender telas —masculló Jamie—. No somos… comerciantes. Sólo queremos llegar sanos y salvos a nuestro destino.

—¿Comerciantes? —repitió Axia como si fuese un insulto—. Permítame recordarle, lord James, que mi padre… —se interrumpió— que Perkin Maidenhall es precisamente un comerciante.

Thomas dio un paso al frente.

—Si me permite, señor.

Jamie, feliz de poder escapar de allí, dejó caer a Frances en brazos de Tode y le pidió que cuidara de ella. Luego, en compañía de Thomas, se alejó del gentío, que parecía crecer por segundos.

—Quisiera darle un consejo, si me lo permite.

—En estos momentos aceptaría consejos del mismo diablo. Esta joven me saca de mis casillas.

Thomas se aclaró la garganta, pensando que aquello

era evidente. Conocía a Jamie desde hacía bastante tiempo y siempre había admirado la sangre fría que demostraba incluso en las peores circunstancias. Aquella joven parecía capaz de conseguir lo que la guerra no había logrado.

—El carro está precioso.

—¿Precioso? —Jamie no salía de su asombro—. ¿Has visto lo que ha pintado? —Sintió que la sangre le hervía y trató de calmarse—. Thomas, no pensarías lo mismo si fuese tu cara la que apareciese allí pintada.

—Mi cara no vendería nada.

—Y no estoy dispuesto a que mi cara o la de Frances sirvan de reclamo. —Sus labios se curvaron en señal de desagrado—. El mundo habrá acabado el día en que se utilice el rostro de una hermosa mujer para vender cosas.

—Mejor dejemos que Dios decida sobre el fin del mundo —propuso Thomas—. De todos modos, hemos de viajar juntos durante semanas… Le ruego que no alimente la animosidad de la muchacha. Deje las imágenes y oblíguela a borrar las letras. Se ha pasado toda la noche pintando, y al fin y al cabo fue usted quien le encargó el trabajo. No precisó qué debía hacer.

—No es necesario que me recuerdes lo que dije —protestó Jamie mientras pasaba la mano por su dolorido rostro—. Entiendo lo que tratas de decir. Da tú las instrucciones. Temo que la mataré si me acerco demasiado a ella. Y carga los carros, saldremos mañana. —Dio media vuelta y al observar que los guardas reían y señalaban el carro comprendió que su familia estaría muy pronto al corriente de todo—. ¡Thomas! Pídele que tape al hombre que está con…

—¿Con el león?

Jamie hizo un gesto con la mano y se marchó desesperado.

—¿Me ha comprendido?

Axia, sentada en la silla, apretó los labios y lo miró con desdén.

—Sí, señor —contestó con sarcasmo.

Jamie le lanzó una mirada reprobatoria. Llevaba media hora intentando explicarle los peligros que entrañaba el viaje que estaban a punto de emprender. Empezaba a temer que Axia proclamase a los cuatro vientos que Frances era la heredera de Maidenhall.

Por la mañana había conversado con los sirvientes mientras cargaban los carros. Había concluido que era la pequeña Axia quien dirigía la hacienda. Preguntase lo que preguntase, desde quién llevaba las cuentas hasta quién daba las órdenes a los jardineros, la respuesta era siempre la misma: «Axia se encarga de eso.» Frances era siempre la señorita Maidenhall, mientras que Axia era Axia para todos, jóvenes y viejos, desde el ama de llaves hasta el porquero.

Axia estaba al frente de todas las actividades. Parecía ejercer las funciones de mayordomo y gran visir a la vez. No era de extrañar que Frances la temiese.

Axia ejercía tanto control sobre la servidumbre que nadie se atrevía a hacer nada sin su permiso. Había oído más de una vez la frase «tengo que consultarlo con Axia».

Jamie se preguntaba cómo había podido juzgarla tan mal en un principio. Cuando la conoció le había gustado su forma de mirar, que parecía decir: «Valgo algo.» Pero ahora pensaba que no era sorprendente que se considerara alguien tan importante si controlaba las finanzas de la heredera de Maidenhall.

De una cosa estaba seguro; jamás permitiría que le dominara a él.

—¿Qué ha entendido exactamente?

—Que será mejor que no cause problemas durante el viaje o de lo contrario usted me… ¿Cuál era la amenaza? ¡Me atará a la rueda de un carro!

—No. La ataré y encerraré dentro del carro.

—¡Ah, sí! Sabía que se trataba de algún acto violento contra una mujer que mide la mitad que usted.

Jamie hizo una mueca de desagrado.

—No temo por mí, sino por Frances —explicó haciendo un esfuerzo por mostrarse paciente—. Usted no es consciente de la imagen que todo el mundo tiene de ella. —Recordó con cierta culpabilidad la pantomima de Joby—. El dinero de su padre hace que la gente olvide el ser humano que hay en ella. Si la gente conociese su identidad, su vida peligraría.

—Y por supuesto su vida es lo más importante para usted, ya que tiene previsto casarse con ella por su dinero.

—¿Cómo pude pensar que podría confiar en usted? —se quejó—. Ojalá nunca le hubiese dicho nada…

—¡Entonces Frances creería que su cariño hacia ella es sincero! —acusó Axia—. Así por lo menos está prevenida. —Se levantó desafiante—. Dijo que odiaba a los mentirosos, pero usted es un embustero de la peor clase. Miente a todas las mujeres cuando habla del amor y el honor. El primer día que me vio, me atacó y miró como ningún hombre había osado hacerlo y sin embargo sólo ambicionaba el oro de Frances. Luego robó la virginidad a una joven inocente y…

Se interrumpió de inmediato. No pensaba hablar de eso, pero ya era demasiado tarde.

—¿Qué sabe de ella? —inquirió Jamie.

—Acudió a mí porque sabía que trabajo para los Maidenhall. Pobre joven, tan fea… —Axia tomó aire—. La muy loca pensó que la amaba, pero usted sólo ama el dinero de Maidenhall, ¿no es cierto?

Jamie se volvió para que Axia no le viera el rostro. No podía olvidar la noche que había pasado junto a aquella joven. Recordaba el olor de su cabello, el tacto de su piel.

–¿Qué ha sido de ella? Le dejé dinero –comentó con ternura.

–¿Acaso cree que hubiera permitido que la enviara con su familia? La mandé a... –¿Dónde?, pensó. Luego recordó que se suponía que ella era Frances y añadió–: La mandé con la mía–. Observó detenidamente el rostro de Jamie. ¿Por qué no se daba cuenta de que ella era Diana? ¿Qué sentía por ella? ¿Por qué se mostraba tan dulce con Diana y tan duro con Axia?

La muchacha respiró hondo y le lanzó una mirada gélida.

–Con respecto al sermón que me ha soltado sobre mi comportamiento, no tema, pienso mantenerme lejos de usted. De todas formas quiero que sepa que Frances ha estado a mi cuidado durante años y no ha sufrido daño alguno, como ya mismo habrá comprobado. En cuanto a usted, créame... nada me haría más feliz que olvidar que está vivo.– Pasó junto a él y separó su falda para no rozarle–. Por lo que a mí respecta, está usted muerto –sentenció antes de salir de la estancia.

Jamie se dejó caer en la silla que había junto a la ventana. Nunca había tenido problemas con las mujeres. Su hermana Joby, que sacaba de quicio a todo el mundo, a él sólo le hacía reír y cuando se mostraba excesivamente maleducada, bastaba con que él arqueara una ceja para que la joven cambiase de actitud. Berengaria era un ángel. La reina, fuente de quebraderos de cabeza para muchos hombres, le sonreía y bailaba con él.

Parecía que todas las mujeres le sonreían, excepto esa joven de ojos grandes y marrones, cabello castaño, y abundante...

–¡Maldita sea! –exclamó y se tocó adrede el ojo morado para volver a sentir dolor. ¡Aquella mujer no era humana! Había intentado matar a su prima porque envidiaba su belleza, había ridiculizado a ambos, los había convertido en monstruos de feria, los había retado, molestado... La lista de agravios parecía interminable.

Y por si fuera poco, ahora pretendía incomodar a Diana, la dulce y querida Diana, que le había hecho el mejor de los regalos.

—¡Maldita sea! —masculló. Sólo quería que le diese su palabra de honor (si conocía ese concepto) de que se comportaría como era debido durante el viaje. ¿Por qué tenía que ser tan melodramática? ¿Qué había querido decir con eso de que había muerto para ella?

La puerta se abrió y vio aparecer a Rhys. Jamie se dijo que ya estaba bien de pensar en Axia; debía ocuparse de Frances y considerar las necesidades de su propia familia. Que Axia hubiese proclamado que sólo quería el dinero de la heredera no ayudaba demasiado a sus propósitos.

—Los carros están listos para que los inspecciones.

—Por supuesto, ahora voy —contestó Jamie levantándose. Partirían al amanecer, y todavía debía comprobar muchas cosas. Al llegar a la puerta se detuvo, vacilante—. Rhys, ¿tú entiendes a las mujeres?

—En absoluto —respondió amablemente—. El hombre que afirme entenderlas miente.

—Mmmm —repuso Jamie dándole la razón al tiempo que abandonaba la estancia.

10

Axia disfrutaba del sol mientras pensaba en los tres últimos días. Había subido a una colina que se alzaba junto al campamento. A sus pies se extendía un campo de flores silvestres y a lo lejos se divisaba un hermoso pueblo. Si hubiese sido una pintora de paisajes hubiese sacado el caballete, pero en realidad únicamente deseaba admirar el mundo, sola, tranquila, gozar por lo menos de esa minúscula parte del universo que le era permitido conocer.

Hacía tres días que era libre; tres días y dos noches que no vivía encerrada entre muros. Había visto pueblos, casas con balcones que daban a la calle, tiendas llenas de objetos que no conocía, como reliquias religiosas y juguetes.

Había descubierto alimentos que nunca antes había probado: tartas de crema, pasteles de miel, pastas dulces con pasas de Corinto. Los cocineros de Maidenhall eran buenos, pero poco creativos. Cuando Axia vio en una tahona panes en forma de oso o perro no daba crédito a sus ojos. Rhys le había comprado el oso y desde entonces se había convertido en su «querido Rhys». Tanto él como Thomas la trataban muy bien.

Después del sermón que el traidor James Montgomery le había soltado el día antes de la partida, Axia se juró que no volvería a hablarle de no ser estrictamente necesario. Hasta la fecha no había tenido que hacerlo. En el primer carro viajaban Frances, su criada Violeta y el conductor, George. En el segundo, conducido por Roger, iban Axia y Tode. Jamie iba a caballo con sus dos criados.

Axia había disfrutado del viaje desde el primer momento. Al principio no había pronunciado palabra, limitándose a observar a la gente, contemplar las casas, el camino y los carros llenos de mercancías que se cruzaban con ellos. Por la tarde habían hecho un alto para dar de beber a los caballos, y Axia había visto a tres niños jugar con una cuerda mientras otro se entretenía con una especie de copa de madera con una bola atada al extremo de una cuerda: intentaba colocar la bola en el interior de la copa. Curiosa, Axia se había acercado a los niños y, como no parecía mucho mayor que ellos, éstos le enseñaron encantados y al rato estaban jugando los cuatro con la cuerda y la bola. Rhys fue a buscarla, se jactó de su habilidad para introducir la bola en la copa y se dispuso a demostrarla. Thomas se reunió con ellos y, tras afirmar que era capaz de saltar a la cuerda mejor que nadie, se puso manos a la obra.

Cuando Jamie fue a buscarlos encontró a cuatro niños y a tres adultos riendo a mandíbula batiente, entregados a juegos infantiles. Se acercó a ellos con una sonrisa en los labios, pero Axia frunció el entrecejo, devolvió la copa a uno de los niños y se alejó. Todos dejaron de reír al instante.

Al final del primer día Axia, Rhys y Thomas se habían convertido en grandes amigos. Ambos cabalgaban a su lado y charlaban animadamente con ella, contestando a todas sus preguntas. A Tode le encantaba conducir el carro cuando no había gente cerca, y Roger aprovechaba esos momentos para echar una cabezada dentro. Los cuatro amigos reían, contaban chismes y trataban de recordar todos los juegos infantiles que conocían. Axia se había pasado gran parte de su vida rodeada de adultos, siempre había echado de menos los juegos. Tode había sido el primer niño que había visto, y ambos contaban ya doce años cuando se conocieron. Después había llegado Frances, con quien jamás se había divertido.

Por las noches Axia pintaba retratos. Al caer la tarde detenían los carros en un prado, los conductores encendían una hoguera y, siguiendo las instrucciones de Axia, colocaban un caldero de hierro para preparar un guisado con lo que hubiesen comprado en el pueblo.

Durante el día Thomas y Rhys se encargaban de alimentar a Axia. Cuando cruzaban una aldea se detenían para buscar una panadería, una tienda de dulces o una carnicería con la intención de adquirir algo que la joven nunca hubiese comido o bebido antes. El primer día compraron dos piezas de cada alimento para regalar una a Frances porque, al fin y al cabo, ella era la heredera, la que había vivido encerrada toda su vida. Pero Frances los miraba como si fueran estúpidos.

–¿Cómo pretendéis que coma ahora? –protestaba–. Me olerían las manos.

Después de eso no volvieron a comprarle nada, pero disfrutaban mimando a Axia siempre que podían. Por la noche Axia les obsequiaba con dibujos que reflejaban las anécdotas del día.

Recordaba cualquier detalle con una precisión asombrosa. Rhys comprando un bizcocho a la mujer del panadero. Thomas tratando de componer un juguete de madera mientras una niña lo miraba con impaciencia. Tode conduciendo el carro. Roger durmiendo y roncando mientras una mosca volaba sobre sus labios.

–¿Y Jamie? –preguntó Thomas maravillado por la gracia de sus dibujos.

Axia lanzó un rápido vistazo a Jamie y procedió a realizar un esbozo. Al cabo de unos minutos mostró su obra. En ella aparecía el hermoso rostro de Frances cuyo cuerpo había sido sustituido por un montón de sacos de oro. Jamie estaba junto a ella, besando emocionado la mano que sobresalía del saco, mientras en la suya escondía un certificado de matrimonio.

Nadie quería reír. Era un dibujo malintencionado, y todos lo sabían, pero Roger, el conductor, lo encontró gracioso y su risa resultó contagiosa.

Por supuesto Jamie escogió ese momento para acercarse al grupo y averiguar qué era tan divertido.

Axia le mostró el dibujo con una sonrisa cínica en los labios, y Tode casi cayó al fuego al intentar evitar que Jamie lo viera.

–De modo que ésa es la opinión que tiene de mí –se quejó mientras le devolvía el dibujo, tras lo cual dio media vuelta y se marchó.

Axia se había quedado sola y disfrutaba de su libertad. Sentía que todo su cuerpo vibraba. Se recostó, con los brazos detrás de la cabeza, y aspiró profundamente el aire frío y puro, que no se parecía en absoluto al que respiraba entre los muros de la propiedad de su padre.

Carpe diem, se dijo. Sabía que su corta libertad se acercaba a su fin minuto a minuto. Ya habían transcurrido tres días, y tenía la impresión de que no había hecho más que probar alimentos desconocidos hasta entonces. Extendió los brazos y pensó que necesitaba más aún, volar, por ejemplo.

—Sí… —afirmó en voz alta—. ¡Quiero volar! ¡Quiero…! —Trató de decidir cuál era su mayor deseo—. ¡Quiero demostrar a todos que soy algo más que el dinero de mi padre!— confesó al viento.

Desde pequeña todos le recordaban que era la heredera de Maidenhall. Frances no perdía ocasión de echárselo en cara: «Seguro que le gustas por tu dinero —solía repetir—. Se porta bien contigo porque eres rica.»

Axia estaba cansada de oír hablar de la fortuna de su padre.

—¿No valdría nada sin ella? —preguntó—. ¿Por qué todo el mundo da por sentado que la gente sólo se acerca a mí por mi dinero? ¿Por qué…?

Se interrumpió al oír que Tode silbaba reclamando su presencia. Se dispuso a bajar la colina para regresar al campamento.

—¿Qué hace ahí arriba? —inquirió Jamie visiblemente molesto—. Es la persona más extraña que he conocido. A veces la odio y a veces…

—¿Y a veces le intriga? —aventuró Tode. Jamie asintió algo incómodo—. Axia ha vivido aislada toda su vida; no sabe cómo relacionarse. Todo es nuevo para ella.

—Se dedica a ridiculizar a todos los hombres —sentenció Jamie.

Tode meneó la cabeza.

—Creo que acabará por descubrir que Axia es una persona muy... útil.

—¡Ah, sí, desde luego! Ayuda mucho en el campamento.

Tode sonrió a pesar de que no solía porque le hacía parecer más grotesco de lo habitual.

—Axia puede ser de gran ayuda en cuestiones financieras, no sólo como mayordomo.

Jamie lanzó un bufido de incredulidad.

—Sólo un loco dejaría que una descerebrada como ella administrase su fortuna.

—Eso lo veremos...

—¿Cómo dices? —inquirió Jamie.

Tode se aclaró la garganta.

—Digo que el tiempo dirá.

Jamie hizo una mueca y se marchó, pero las palabras de Tode no cayeron en saco roto. Desgraciadamente era cierto que Axia le intrigaba sobremanera. No se parecía a ninguna de las personas que había conocido. Para empezar, actuaba como si no entendiera de jerarquías ni de clases sociales. Ser pariente de un hombre rico como Maidenhall le confería ciertos privilegios, pero ella se comportaba como si no le importase. En cambio Frances era muy consciente de su posición, tanto que parecía una actriz interpretando un papel. Axia colaboraba en todo cuanto era preciso; fregaba los platos en un riachuelo o ayudaba a Frances a encontrar un anillo perdido.

En realidad, Axia hacía la vida más agradable a todos. La primera noche los tres criados habían realizado sus labores en silencio y de manera eficaz. La experiencia le había enseñado que los sirvientes nuevos solían holgazanear hasta que alguien les explicaba sus obligaciones. Axia había dejado bien claro qué se esperaba de ellos mucho antes de que cayera la noche.

En un principio le había molestado la presunción de la muchacha. Jamás permitiría que le controlase como a la pobre Frances. Sin embargo debía reconocer que le había encantado el conejo a las finas hierbas que Axia había preparado y había comprobado que siempre había pan fresco a la hora de cenar...

Lo más extraño era la forma en que la joven cuidaba de su prima. Jamie temía que entrase en el carro de Frances a medianoche y la hiriese de gravedad, pero descubrió con sorpresa que la actitud de la muchacha era bien distinta. Axia explicó el primer día a la criada de Frances qué ropa gustaba a su prima, qué solía comer y cómo prefería que le preparasen la cama antes de acostarse. De no ser por alguna que otra observación mordaz, se diría que Axia era el ama de llaves perfecta.

Después de tres días, cada vez le costaba más conciliar lo que sabía sobre Axia, lo que veía y lo que oía. Todos aconsejaban «pregunta a Axia». Ella sabía dónde se guardaba todo, sabía que a Rhys le gustaba la carne roja y que Thomas prefería el pollo. Cuando cocían pan, siempre reservaba el mejor para Frances. Y a Tode, príncipe de aquellos páramos, nunca nadie lo había tratado con tanta amabilidad ni le había prestado tanta atención.

La única persona de que no se ocupaba era Jamie. Axia se encargaba de que se colocara bien la tienda en que dormían Rhys y Thomas, pero Jamie tenía que dar las órdenes personalmente, pues de lo contrario nadie montaba la suya. Axia pasaba un cepillo a la ropa de los demás hombres cada mañana, pero el atuendo de Jamie se llenaba de polvo sin que ella se inmutara. Había dibujado retratos de todos, incluso de Frances, pero se comportaba como si Jamie fuese invisible.

Jamie se sentía confuso; la indiferencia de Axia hacía que no pudiese dejar de mirarla. Se decía que la vigilaba, pero lo cierto era que le dolía ver las atenciones que prodigaba a los demás y el desdén con que lo trataba a él.

Por primera vez en su vida, Jamie trataba de llamar la atención de una mujer. Sonrió al pensar que, dado el carácter de Axia, la mejor manera de despertar su interés era dedicarse a Frances.

Una hora después, mientras descansaban en torno a una hoguera, Jamie se volvió sonriendo a Frances y con un tono que pretendía ser halagador declaró:

—Me pregunto si la heredera de Maidenhall se parece a Perkin Maidenhall...

Frances estaba tan absorta en sus pensamientos que contestó sin pensar siquiera, y con cierto sarcasmo:

—¿Cómo puede saberlo? Nunca lo ha visto.

Todos callaron de pronto, y Frances trató de enmendar su error:

—Quiero decir que nunca he visto a mi padre.

—¿No lo conoce? —preguntó Rhys perplejo—. ¿No se han visto nunca?

Frances inclinó la cabeza para que nadie notara que le brillaban los ojos. Estaba muy molesta porque Rhys nunca le prestaba atención, sólo parecía tener ojos para Axia. Le había ofrecido un dulce una mañana, como si ella fuera una niña, y desde entonces no había vuelto a mirarla.

Frances levantó la vista y fingió tristeza.

—Así es. Me escribe cartas y envía mensajeros, pero nunca me visita.

Jamie frunció el entrecejo instintivamente y la miró con compasión... de hecho todos la compadecían.

—Siempre he envidiado a la gente que tiene una familia ya que no tengo ni madre y nunca veo a mi padre —añadió Frances con la mirada fija en las llamas—. Axia es toda mi familia. Y Tode, por supuesto.

Axia abrió la boca, dispuesta a replicar, pero Tode le puso la mano en el brazo y la miró para recordarle que había sido ella quien había propuesto representar aquella farsa.

A Axia no le gustaba que nadie hablase mal de su padre. Estaba segura de que había alguna razón que explicaba su comportamiento, aunque ella la desconocía. En realidad, si no lo entendía, ése era su problema, no el de su padre.

—La heredera de Maidenhall tiene otras cosas en su vida que la compensan de esa carencia —matizó.

—¿Algo que pueda compararse con el amor? —repuso Frances y se volvió hacia Jamie con los ojos llenos de lágrimas—. No pretendo que me compadezcan, pero mi prima nunca me regala nada por Navidad, mientras que yo siempre le regalo algo. ¿No es cierto, Axia? Tode, es cierto, ¿verdad?

—Sí, Frances, tienes razón —contestó fríamente—. La prima nunca regala nada a la heredera. Ni siquiera muestra gratitud alguna por todo cuanto la heredera le ha dado.

Axia advirtió que todos la miraban y comprendió que debía defenderse. ¿O acaso eso significaba defender a Frances? Estaba confusa:

—Tal vez se debe a que una prima pobre no puede comprar un regalo para una rica heredera. ¿Qué puede ofrecerse a la hija del hombre más rico de toda Inglaterra?

Ése era el argumento que Frances solía esgrimir.

Para sorpresa de Axia, Frances echó a reír.

—¿Que no tienes dinero? Axia, posees una fortuna.

Axia se sintió perdida y no supo qué contestar. ¿Acaso Frances pensaba revelar la verdad?

Frances se volvió hacia Jamie sin dejar de reír.

—¿Qué crees que hace con las manzanas que coge en el huerto de casa? ¿Y las bayas? Las vende en el pueblo, ¡eso hace! —Se interrumpió unos segundos para aumentar la intriga y fijó la mirada en Jamie—. Axia cortaba todas las flores de mi jardín con la intención de elaborar perfume con ellas. Te aseguro que tiene alma de comerciante. ¡No es una dama!

Axia dejó el plato en el suelo sin alterarse y se puso en pie.

—Frances, preferiría clavarme agujas a seguir escuchándote —sentenció antes de desaparecer en la noche.

Frances miró a los presentes con aire triunfal, pero para su sorpresa todos parecían reprobar su actitud. No lo entendía. James Montgomery era un conde... ¿acaso no había sido él quien había empleado la palabra «comerciante» como si se tratase de un insulto? Estaba segura de que le había irritado tanto ver cómo habían pintado el carro porque odiaba a las clases inferiores y los comerciantes.

Thomas fue el primero en hablar. Se levantó, se desperezó y comentó que iba a acostarse porque quería madrugar al día siguiente. Momentos después, Rhys siguió sus pasos.

Cuando quedó a solas con Jamie, Frances se cubrió el rostro con las manos y se lamentó en voz baja:

—No les caigo bien. Sé que no les caigo bien.

Jamie se arrodilló ante ella; detestaba ver llorar a una mujer.

—Por supuesto que les cae bien. Estoy seguro de que la encuentran encantadora.

—No, quieren a Axia. Desde que cumplí trece años me he percatado de que la gente prefiere a Axia. No tiene idea de cuán difícil ha sido mi vida. Mi padre me encerró, me mantuvo alejada del mundo, rodeada de personas a quienes sólo importaba mi dinero.

—¿Como yo? —preguntó con ternura—. Sabe que sólo pretendo casarme con la fortuna de su padre...

Frances le rodeó el cuello con los brazos y acercó su rostro al suyo.

—¿De veras sólo le interesa el dinero de mi padre? ¿Ni siquiera le gusto un poco?

—Por supuesto que sí —contestó y aproximó sus labios a los de la joven con la intención de besarla.

Pero sus bocas no llegaron a rozarse porque Axia propinó una patada a una rama encendida que fue a caer junto a Jamie y prendió fuego al extremo de su pantalón.

Tode y un conductor cubrieron a Jamie con ropa para apagar las llamas mientras Rhys y Thomas salían de su tienda, espada en mano.

Una vez a salvo y recuperado, Jamie lanzó una mirada iracunda a Axia.

—Lo siento —se disculpó ella con una sonrisa—. No pretendía dar una patada tan fuerte. Espero que eso no le haya impedido cortejar a mi prima rica.

—Axia —protestó Frances casi sin aliento—. ¡Me las pagarás!

Jamie empezaba a recuperar el habla.

—Esta noche dormirá en mi tienda, conmigo. La mantendré vigilada para que no pueda herir a nadie.

Axia sonrió de nuevo.

—Prefiero pasar una semana enterrada hasta el cuello en excremento de caballo a compartir una tienda con usted.

Jamie avanzó hacia ella, y Tode se interpuso entre ambos.

—Yo la vigilaré y protegeré.

—¿La protegerás? —exclamó Jamie—. ¿Y quién nos protegerá a nosotros de ella?

—Yo no estoy herido —apuntó Rhys—. ¿Y tú Thomas?

Thomas hizo una mueca. Su padre era comerciante, oficio que la heredera pretendía desprestigiar, de modo que estaba deseando ponerse de parte de Axia.

—Yo tampoco estoy herido. Me parece que sólo hay un hombre en esta comitiva que ha resultado dañado por esta hija de comerciante.

Axia miró a los dos hombres con afecto.

Jamie dejó caer las manos.

—Acostaos todos. No importa dónde duerma cada quien.

Tras oírle, todos se dirigieron a su respectiva tienda o carro.

11

–¡Despierta! –murmuró Axia al oído de Tode. Dormía debajo del carro pintado, junto a Roger. En el interior habían improvisado una cama para Axia.

Tode se levantó adormilado.

–Axia, todavía no ha amanecido. Y se diría que faltan siglos para que eso ocurra. Vuelve a dormirte.

–¿Adónde van todos esos carros?

Tode entrevió una caravana que avanzaba lentamente a unos metros del campamento.

–No lo sé. Es la primera vez que acampo aquí. Duérmete.

–Si no me contestas, tendré que preguntárselo a los demás.

Axia parecía dispuesta a despertar a todo el campamento.

–Supongo que es día de mercado en el pueblo y son comerciantes –respondió y volvió a tumbarse.

Axia se puso en pie y observó los carros. ¡Día de mercado! Siempre había soñado con ver un mercado de pueblo. Lo que Frances había explicado era cierto: Axia mandaba al pueblo lo que cogía en el huerto y luego bombardeaba a preguntas a quien se había encargado de la venta de los productos.

Se agachó y sacudió a Tode de nuevo.

–¡Levántate! Vamos a ir al mercado.

–Yo… –empezó a protestar Tode.

Axia sabía qué le preocupaba. No le gustaba que la gente le viera.

–No temas. Permanecerás dentro del carro y nadie te verá.

Tode se arrastró cansinamente para salir de debajo del carro.

–No puedes hacerlo. Se pondrá furioso.

–¿Qué importa? Ya me odia.

—Axia…

—Por favor —susurró ella—. Sabes qué me aguarda. ¿Crees que mi futuro marido me permitirá ir al pueblo en día de mercado? Me exhibirá como si fuera un monstruo de feria: ¡pasen y vean a la heredera de Maidenhall! —Sabía que su último argumento era vil y sucio, pero aun así lo empleó.

Tode asintió al escuchar la expresión «monstruo de feria».

—Pero nos oirán y…

—Todos duermen. ¡Tode, por favor! Debemos intentarlo.

Tode sonrió, algo que sólo se atrevía a hacer cuando se hallaba a solas con Axia.

—*Carpe diem*, ¿no? Aprovechemos el día.

Axia le abrazó, feliz.

—Te lo agradezco muchísimo.

Axia no tenía tiempo de observar el efecto que su efusivo agradecimiento había producido en Tode. Se precipitó debajo del carro para despertar a Roger, y poco después los tres se alejaron en silencio, sin que el vigilante James Montgomery los descubriera.

—Se ha ido —anunció Jamie casi sin voz, reprimiendo la rabia. Sabía que era mejor contenerse para evitar que el mundo se derrumbara.

Rhys salió de la tienda y echó un vistazo al lugar en que la noche anterior se encontraba el carro pintado. Había empezado a gustarle el dragón que lanzaba fuego por la boca y el león que Jamie (aún desnudo) estaba a punto de matar. En circunstancias normales se hubiese asustado, hubiese temido un secuestro, pero estaba seguro de que se trataba de algo menos dramático y que Axia sabría cuidar de sí misma. Bostezó, preguntándose qué delicia les traería para la cena.

–¿Tienes idea de dónde lo ha escondido? –preguntó Thomas mirando alrededor, convencido de que el carro se encontraba cerca, tal vez detrás de una roca.

Jamie seguía indignado.

–Al parecer ninguno de vosotros se da cuenta de que esto es una locura.

–Está con Tode –apuntó Thomas–. Él se ocupará de ella. Estoy seguro de que regresarán pronto.

Jamie los miró como si pensase que habían perdido la cabeza. Al parecer habían olvidado que les había contratado para conducir a la heredera sana y salva hasta la casa de su prometido. Pero Axia no cesaba de causarle problemas.

–Tenemos que encontrarla –sentenció. Dirigiéndose a la criada que ponía la mesa para el desayuno (pan con queso), ordenó–: Despierta a tu señora…

Se interrumpió al ver que Frances salía del carro. Se dijo que no parecía tan bella recién levantada.

–Ha robado un carro y se ha marchado –informó Jamie sin aclarar a quién se refería–. He de encontrarla enseguida y traerla de vuelta al campamento.

A Frances no le gustaba madrugar, y mucho menos tener que hacer frente a las locuras de su prima de buena mañana.

–Habrá ido al pueblo –aventuró al tiempo que tomaba la sidra que le ofrecía la criada. Su vestido estaba arrugado, y se sentía molesta con Axia por no haberse asegurado de que estaba bien envuelto.

Jamie montó su caballo sin prestar atención a las palabras de la joven. Rhys y Thomas, en cambio, se volvieron hacia ella sosteniendo en las manos pan con queso y preguntaron por qué querría Axia ir al pueblo.

–Para ganar unas monedas, ¿para qué si no? –contestó Frances.

Los tres la miraron molestos, y Frances apretó los labios. ¿Desde cuándo ella era la niñera de Axia? Señaló a la gente que avanzaba por el camino, a unos metros de allí. Unos caminaban, otros cabalgaban, todos ellos en dirección al pueblo.

—Hoy debe haber mercado, ¿no? El dinero pasará de mano en mano —agregó con tono sarcástico—. Axia siempre está allí donde es posible ganar dinero. —Lanzó una mirada desafiante a Jamie—. Ya dije que tenía alma de mercader avaro...

Antes de que Frances acabara de hablar Jamie se alejó a toda velocidad en dirección al pueblo, dejando tras de sí una estela de polvo.

Jamie no sabía si creer a Frances. ¿Por qué querría ir a un mercado de pueblo una joven acostumbrada a vivir con la heredera de Maidenhall? Tode opinaba que Axia era muy buena con las finanzas, pero él pensaba que lo único que sabía hacer bien semejante arpía era pintar. ¿Cómo podría ser de otro modo, si se había pasado la vida encerrada?

No, se corrigió, Frances es la prisionera. Axia había vivido con su padre y sus hermanas hasta la adolescencia y ahora los visitaba con relativa frecuencia.

—¿Ha visto pasar un carro con...? —Jamie siguió preguntando hasta llegar a la entrada del pueblo. En ese momento alguién le señaló y exclamó:

—¡Es él! ¡El caballero que se enfrenta al dragón!

Jamie apretó los dientes y, dando media vuelta, se alejó de aquel hombre. Estaba claro que Axia había pasado por allí; la gente conocía la horrenda decoración del maldito carro.

Axia siempre conseguía humillarle. Se había sentido digno y orgulloso durante veintiocho años, pero al conocerla se había convertido en el hazmerreír de todos. Peor que una tragedia griega, pensó mientras avanzaba entre la muchedumbre.

—¡El caballero del dragón! —escuchó que varias personas exclamaban a su paso. Se maravilló de que le reconocieran a pesar del ojo morado y los arañazos que aún marcaban sus mejillas.

Cerca de la salida del pueblo encontró el carro de Axia rodeado de gente. Por increíble que pareciese, entre el tumulto oyó la voz de la muchacha. ¿Cómo podía gritar tanto una mujer?

Para acercarse hubo de rodear el vehículo y colarse por detrás. De no haber estado a lomos del caballo no habría podido ver qué ocurría.

Los carros eran sólo una tapadera, nunca pensó que comerciarían con las mercancías que transportaban. Tode le había explicado que la bodega estaba llena de telas, y Jamie había decidido utilizarlas para dar más realismo a la farsa. Pero ahora se daba cuenta de que todo estaba pensado a la medida de los propósitos de Axia. Un costado del carro estaba levantado, apoyado sobre dos pilares que formaban una especie de puerta. En el interior se había colocado una estantería que hacía las veces de mostrador. Al fondo se veía una cortina y Jamie supuso que Tode permanecía oculto tras ella para que nadie pudiese verlo. Roger ayudaba a medir y cortar telas, siguiendo las indicaciones de Axia al pie de la letra.

Jamie no acertaba a entender por qué se había reunido tanta gente alrededor del carro. Sin duda no era el primer vendedor de telas que veían. Tal vez la forma en que estaba pintado era mejor reclamo de lo que había supuesto. Sin embargo, las personas congregadas allí no estaban contemplando las imágenes, sino comprando telas a un ritmo frenético. Roger y Tode, detrás de la cortina, no daban abasto. Ya casi no quedaba tela en el carro, se había agotado en poco tiempo. En su lugar había queso, harina, un poco de carne y un par de pollos, si la vista no le engañaba. Estaba seguro de que había mucho más en el suelo.

Se detuvo para escuchar las palabras de Axia.

—Mis antepasados fueron grandes comerciantes —explicaba a voz en cuello a pesar de que parecía hablar a un hombre situado a apenas un metro de ella–. Prefiero tirar la tela a aceptar lo que me ofrece. ¿Ve este brillo? Son escamas de dragón. ¿Nunca se ha preguntado qué pasaba con los dragones que mataban los caballeros de hace siglos? Mis antepasados los despellejaban y conservaban la piel con todas sus escamas. Durante años no supieron qué hacer con ellas. Afortunadamente mi abuela, que Dios tenga en Su gloria, descubrió la forma de convertirlas en hilo, con el cual mi abuelo, santo entre los santos, tejió estas telas. ¿Ve como brillan al sol? ¡Tela de dragón! –voceó–. ¡Tela de dragón! Nunca se gasta.

Jamie estaba indignado. ¿Cómo podía mentir con tanta impunidad? ¿Cómo…?

Decidió no perder más tiempo pensando y se abrió paso entre la muchedumbre hasta situarse ante Axia.

–¿Qué ocurre? –preguntó ésta y lanzó un gruñido al verlo–. Acercaos todos, el diablo se ha tragado el sol –proclamó. Evidentemente era su forma de avisar a Roger y Tode, que se hallaban detrás.

–Nos vamos de aquí –comunicó Jamie a Axia con tono imperativo.

Un hombre que sostenía un ganso bajo el brazo observó al caballero y exclamó:

–¡Dragones!–. Al ver el semblante severo de Jamie optó por callarse.

–¡Salga de ahí de inmediato! –ordenó Jamie–. Los hombres se harán cargo del carro. –Se volvió hacia Roger, consciente de que Tode no se hallaba lejos–. ¡Quiero que este carro esté de vuelta en el campamento en menos que canta un gallo!

Roger asintió, Axia abrió la portezuela y bajó por los escalones.

–¿Alguien podría preguntar a este caballero qué le ofende tanto? –inquirió, mirando a los presentes–. ¡Tal vez sólo le molesta que esté viva y respire!

Jamie no estaba dispuesto a convertirse en el hazmerreír de todo el pueblo. Ya tenía bastante con que su retrato decorase el carro.

—¡Tú! —ordenó a un hombre fornido—. ¡Tráela aquí!

No pensaba desmontar. Todo el mundo le miraba tratando de comprobar si el retrato le hacía justicia.

El rostro del interpelado se iluminó como si acabasen de entregarle las llaves del reino. Agarró a Axia por los brazos, dispuesto a subirla en el caballo delante de Jamie. Pero antes de que pudiera completar la tarea sintió la punta afilada de la daga de Jamie contra la barbilla.

—¡Ten cuidado con lo que tocas! —advirtió Jamie.

El hombre se comportó con toda decencia. Mientras tanto la muchedumbre que seguía junto al carro, esperando la tela de dragón prometida, se sintió inspirada y comenzó a vocear a coro:

—¡Matadragones! ¡Matadragones! ¡Matadragones!

Jamie elevó la mirada al cielo y se marchó del pueblo con Axia montada delante de él. Le costó bastante abrirse paso entre el gentío, pero por fin logró llegar a los campos. Una vez allí, optó por aflojar la marcha. Necesitaba tiempo para intentar hacer entrar en razón a Axia.

—Está llamando la atención —comenzó. Había decidido buscar un lugar tranquilo donde desmontar para hablar tranquilamente con ella, pero no fue capaz de esperar—. ¿De qué sirve viajar de incógnito si nos convierte en el hazmerreír de todo el pueblo, en un espectáculo ambulante?

Axia no pronunció ni una sola palabra.

—¿No piensa contestar? —protestó Jamie—. ¿Nadie le ha enseñado a dar explicaciones? ¿Acaso no piensa antes de actuar?

Axia estaba sentada de lado y Jamie la rodeaba con los brazos para sostener las riendas. Sus cuerpos estaban unidos. Axia se sentía bien junto a él, a pesar de que había decidido odiarle por todo cuanto le había hecho, y en especial por no reconocerla, por no saber que ella era Diana.

—Axia, ¿qué puede alegar en su favor? —inquirió Jamie con tono severo.

La joven se inclinó.

—Caballito, ¿tú oyes a alguien? ¿No? Yo tampoco. Debe de ser el sonido del viento entre los árboles.

Jamie lanzó un suspiro de desesperación.

—Cuando recibí la carta de Perkin Maidenhall en que me pedía que escoltara a su hija me pareció una manera sencilla de ganar dinero —musitó—. Pero ahora preferiría acompañar a criminales en Escocia a tener que enfrentarme a... a... —Como siempre, le resultaba imposible describir a Axia. Tomó aire para serenarse—. Axia —dijo con dulzura. De pronto, al tenerla entre sus brazos, recordó que era una mujer. Generalmente le costaba pensar que era algo más que un diablo dispuesto a hacerle la vida imposible—. No puede llevarse el carro y desaparecer cuando le plazca. Su prima y usted se hallan bajo mi custodia. He de saber dónde se encuentran y qué hacen en todo momento. ¿Lo entiende?

De nuevo esperó una respuesta de la joven, pero al mirarla observó que se había quedado dormida. Su cabeza descansaba sobre el hombro de Jamie. Tenía las manos en el regazo, y apoyaba el cuerpo contra el torso de él.

No era extraño que estuviera rendida. Trabajaba el doble que los demás. Nunca hacía nada por él, pero siempre ayudaba a los demás. Pensó que, teniendo en cuenta el contenido del carro, ya no tendría que comprar comida en una semana. Quizá Tode tenía razón; tal vez Axia era muy competente para los negocios.

De todos modos debía hablar con ella acerca de la tela de dragón. La joven mentía sin pudor.

Faltaban unos cien metros para llegar al campamento, donde todos estarían esperándoles. Tode y Roger no tardarían en regresar con el carro, y pronto reanudarían la marcha.

Jamie sabía que debía avanzar hacia el campamento; sin embargo dio media vuelta y subió por una colina cercana. Se detuvo a la sombra de un gran roble y, no sin cierta dificultad, logró desmontar del caballo con Axia en brazos y sin que ésta despertara. Cogiéndola como si fuera un niño, se sentó bajo el árbol, y la muchacha se acurrucó en su regazo.

La joven continuó durmiendo cerca de una hora sin moverse. Jamie le sostenía las manos. Nunca se había fijado en lo menuda que era, seguramente porque su fuerte carácter la hacía parecer mayor. Pero en ese momento, al ver su pequeña mano y su cabeza sobre el regazo, sintió un gran deseo de protegerla de todo mal. De hecho por primera vez se sentía como el hombre que ella había pintado en el carro.

La atrajo hacia sí para recostarse cómodamente contra el tronco del árbol. Al cabo de unos minutos quedó dormido, pero despertó bruscamente.

—¡Aparte sus sucias manos de mí! —ordenó Axia al tiempo que le propinaba un codazo en las costillas—. ¿Cree que soy una cualquiera con quien puede hacer lo que le plazca?

Jamie no entendía bien qué ocurría ni recordaba dónde estaba. Empezaba a acostumbrarse a sentirse confuso. Su vida se había trastocado desde el momento en que saltó aquel muro y conoció a esa joven tan especial.

Axia seguía en su regazo, pero se mostraba furiosa; en realidad siempre parecía molesta con él.

—¿Cree que soy una Diana cualquiera? —preguntó acercándose aún más a él.

Si se hubiese tratado de cualquier otra mujer, probablemente Jamie habría sentido deseos de besarla al despertar con ella entre los brazos, pero Axia era un caso aparte.

La empujó sin la menor consideración, y Axia cayó al suelo. Luego se dirigió hacia su caballo.

Axia también se sentía confusa. Se preguntaba si Jamie se dedicaba a acariciar a todas las mujeres que conocía.

—¡Libertino! —acusó. Sin embargo su tono carecía de la virulencia que suele acompañar un insulto. Poniéndose en pie, se sacudió el polvo del vestido—. No pienso… —anunció al ver que se acercaba a ella, pero antes de que pudiera acabar la frase Jamie la agarró por la cintura y la sentó en la silla de montar con brusquedad. Axia protestó, Jamie se limitó a sonreír con aire cínico antes de montar detrás de ella.

En cuanto el caballo empezó a avanzar, Axia se reclinó sobre Jamie de una forma tan familiar que el joven no pudo evitar sonreír. Axia también sonreía, aunque el caballero no podía verla. En realidad no pensaba que fuese un libertino. Simplemente había adivinado que Jamie había sentido deseos de besarla.

Al cabo de un rato Axia anunció:

—He conseguido una selección de quesos en la que figura ese blanco curado que tanto le gusta.

—¿En serio? —inquirió sorprendido, tratando de ocultar su emoción. Por dentro saltaba de alegría. Era la primera vez que Axia tenía un detalle con él.

—Maidenhall no me dio demasiado dinero para comida. Lo que hemos conseguido hoy nos ayudará a salir del apuro —explicó, intentando prolongar la conversación—. Se volvió hacia él—. Jamie, me gustaría ayudar con los gastos. Me ha encantado comprar y vender en el mercado. ¡Ha resultado tan divertido! Y… —bajó la mirada— creo que lo he hecho bien.

Jamie sonrió.

—Creo que ha estado magnífica.

—¿De veras?

—En serio. Tiene tanto talento para los negocios como para el dibujo.

Axia abrió los ojos de par en par.

—No soy demasiado buena dibujando. Estoy segura de que ha visto obras mejores que las mías.

—Jamás.

Axia balbuceó. Se había quedado sin habla. Jamie se sintió encantado.

—He observado que le gustan las almendras. Prepararé pato relleno de almendras. —Introdujo la mano en el escote y sacó un poco de salvia—. Creo que esto ayudará a darle sabor.

Jamie volvió a sonreír.

—Saborearé cada bocado —susurró.

Axia no acababa de comprender el significado de sus palabras, hasta que se percató de que se refería al lugar en que había guardado la salvia. Entonces se sonrojó y le dio la espalda de nuevo.

Poco antes de llegar al campamento insistió:

—¿Me permitirá ayudarle con las cuentas? Me gustaría ser útil.

—Si quiere —contestó Jamie—. Pero nada de mentiras. Basta de prometer telas que no se desgastan nunca. Y no vuelva a desaparecer sin anunciar adónde va. No tiene ni idea de cuán preocupado estaba esta mañana al despertar y descubrir que se había marchado.

—Pensé que se alegraría —replicó con los labios apretados—. Su vida resultaría más sencilla si me escondiese bajo tierra y no saliese nunca.

Jamie rió y la estrechó entre sus brazos.

—Axia, creo que la echaría de menos si no estuviera. Sé que no me causa más que problemas, pero la echaría de menos.

Consciente de que él no podía ver su cara, la joven se permitió sonreír.

—He conseguido nabos, zanahorias y bastante mantequilla. ¡Ah, y cebolletas! Además, con las plumas del pato podría confeccionar una almohada para usted.

–¡Eso sería fantástico! –susurró mientras entraban en el campamento. Rhys ayudó a Axia a bajar y Jamie insistió–: En verdad sería maravilloso.

12

Cuando Frances vio a Axia y Jamie a lomos del caballo intuyó que algo había cambiado. Al parecer su prima sabía cómo conquistar a un hombre. Ignoraba su secreto, pero sospechaba que tenía algo que ver con la forma en que los alimentaba.

«Son hombres, no cerdos que hay que cebar para vender en el mercado –solía protestar Frances–. Si fuese uno de ellos temería que tratases de vender mi hígado.»

Frances suspiró con tristeza al ver desmontar a Axia. El viaje no resultaría como había esperado. Cuando aceptó hacerse pasar por Axia le encantó la idea de cruzar el país sin que nadie conociera su identidad. Pensó que así despertaría el interés de muchos varones y podría escoger uno como esposo. Sabía que hacer creer a un hombre que era una rica heredera, y confesarle después de la boda que en realidad era pobre, era inmoral, pero confiaba en que, gracias a su belleza, su marido se enamorase de ella de todos modos. Frances era consciente de que ese viaje constituía su única oportunidad de conseguir un buen matrimonio.

Axia sabía qué la esperaba al final del viaje, mientras que para Frances el desenlace era una verdadera incógnita. Axia fingía no saber nada de su futuro marido, pero su prima presumía que estaba mejor informada de lo que aseguraba. Frances ignoraba qué le había reservado Perkin Maidenhall. Tal vez al llegar a su destino encontraría una carta en que se le comunicaba que ya no se requerían sus servicios. Quizá la mandarían de vuelta con su familia, esos seres que ella describía como ángeles cuando hablaba con Axia, pero que en realidad no cesaban de pedirle que consiguiera más dinero de los Maidenhall.

Axia consideraba que su existencia en la jaula de oro era la peor de las experiencias, sin saber que en realidad la habían protegido de la crueldad de la vida. Nada podía ocurrirle, nunca había visto nada atroz.

Frances sabía qué destino aguardaba a una mujer sin recursos. Su madre había sido una doncella bellísima y se había casado por amor. Se había negado a contraer matrimonio con un anciano banquero, rico y aburrido, para unirse a un joven que cambiaba de oficio cada poco tiempo. Al cabo de cinco años su madre se veía ajada, cuidaba niños y cosía, y su belleza se había esfumado.

En vida de su madre Frances vestía ropa con remiendos y, al pasar ante la casa del banquero, se preguntaba por qué habría escogido a su padre. Se quedaba embobada observando a los hijos de aquél, con su ropa limpia y recién planchada, sus juguetes, y se juraba que nunca cometería el mismo error que su madre. Si tenía la suerte de heredar su belleza la aprovecharía mejor que ella.

Frances decidió escribir a Perkin Maidenhall para recordarle que eran parientes, aunque lejanos, y solicitar un empleo en su casa. Frances se acordaba bien del contenido de esa misiva; la escribió y reescribió laboriosamente. ¡Y cómo olvidar que había tenido que robar el papel de lujo de la tienda de un impresor! En ella advertía a Maidenhall que su hija debía de sentirse muy sola y que sería bueno que se convirtiesen en amigas.

Cuando llegó la respuesta, junto con una bolsa de monedas, la euforia se adueñó de Frances y su familia. Lo celebraron durante una semana, hasta acabar el dinero. Cuando Frances subió al carro que Maidenhall había enviado para recogerla, decidió que nunca miraría atrás.

Ahora Frances creía haber encontrado la forma de

alejarse de Axia, de su avaro padre, del horrendo Tode... Dejaría de depender del dinero de Maidenhall si lograba enamorar a un hombre y casarse con él. No precisaba que fuese millonario ni increíblemente atractivo o seductor. Sólo quería a alguien como el banquero que su madre había rechazado.

Pero ¿quién? ¿Cómo? Frances sentía ganas de llorar. ¿Cómo iba a conocer al hombre adecuado si viajaba como esposa de James Montgomery? Lo que por cierto, resultaba irónico, puesto que entre ambos no había ocurrido nada, aparte del beso que habían estado a punto de darse. Y por la forma en que Jamie miraba a Axia, sospechaba que ella no tenía ninguna oportunidad.

Trató de considerar sus opciones. Estaban los dos criados del conde, pero Frances reconocía la pobreza en cuanto la veía. La situación de esos dos hombres no era mucho mejor que la suya. En realidad el candidato más adecuado era el conde, quien por desgracia sólo tenía ojos para Axia.

¡Maldita prima!, pensó. Axia no era consciente de cómo la miraban los hombres. Era tan ingenua que pensaba que sólo se acercaban a ella por ser la legendaria heredera de Maidenhall, pero lo cierto era que, a pesar de no ser una belleza en sentido clásico, su espontaneidad la hacía muy atractiva. Axia había vivido encerrada toda su vida y no sabía comportarse de manera adecuada. Tanto le daba recibir a los emisarios de su padre en el granero como invitarlos a cenar.

Axia no entendía de títulos y trataba por igual a personas de distinta posición. Dos años antes, un viejo duque decrépito había solicitado permiso para visitarla. Aseguraba que había oído hablar tanto de la heredera que deseaba conocerla personalmente. Axia le pidió que le ayudara a desplumar un ganso y acabó regalándole un dibujo en que aparecían el duque y el ganso. El anciano explicó a todo el que quiso escucharle que no había pasado una tarde tan maravillosa en toda su vida. Al año siguiente murió, y Axia lloró amargamente por él.

De modo que no le extrañaba que James Montgomery se sintiese fascinado por Axia. Lo que le sorprendía era que ésta parecía corresponderle. El modo en que Tode observaba a ambos le hacía sospechar que algo ocurría. Frances habría dado lo que fuese por averiguar de qué se trataba.

Muy a su pesar sospechaba que el amor era la clave para entender el comportamiento de ambos. Sin duda se habían enamorado; sentían esa estúpida emoción totalmente inútil de que todos hablaban: el amor. El amor había vuelto desgraciada a su madre. El amor…

El amor podía costar muy caro a Axia, si no se andaba con cuidado. ¿Qué sucedería si la joven se oponía a la voluntad de su padre y pedía casarse con un conde empobrecido? Su padre la desheredaría y el conde acabaría por abandonarla. ¿Qué sería de Axia después de semejante catástrofe? Su prima era bonita, pero no lo suficiente para desposarse sin una buena dote. Si Axia fuese pobre, se quedaría soltera, Frances estaba segura de ello.

Tal vez debería salvarla, pensó, protegerla de sí misma. Si le robase a James Montgomery, Axia ya no correría peligro de contrariar a su padre, no tendría por qué temer que la desheredara.

Si contrajese matrimonio con un conde se convertiría en lady Frances, se dijo con una sonrisa en los labios. Sus hermanas se morirían de envidia.

Por supuesto, no podía olvidar que lord James era pobre. Por eso había aceptado escoltarlas. Frances no entendía cómo un noble podía ser pobre. Debía de tener gran cantidad de parientes ricos dispuestos a ayudarle. Al menos cuando mandó pedir más hombres, sus parientes habían respondido de inmediato enviando guardias bien armados para proteger los carros de Maidenhall.

James Motgomery era su mejor opción, sin duda, pues probablemente no conocería a más caballeros durante el viaje. El problema estribaba en que era demasiado atractivo. Frances opinaba que, cuanto más feo era un hombre, más fácil resultaba conquistarlo.

Miró fijamente a Axia y se prometió que se casaría con James Montgomery antes de que el viaje llegase a su fin. Estaba dispuesta a todo con tal de lograr sus propósitos. Y Axia acabaría por agradecérselo algún día.

Axia estaba arreglando el interior de uno de aquellos incómodos carros en que viajaban. Si la reina de Inglaterra podía viajar libremente, ¿por qué no podía hacerlo la heredera de Maidenhall?

Por supuesto conocía la respuesta; su padre era demasiado tacaño para contratar una escolta suficientemente grande, de modo que su única hija tenía que viajar de incógnito. En realidad Axia estaba disfrutando mucho de la experiencia, ya que la farsa le permitía ganar dinero, una de las pasiones que había heredado de su padre.

Frances se levantó y se sacudió el polvo del vestido. Detestaba esos carros. Cuando fuese lady Frances sólo aceptaría viajar en carruajes con asientos de terciopelo y una docena de guardas y…

—¿Qué estás pensando?

Frances se sobresaltó al oír una voz que le susurraba al oído. Adivinó que se trataba de Tode, aquel hombrecillo odioso, sin necesidad de volverse.

—Me decía que debería proteger a Axia de sí misma —anunció y se alejó con la cabeza bien erguida. Deseaba que Tode se quedase intrigado, que se sentase junto a su querida Axia y tratase de adivinar qué tenía ella, Frances, en mente.

Sonriente, caminó hacia el lugar donde se encontraba Jamie.

—¿Le apetecería dar un paseo conmigo? —preguntó Jamie a Frances, ofreciéndole el brazo—. Hace una noche espléndida.

Frances asió su brazo, y echaron a andar por el camino que bordeaba el campamento.

—En pocos días llegaremos a una casa y podremos dormir en camas —anunció Jamie para romper el hielo.

Frances sonrió.

—Me encantará. Me alegrará comer algo distinto de lo que puede prepararse en un fuego de campo —añadió con una mueca.

—Axia no cocina mal, ¿verdad? Nunca había probado un pato relleno de almendras tan sabroso —comentó Jamie, feliz al recordar la cena.

Frances parpadeó coqueta. La luz de la luna realzaba su belleza.

—¿Vas a hablar de otra mujer estando conmigo?

—No, supongo que no sería correcto —respondió Jamie algo avergonzado.

Caminaron en silencio hasta que Frances soltó una sonora carcajada. Jamie la miró perplejo, con una tímida sonrisa en los labios.

—Somos idénticos, ¿no te parece? —preguntó con tono de complicidad.

—Estoy seguro de que así es… pero ¿en qué sentido?

—Dime, James Montgomery, ¿alguna vez has tenido que cortejar a una mujer? Me refiero a si te ha costado mucho conquistar su corazón. ¿Has tenido que enviar flores, recitar poemas?

Jamie ladeó la cabeza.

—En realidad… —comenzó pensativo.

—Yo tampoco —interrumpió Frances—. Bastaba con que me sentara a esperar, y ellos acudían a mí. Los caballeros se peleaban por sentarse a mi lado. Los jóvenes se precipitaban para ser los primeros en ofrecerme una copa de sidra. –Le miró fijamente–. Estoy segura de que a ti te pasaba lo mismo con las damas.

–Admito que nunca he tenido demasiados problemas hasta… hasta últimamente –aclaró.

Frances frunció el entrecejo.

–Creo que va siendo hora de que hablemos de negocios.

Pero Jamie seguía pensando en «últimamente». No conseguía recordar su vida antes de conocer a Axia. ¿Cómo olvidar aquel primer día, su cuerpo bajo el suyo, la mañana en que la colocó sobre sus rodillas para darle unos azotes, el día en que lo agredió después de pintar el carro o la dulce visión de Axia dormida en la silla de montar, con la cabeza apoyada en su hombro…?

–Deberíamos planear nuestro matrimonio. Tal vez lo mejor sería casarnos en secreto y contárselo a mi padre después…

–¿Casarnos? –repitió Jamie sorprendido, ya que no había escuchado el principio de la frase.

Frances pestañeó coqueta.

–Creía que querías el oro de los Maidenhall, mi herencia.

–Yo… –A Jamie le disgustaba plantearlo de un modo tan directo.

–No te aflijas –murmuró acercándose a él–. ¡Oh, James! No sabes lo que me espera. Mi padre ha escogido un hombre horrible para mí. Me condena a no conocer el amor. Sé que nunca tendré hijos. He vivido prisionera desde que contaba tres semanas de vida y seguiré presa aun después de casada. ¿Cómo podré soportar algo así?

Jamie hizo lo que hacía siempre que veía llorar a una mujer; la estrechó entre sus brazos y la acarició para consolarla.

–Sé que Axia pretendía criticarte cuando afirmó que

querías casarte conmigo por mi fortuna, pero en realidad eres la respuesta a todas mis plegarias. Siempre anhelé que mi padre me presentase a un joven apuesto y educado que me... No me atrevo a expresarlo en voz alta...

—¿Qué? —susurró, a pesar de que imaginaba la respuesta.

—Que me libraría de un matrimonio que a buen seguro sería peor que la vida que he pasado privada de libertad.

—Su padre ha depositado toda su confianza en mí. No puedo... —argumentó Jamie.

—¿Y qué hay de su familia? —contraatacó Frances—. ¿Es tan pobre como la de Axia? ¿Pasa frío en invierno? ¿Apenas tienen qué comer?

Jamie tragó saliva al recordar que Berengaria había explicado que todos los días comían lentejas y que soñaba con una casa bien caldeada. Los momentos que había pasado con Axia le habían hecho olvidar su responsabilidad para con su familia, pero Frances le había devuelto a la realidad.

La joven se aferró a Jamie tratando de despertar su compasión.

—Podríamos casarnos en secreto. Una vez convertidos en marido y mujer, mi padre no podrá hacer nada, no podrá anular nuestro matrimonio.

—Pero... —Jamie no se atrevió a decir que corrían el peligro de que Maidenhall se enfadara y decidiera desheredarla.

Frances sonrió como si pudiese leer sus pensamientos.

—La gente está tan fascinada con la fortuna de mi padre que olvida que mi madre era la única hija de un hombre sumamente rico. Aunque mi padre no me cediese nada de lo suyo, seguiría conservando la propiedad de mi abuelo: casas, tierras y un par de castillos. Tengo recursos suficientes. —Sonrió—. Además, dudo de que a mi padre, un comerciante burgués, le moleste que me case con un conde procedente de una familia de rancio abolengo como la Montgomery.

—Supongo que tiene razón —concedió Jamie sin prestar mucha atención.

—Me rescatarás, ¿verdad? ¡Hazlo por mí y por tu familia!

Jamie la separó con firmeza.

—Haré cuanto esté en mi mano por rescatarla, pero mi honor me impide casarme sin el consentimiento de su padre. No puedo mantener esto en secreto. Es preciso que él nos dé su bendición.

Frances desvió la mirada para que Jamie no advirtiese su preocupación. No podía permitir que el padre de Axia se enterase de sus planes de matrimonio.

—¿Qué me importa su consentimiento? Me ha mantenido encerrada toda mi vida y ahora pretende entregarme a un hombre cuya única virtud es ser rico. ¿Acaso no merezco ser feliz?

—No hable así de su padre. No… —Jamie se sentía incapaz de pensar con claridad. El matrimonio era una decisión muy importante y no podía tomarla tan a la ligera. Si una persona tan poderosa como Maidenhall se enfadaba con él… ¿qué sería de su familia? Tenía que pensar en ella—. No puedo…

—No te gusto —sentenció Frances con los labios apretados a modo de puchero—. No te gusto nada.

—¡Claro que me gusta! —exclamó Jamie, consciente de que su tono sonaba falso. En realidad no se había fijado demasiado en Frances.

—Creo que entiendo lo que ocurre —repuso ella—. Suele suceder. Después de todo, soy la heredera de Maidenhall, y eso asusta a los hombres. Ninguno me quiere por mí misma; sólo buscan mi dinero. Todos se enamoran de Axia. Tode, por ejemplo, a pesar de ser un monstruo, la ama. Rhys no aparta la vista de ella, la corteja. Incluso Thomas se siente atraído por mi prima. En cambio, cuando me miran, los hombres sólo ven dinero. Axia tiene razón, no soy un ser humano; soy el dinero de mi padre.

Frances dio media vuelta y empezó a caminar hacia el campamento. Jamie la detuvo. Joby solía afirmar que bastaba con que una mujer le explicase una historia triste para que Jamie se convirtiese en la persona más dulce del mundo.

—Frances —dijo con ternura—, no es eso. Es una mujer encantadora. Cualquier hombre sería feliz de convertirla en su esposa.

—¡Oh, Jamie! —exclamó, rodeándole el cuello con los brazos—. Sabía que me amabas. Lo sabía. Seré la mejor de las esposas. Y tu familia podrá comer y calentarse gracias al dinero de los Maidenhall. Ya verás, serás el hombre más feliz de la tierra. —Lo tomó de la mano, indicándole que la siguiera—. Vamos a contárselo a los demás. —Sus ojos brillaron porque acababa de ocurrírsele una idea—. Escribiremos a mi padre. Juntaremos nuestras cartas y las enviaremos con el mismo mensajero. Estoy segura de que aceptará encantado que su hija se convierta en una dama. Ven, no lo pienses más. —Lo miró cuando él se detuvo—. ¿Ocurre algo? ¿No era esto lo que querías? ¡Vas a casarte con la heredera de Maidenhall! ¿Quieres o no?

—Sí —musitó—. Es lo que debo hacer. Mi familia lo necesita.

Frances estiró los brazos y empezó a dar vueltas.

—Soy la mujer más feliz del mundo. ¿Tú no?

—Por supuesto —respondió—. Me siento muy, muy feliz. Realmente dichoso. —Su tono, triste y resignado, desmentía sus palabras—. Vamos —propuso—, regresemos al campamento.

—Sí, hemos de comunicar la gran noticia —añadió

Frances, radiante–. Pero Jamie, querido, es mejor que ocultemos lo de las cartas. Axia… Bueno, ya sabes cómo es. Diremos que hemos decidido desposarnos en secreto. ¿Estás de acuerdo?

–Claro –contestó. Y lanzando un gran suspiro, la siguió camino abajo, de regreso al campamento.

Queridas hermanas:

Vuestros sueños tal vez se hagan realidad. Al parecer voy a casarme con la heredera de Maidenhall. No; no penséis que se trata de un matrimonio por amor, no es así. Frances necesita alguien que la rescate, y yo un nuevo techo para nuestra casa. ¿No es así como nacen los mejores matrimonios?

De todos modos, dudo de que la boda se celebre, ya que no quiero dar ese paso sin el consentimiento de su padre. Maidenhall ya ha comprometido a su hija con otro hombre, de modo que no creo que acceda. Frances opina que sí; de ser así, nos casaríamos enseguida. Os contaré en qué acaba todo esto.

¿Recordáis a aquella muchacha que había mencionado, Axia? Está resultando muy útil. Compra y vende cosas en cada lugar que visitamos. Cuenta mentiras increíbles acerca de la mercancía, pero gracias a ellas consigue grandes ventas. Cambió algunos de los animales que le habían dado por cien pares de zapatos, y compró cien botones a una viuda que acababa de asistir al entierro de su marido. Luego nos mandó a todos, excepto a la heredera, claro está, coser los botones en los zapatos y al día siguiente los vendió por el doble de lo que le habían costado.

Rhys asegura que en una semana ha logrado triplicar el valor de las telas que llevábamos y afirma bromeando que, a este paso, en un mes tendrá suficiente para comprar una casa. Me temo que Rhys está enamorado de ella. Y sospecho que Thomas también.

De todos modos, gracias a Axia ya no gastamos el dinero que nos entregó Maidenhall.

Pasaremos unos días en la casa de Lachlan Teversham para esperar la llegada de los otros carros y la respuesta del padre de Frances. Escribidme allí si lo deseáis.

Os mando todo mi amor y mis mejores deseos.

Vuestro hermano que os quiere.

JAMES.

P.D. Siento comunicaros que el pantalón púrpura que tanto os gustaba se calcinó cuando Axia nos prendió fuego a mí y a él... pero no sufráis, ya me he recuperado de las quemaduras.»

–¿Y bien? –preguntó Joby a su hermana–. ¿Qué piensas ahora? Va a casarse con la heredera de Maidenhall, estoy segura. Apuesto a que Perkin Maidenhall se mostrará encantado de que su hija se despose con Jamie. Después de todo, es un conde.

–Yo no estaría tan segura –afirmó Berengaria. Respiró hondo para sentir el aroma de las flores del viejo jardín del castillo–. ¿Por qué Maidenhall no ofreció su hija a Jamie en un principio? ¿Por temor a que la rechazase? ¡Nadie la rechazaría! Debe tener una buena razón para entregársela al hijo de un comerciante en lugar de a un noble pobre.

–Es cierto –concedió Joby, meditabunda, a pesar de que no deseaba dar vueltas al asunto–. ¿Qué opinas de esa tal Axia?

Berengaria dudó antes de contestar:

—Creo que es la persona más interesante de cuantas he oído mencionar.

—¿Interesante? Sospecho que la viuda a quien compró los botones inmediatamente después del entierro de su esposo no compartiría tu opinión. Alguien debería enseñarle un poco de educación.

—Pero si lo piensas bien, ¿qué iba a hacer aquella mujer con tantos botones? Tal vez se alegró de que alguien fuese tan estúpido como para comprárselos.

Joby dejó caminar y miró a Berengaria. Por algún motivo que no alcanzaba a comprender se comportaban como si hubiesen invertido los papeles. Generalmente Joby se mostraba cínica y poco respetuosa, y Berengaria seria y preocupada por el dinero. A Joby le disgustaba Axia, pero no sabía bien por qué.

—¡Joby! —exclamó Berengaria—. ¿No puedes ser romántica por una vez? Temes que tu querido hermano, que sí es romántico, se enamore de una joven pobre como Axia y nos muramos todos de hambre.

—Según tu opinión, ya está enamorado de ella —le recordó Joby—. ¿Qué significa eso de que nuestro querido hermano es un romántico? ¿Acaso ser soldado es algo romántico?

—¡Por supuesto!

—¡Estás loca! ¿Qué tiene de romántico matar a la gente o dejarla mutilada?

—Sabes que Jamie odia todo eso. A él le gusta defender el honor y la justicia, luchar contra las fuerzas del mal.

—Es cierto —asintió Joby—, pero ¿qué tiene eso que ver con Axia? En mi opinión está volviendo loco a nuestro hermano. Dice que prendió fuego a sus ropas. —Frunció el entrecejo—. Me encantaría prenderle fuego a ella.

Berengaria alzó la cabeza, como si mirase a lo lejos.

—¿Me traerás unas cuantas flores del cerezo? Por el

olor se diría que vamos a tener una excelente cosecha este año.

Joby sacó la daga y cortó unas ramas del cerezo más cercano.

—¿Qué podemos contestar a nuestro hermano?

—¿Pretendes que le animemos a enamorarse de la joven rica con que ha aceptado casarse sólo porque nuestra casa necesita un techo nuevo?

—Así es. Supongo que no crees que el sentido del honor de Jamie le impulsará a negarse a contraer matrimonio si no es por amor, ¿verdad? Somos demasiado pobres como para pensar en el amor.

—Y él tiene demasiadas cargas —añadió Berengaria con amargura—. Madre y yo…

—Y yo —apuntó Joby—. ¡Quisiera ser como la reina y no casarme nunca!

—Yo quisiera ser como la reina de las abejas, tener cientos de hijos abrazados a mí, tirándome de la falda.

Joby sonrió.

—No olvides a Henry Oliver… él podría…

—¡Me las pagarás! —exclamó Berengaria al tiempo que intentaba alcanzar a su hermana pequeña.

13

Hacía días que llovía sin parar. Los ríos se habían desbordado, y los caminos, ya de por sí no muy buenos, se habían convertido en verdaderos barrizales en que se hundían las patas de los caballos y las ruedas de los carros.

Jamie se compadecía de sí mismo mientras se encargaba de sacar los carros del lodo y trataba de aplacar la ira de los conductores. Él era un soldado, un segundón, el hijo que no hereda la propiedad y, por lo tanto, se ve obligado a labrarse su propio camino en la vida como militar.

Pero ya no quedaba propiedad... se dijo al tiempo que detenía su caballo por enésima vez. Llovía tanto que apenas si podía ver, y sólo se oía el ruido del torrente de agua que inundaba el suelo.

Desmontó y avanzó hacia el carro que había vuelto a hundirse en el barro. Tenía lodo por todas partes. A pesar de todo Jamie sabía que su verdadero problema no era la lluvia, sino Axia. A veces pensaba que su vida había sido tranquila y fácil hasta conocerla. Las batallas en que había participado eran un juego de niños comparadas con todo cuanto le había sucedido desde que Axia se había cruzado en su camino.

Creía que ya se habían hecho amigos, pero todo cambió en un instante. Frances había llegado corriendo al campamento y había pregonado que iban a casarse antes de que él pudiera evitarlo. Jamie nunca olvidaría la cara de Axia. Sus ojos reflejaron dolor e incredulidad segundos antes de que volviera el rostro. Desde entonces el caballero había tratado de explicarle que no era un hombre libre, que para él el matrimonio era un negocio, que no podía seguir los designios de su corazón... Pero Axia se negaba a escucharle. Se alejaba, decidida a no dirigirle la palabra. Luego, al pensar en su deber para con su pobre familia, Jamie se dijo que, en el fondo, era mejor que Axia no le hablase. Sin embargo, cuando dos días después la joven anunció que había habido un accidente y había caído el queso que quedaba, Jamie sintió ganas de llorar.

Su humor cambió bruscamente la mañana en que Axia regaló a Rhys la almohada de plumas de pato que había confeccionado para él.

Afortunadamente en una horas llegarían a la casa de uno de sus mejores amigos y compañero de armas: Lachlan Teversham. Allí dormiría en una cama caliente, comería platos exquisitos y probablemente se sentiría mejor.

La lluvia formaba una cortina tan densa que Jamie sólo distinguía el carro del dragón (como le llamaban todos), que avanzaba delante de él. Había ordenado que las dos mujeres viajasen juntas en él porque, por ser el más ligero, era menos probable que se quedara atascado en el fango. Los otros, cargados de muebles y tiendas, se hundían con frecuencia.

Jamie sabía que tendría que empujar fuerte para sacar la rueda del barro. Rhys y Thomas escoltaban el otro carro, de modo que sólo quedaban el conductor y Tode para ayudarlo.

Jamie estaba tan concentrado observando la rueda que no oyó la voz de Tode, que le aconsejaba:

—¡Piedras! ¡Ponga piedras bajo la rueda! O unas ramas. Cualquier cosa.

Jamie asintió. Claro. Su mente estaba tan perdida en cuestiones personales que no se le había ocurrido la más sencilla de las soluciones. George se sentó en el pescante para tratar de dominar a los caballos, que estaban sumamente nerviosos, mientras Jamie y Tode buscaban algo que poner bajo la rueda para crear un punto de apoyo sólido.

—¿Puedes empujar? —inquirió Jamie a Tode. Éste asintió. El agua resbalaba por su rostro como una cascada, goteaba por la nariz y llenaba los surcos de las profundas cicatrices que le deformaban el rostro.

Jamie dio la señal al conductor y empujó con el hombro un costado. Tode le imitó con sus pequeñas piernas hundidas en el lodo.

—¡Listo! —vociferó.

George dio un latigazo a los caballos, que empezaron a tirar. Al ver que el vehículo estaba a punto de quedar libre, Jamie exclamó:

—¡Otra vez! ¡Más fuerte…!

Cuando el carro estaba a punto de salir del lodazal cayó de espaldas, y Axia se abalanzó sobre él.

–¡No puede! ¡No puede! –exclamaba la joven, pegándole en la cara y el pecho.

Jamie trató de protegerse con los brazos. El lodo lo atraía hacia abajo como si se tratase de un monstruo marino que pretendiese devorarlo. Rhys la agarró por la cintura y la separó del conde como si levantase un saco de grano.

Jamie estaba tan hundido en el barro que tuvo que agarrarse a la rueda para salir de allí.

–¿Qué le ocurre? –preguntó indignado, limpiándose el fango de la cara y las manos.

–¡Suélteme! ¡Suélteme! –ordenó Axia a voz en grito, luchando por liberarse de los brazos de Rhys.

Jamie se preparó para una nueva agresión y pidió a Rhys que la soltara.

Una vez libre, Axia no atacó a Jamie; en su lugar se recogió un poco la falda y echó a correr sobre el barro hacia Tode, que estaba apoyado contra la parte trasera del carro, pasándose las manos por el rostro destrozado. Axia lo miró fijamente. Recostado contra el carro, con los ojos cerrados, parecía muerto.

–¡Mire lo que ha conseguido! –exclamó furiosa–. ¡Que el diablo le lleve! –Se dirigió a Rhys–. Ayúdame a subirle al carro.

Rhys y Jamie avanzaron un paso, y Axia lanzó una mirada al conde para darle a entender que no necesitaba su ayuda.

Son amantes, pensó Jamie de pronto. Por eso lo protege tanto. Por eso él no soporta que haya otro hombre junto a ella. ¡Son amantes!

La rabia le infundió fuerzas, y cuando Rhys bajó del carro, dio la orden al conductor y ambos hombres empujaron con fuerza. Era como si Jamie hubiese heredado la fuerza de Hércules. El carro salió del barro, pero él no dejó de empujar.

Rhys le puso una mano en el hombro, pero Jamie

hizo caso omiso y siguió empujando. Su cuerpo sudaba bajo la lluvia y el fango. Rhys tuvo que emplear toda su fuerza para separar a Jamie del vehículo. Éste miró a su criado con una expresión tan iracunda que Rhys dió un paso hacia atrás. No cruzaron ni una sola palabra. Rhys montó en su caballo y se dirigió hacia el otro carro.

Jamie estaba demasiado enfadado para hablar, demasiado enfadado para pensar siquiera en lo que había despertado su furia. Subió a su caballo y escoltó el carro hasta la puerta principal de la casa de su amigo Lachlan. Éste lo recibió con los brazos abiertos.

—¡Jamie, amigo! —saludó, poniendo un robusto brazo sobre el hombro de Jamie.

Lachlan Terversham era un hombre corpulento, de cabello rojizo y cejas pobladas. Era un soldado temible; su sola presencia inspiraba terror. Sin embargo no asustaba a las mujeres. En cierta ocasión una había comentado a Jamie: «¿Cómo podría temer a un hombre que tiene una boca como la suya?»

—¿Estás ahí? —preguntó Lachlan al tiempo que fingía retirar el barro del rostro de Jamie.

Pero su amigo no estaba de humor para bromas. Dio media vuelta, molesto, y se encaminó hacia los carros.

—¡Asegurad bien los carros! —ordenó a los conductores—. Tú, muchacho, ¡cuida de los caballos! Si alguien los utiliza te arrepentirás.

Lachlan, inmóvil bajo la lluvia, miraba perplejo a su amigo. Se conocían desde la infancia, y siempre le había parecido encantador. Jamás le había visto comportarse con tal rudeza.

Thomas desmontó, se limpió el rostro y se acercó al carro pintado, donde se encontraba Frances. Estaban cubriéndola con una gran capa para evitar que se mojara, y Lachlan alcanzó a ver su hermoso rostro. Miró a Thomas y arqueó las cejas como si quisiera preguntar: «¿Es ése el problema de Jamie?»

Thomas conocía a Lachlan desde hacía años. Se inclinó hacia él y susurró:

–Dos mujeres.

Lachlan echó la cabeza hacia atrás y lanzó una sonora carcajada. Su joven amigo estaba bien, sólo tenía un problema de faldas. Lachlan hubiese apostado que Jamie, tan atractivo, nunca sufriría por una mujer.

–¡Maldición! –exclamó Jamie al mirar dentro del carro y observar que Axia y… y su amante habían desaparecido. Sólo imaginarlos juntos le provocaba dolor. –¿Dónde están? –exclamó, dirigiéndose a un mozo de cuadra que se ocupaba de los caballos. Por supuesto el muchacho ignoraba a quién se refería Jamie y optó por huir de ese monstruo rabioso que tenía ante sí.

Jamie se volvió hacia Lachlan.

–¿Los has visto? Una joven y un hombre muy bajito y…–¿Cómo podía describir a Tode?

Era evidente que Lachlan tampoco sabía de qué hablaba. De pronto pensó que probablemente Tode no deseaba que nadie lo viera, y se le ocurrió dónde podían estar escondidos puesto que conocía perfectamente la casa de su amigo.

–¡Encárgate de esto! –ordenó a Rhys señalando los carros. Tras quitar una linterna a un mozo echó a correr hacia los establos. Ése era el escondite ideal. No imaginaba a Tode caminando tranquilamente por el vestíbulo perfectamente iluminado de la casa de Lachlan.

Jamie inspeccionó, linterna en mano, cada uno de los establos. No sabía qué haría cuando los encontrase, pero, puesto que se hallaban bajo su protección, tenía todo el derecho a…

Al fondo del establo había una especie de almacén. Cuando se disponía a salir, vio que había luz en el interior y decidió acercarse para echar un vistazo.

Abrió la puerta y observó con sorpresa y horror que Axia estaba desvistiendo a Tode.

Sintió deseos de apartarla bruscamente y hacer pedazos a Tode con su espada. Pero Axia lo miró con el rostro desencajado. Su expresión no era la de una amante, sino la de una persona sumamente asustada, casi aterrada.

—¡Ayúdeme, ayúdeme! —imploró con voz temblorosa.

La rabia de Jamie desapareció al instante. Dejó la linterna en el suelo y se aproximó.

—¿Qué puedo hacer?

—Sus piernas —balbuceó.

Tode yacía sobre una pila de paja y unas mantas viejas. Jamie vio que estaba tan pálido como un cadáver.

—Iré a buscar ayuda…

—¡No! —exclamó Axia al tiempo que le agarraba el brazo—. Por favor —rogó con lágrimas en los ojos. Estaba empapada, con el cabello aplastado y el vestido manchado de barro. Jamie supuso que tendría frío y estaría cansada y hambrienta a pesar de que ella no parecía darse cuenta en esos momentos—. Es muy orgulloso y no quiere que le vean. ¿Lo entiende?

Jamie se dijo que nadie podía entender mejor que él qué era el orgullo.

—¿Cómo puedo ayudar?

Axia se volvió hacia su amigo.

—Sufre mucho. Está muy enfermo. Ayúdeme a buscar un lugar seco y cálido. Desvístale.

—De acuerdo.

Jamie se acercó a Tode y empezó a quitarle los pantalones, pero estaban tan mojados y pegados a la piel que optó por cortarlos para dejar las piernas al descubierto. Estaba acostumbrado a ver hombres mutilados en los campos de batalla, pero nunca había visto nada semejante. Las piernas parecían estar en carne viva, llenas de cicatrices y arrugas profundas. Los huesos iban en todas direcciones, como si estuviesen rotos en mil pedazos. Jamie se preguntaba cómo lograba caminar Tode. Y sobre todo, cómo conseguía superar el dolor que debía sentir a cada paso.

Axia sostenía una botella que contenía un líquido oscuro.

—Frótele las piernas con esto. ¡Rápido!

Cuando Axia lo vertió en sus manos, Jamie sintió que era una especie de aceite caliente. A continuación procedió a aplicarlo sobre las frías piernas de Tode.

—Vaya a los establos, busque mi caballo y mire en las alforjas. Tengo ropa seca. Tráigala. ¡No lo piense, hágalo! Si alguien la ve, diga que es para mí. Traiga también un frasco que hay en la bolsa.

Axia asintió con la cabeza y salió corriendo de aquel cuartucho de piedra en dirección a los establos. No tardó en encontrar la montura de Jamie; la silla descansaba sobre un poste de madera. En cuestión de segundos sacó las prendas de lana y un frasco plateado. Separó la ropa de su cuerpo para que no se mojara con su vestido y echó a correr hacia la habitación. De pronto se detuvo al oír la voz de un mozo de cuadra que se encontraba tras un tabique.

—Es la heredera de Maidenhall —explicó—. Se supone que es un secreto, pero todo el mundo lo sabe.

—Me encantaría ponerle las manos encima. ¡Imagínate, semejante cantidad de oro! Es todo lo que uno puede soñar.

—¿Vas a pedir su mano?

—¡Ja! No, la montaré en mi caballo y pediré a su padre un rescate por ella.

Axia reanudó la marcha, procurando no hacer ruido al pisar el suelo cubierto de paja. Cuando llegó a la habitación, Jamie había quitado la mayor parte de la ropa a Tode y le frotaba los brazos y el pecho con linimento.

—¿La ha visto alguien? —preguntó. Axia negó con la cabeza, y Jamie añadió—: Perfecto. No quisiera que empezasen a cuchichear. Deberíamos haber pensado antes en esto. —Jamie recordaba que cada vez que trataba de cabalgar con Berengaria la gente los rodeaba, bailando y coreando: «Ciega, ciega.» Prefería no pensar qué ocurriría si Tode diese un paseo por el pueblo—. Voy a vestirle —anunció—. Procure que tome esto. —Señaló el frasco—. Que beba tanto como pueda. —Axia lo miró sorprendida—. Es whisky de malta, McTarvit. El mejor. ¡Haga lo que le pido!

Axia asintió obediente, enrolló una manta y la puso bajo la cabeza de Tode. Luego le separó los labios para darle el whisky. Sabía que el joven se hallaba consciente, pero hubiese preferido que no lo estuviese, dado el dolor que le producían las piernas.

Vestir a Tode resultó más complicado de lo que Jamie había supuesto ya que su cuerpo permanecía inerte. A diferencia de sus piernas, su torso era el de un hombre normal, bastante musculoso, puesto que tenía que compensar la escasa fuerza de sus extremidades. Por fin el whisky surtió efecto, y Tode empezó a toser.

—No —protestó con gran esfuerzo al tiempo que volvía la cabeza—. Dejadme dormir.

—Por supuesto —contestó Axia acariciándole el cabello y retirándole los mechones del rostro. Sus mejillas empezaban a recuperar algo de color—. Duerme, yo me quedaré aquí, contigo. No te dejaré.— Buscó su mano bajo la manta con que Jamie lo había arropado y la acercó a su pecho húmedo.

Axia ignoraba cuánto tiempo había permanecido allí sentada. Cuando Jamie intentó separarla de Tode, se negó.

El conde le levantó la barbilla con la mano y la obligó a mirarle.

—Estoy harto de que me considere su enemigo. Está empapada y sin duda tendrá frío...

—No pienso dejarle —afirmó con determinación—. Si está en este estado, es por su culpa.

Jamie dio un paso atrás y se frotó los ojos. Con

cada movimiento que realizaba se desprendía parte del barro que tenía adherido. Había aprendido que era mejor no discutir con ella. Podía obligarla a entrar en la casa y ponerle ropa seca, pero estaba seguro de que si no la ataba encontraría la forma de escapar de nuevo.

Tomó una manta vieja que colgaba de un gancho de la pared y tapó a la joven. Luego la cogió en brazos y la levantó.

—Quieta o lo despertará —le susurró al oído para evitar que luchase por liberarse.

—¡Suélteme! —exclamó, pero Jamie hizo caso omiso. Se sentó en el suelo cubierto de paja, recostado contra la fría pared de piedra y la acomodó en su regazo, de espaldas a él. Axia se debatía por soltarse, y Jamie murmuró:

—Por favor, no me haga daño. Tengo el cuerpo lleno de magulladuras y arañazos desde que la conozco. Ya sangro sólo con verla.

Aquellas palabras consiguieron que la rabia de la muchacha desapareciera. Confusa, apoyó la cabeza en el hombro del conde y empezó a llorar.

Jamie la meció como si fuera una niña, envuelta en la manta, con la cabeza junto a su cuello, mientras las lágrimas caían sobre su cuerpo mojado.

Enseguida recobró la calma.

—Lo siento —murmuró—. No suelo llorar.

—Siempre produzco este efecto en las mujeres.

—Es un mentiroso —afirmó sorbiendo por la nariz—. No creo que haya hecho llorar a ninguna mujer.

No pensaba replicar. Lo que sí era cierto era que nunca había disfrutado tanto abrazando a una mujer, a pesar de que estuviese empapada y cubierta con una manta apestosa.

—Hábleme de Tode —pidió con ternura—. ¿Por qué es así?

Axia se sintió cómoda por primera vez en muchos días. No había cesado de llover y no habían podido encender ni un fuego para calentarse. Frances había rogado que se detuviesen en una posada, pero Jamie había contestado que era peligroso. Si la gente no los conocía, ¿dónde estaba el peligro? Axia sabía que debía recordar algo relacionado con un peligro, pero había olvidado de qué se trataba.

Acurrucada en los brazos de Jamie se sintió protegida y a gusto. Apoyó la frente en su cuello y, al notar que algo le rascaba la piel, se separó y arrancó un trozo de barro seco. Desgraciadamente, junto con el barro se desprendieron unos pelos.

Jamie gritó y le lanzó una mirada acusadora, como si le hubiese agredido una vez más. Axia sonrió y volvió a recostar la cabeza.

—¿Sabía que el barro es muy bueno para la piel? —inquirió—. Cierta vez probé una mezcla de barro y limo y...

—¿Barro y limo?

—Buen barro y buen limo. Se deja secar sobre la piel, y el aspecto de ésta mejora considerablemente.

—Es cierto, Frances tiene una piel casi perfecta.

—Frances es una cobarde. Nunca me deja probar nada en su cara. Pero Tode... —Lo miró preocupada; el hombre seguía durmiendo.

—Hábleme de él —insistió, a pesar de que advertía que Axia se mostraba reacia.

La joven hizo ademán de levantarse.

—Sin duda tendrá frío. Déjeme ir a buscar otra manta a los establos. O mejor aún, vuelva a la casa. Seguro que tiene hambre, y su amigo estará buscándole.

Axia apenas si podía moverse porque Jamie la abrazaba estrechamente.

—Esta vez no se saldrá con la suya. Sé que tiene previsto hacer compañía a Tode, y yo no pienso moverme de aquí tampoco. ¿Entendido? Esta vez se hará lo que yo quiero.

—¿No hace siempre lo que quiere? Creo que consigue todo cuanto desea.

—¿En serio? Yo no quería que nos acompañase en este viaje. Quería que volviese a pintar ese horrendo carro. Quería…

—Quería casarse con la heredera de Maidenhall.

—No creo que «querer» sea el verbo adecuado. He de mantener a mi familia, no puedo desposarme con quien quiera. Tal vez ignora que los hombres de mi posición no somos libres. Si pudiésemos casarnos por amor, probablemente escogeríamos a una criada.

—¿O a una joven con el rostro picado de viruelas?

—Sí —contestó Jamie. Con intención de cambiar de tema, agregó—: Bueno, ahora hábleme de Tode. Tenemos toda la noche.

Axia tomó aire.

—Su padre se lo hizo.

Jamie sospechaba que lo que le había ocurrido a Tode no era un accidente.

—¿Para que se convirtiese en mendigo? —preguntó. Había oído que algunos padres maltrataban a sus hijos con el fin de que las criaturas despertasen compasión. En todo caso, nunca había visto nada parecido a las piernas de Tode.

—Para mostrarlo como un monstruo de feria —matizó Axia—. Lo encerraba en un carro y la gente pagaba por verlo.

—Pero acabó acompañando a la heredera.

Axia deseaba aclarar que la acompañaba a ella, no a su prima. Si James Montgomery supiese que ella era la heredera tal vez le propusiese matrimonio.

—Así es. Perkin Maidenhall vio el espectáculo, por llamarlo de algún modo, compró al muchacho y lo mandó a casa de la heredera.

—¿Junto con usted?

—Sí —respondió—. Al parecer le gustan las rarezas y los casos difíciles —agregó en son de broma.

—Usted es única. No hay nadie como usted.

—Sí, soy tan inusual como ordinaria es Frances.

—Frances es hermosa —afirmó muy serio.

Axia se volvió bruscamente para mirarle a los ojos.

—¡Frances no es hermosa!

—¿No? —inquirió arqueando una ceja—. Entonces ¿qué es?

—En realidad usted no conoce la verdadera belleza.

—Bello es lo que usted pinta, y lo cierto es que retrata a Frances muy a menudo, de lo que deduzco que la considera bonita.

—No, la belleza es lo que inspira amor. Es… —Dejó caer los brazos y recostó la cabeza contra el cuello de Jamie—. Una mujer es hermosa cuando un hombre la ama. Aunque sea vieja y gorda, su marido la ve esbelta, radiante. Para ser realmente hermosa, una persona debe pensar más en los demás que en sí misma.

—De modo que usted es hermosa.

—¡Se burla de mí! No; no soy hermosa. Sólo pienso en mí. En cambio Tode sí lo es. Aunque no lo parezca dirige la propiedad de los Maidenhall. Conoce a todo el mundo, escucha sus problemas. Si alguien enferma, se ocupa de que reciba atención. Cuando alguien se siente triste, Tode lo visita, no desdeña a nadie. Le encantan los niños porque no lo ven como un ser distinto… —Sonrió—. Los niños sólo ven su bondad. Tode es una gran persona.

—Pero no le gusta Frances.

—Nadie que conozca bien a Frances la aprecia —sentenció molesta—. Sólo usted, porque ambiciona su fortuna, como el resto del mundo.

—¿Frances no se preocupa de la gente que vive en la propiedad? —Recordaba que su hermana le había explicado que eran responsables de la vida de los habitantes del pueblo. Berengaria opinaba que, si los Montgomery habían poseído esa tierra durante siglos, no podían desentenderse de ella.

—Frances no sabe ni sus nombres. Frances quiere…

—¿Qué quiere Frances?

—¿Vuelve a pedirme consejo para cortejarla? ¿Desea que le recomiende que le regale más margaritas? Tal vez debería encerrarla en una habitación llena de esas flores.

—No; no pretendía que me explicara cómo cortejarla. Sólo… —¿Qué pretendía en realidad?— ¿Qué pide usted a la vida?

—¡Libertad! —contestó sin dudarlo—. No quiero vivir encerrada, oculta. Desearía poder ir a donde quisiera. —Se volvió para mirarle—. ¿Ha estado en Francia?

—Varias veces —respondió sonriendo, sin dejar de mirarla. Seguía empapado, tenía frío, estaba cubierto de barro seco y abrazaba a una muchacha envuelta en una manta maloliente. Nada de todo eso parecía romántico, pero él sentía deseos de…

Axia se separó molesta y trató de desprenderse de sus brazos.

—¿Pretende seducirme? —preguntó horrorizada—. ¿Por eso me mira de ese modo? Primero le tocó a la pobre Diana, luego a Frances y ahora a mí.

—¡No, claro que no! —repuso Jamie aburrido—. ¿En qué estaría pensando? ¡Cerca de usted, en lugar de quitarme la ropa, debería ponerme una armadura! —Tiró de ella con fuerza y volvió a sentarla en su regazo.

—Puedo permanecer aquí sola —afirmó con tono tajante—. No es preciso que se quede. Estoy segura de que Tode se encuentra bien. No es el primer ataque que sufre, sé qué he de hacer. Ni Tode ni yo necesitamos a nadie.

Jamie la estrechó aún más, de tal modo que la pobre Axia apenas si podía moverse.

–¿Es su amante?

Axia trató de liberarse pero Jamie la abrazaba tan fuertemente que no le quedó más opción que suspirar y rendirse.

–No, somos amigos. Usted siempre piensa en lo mismo. ¿Acaso el gran amor que siente por Frances y recorre sus venas día y noche no le deja pensar en otra cosa?

–No amo a Frances, y usted lo sabe perfectamente.

–Pero está dispuesto a casarse con ella.

–Por dinero. Es un buen negocio.

–Tal vez para ella, pero usted será muy infeliz. Frances es sumamente estúpida, como ya sabe. –Axia suspiró–. De todos modos no es asunto mío con quién se case usted.

Jamie presumía que Perkin Maidenhall jamás consentiría ese matrimonio. Tomó aire.

–Tengo entendido que el padre de Gregory Bolingbrooke pagó una gran suma por la herencia.

–¿Dónde oyó semejante cosa? –inquirió Axia.

–Los asuntos de Maidenhall se comentan en toda Inglaterra. Es posible que el padre de Frances no me acepte como yerno.

–Estoy segura de que le encantará que su hija forme parte de la nobleza –apuntó Axia.

–Si Maidenhall ha obligado a pagar al prometido de su hija en lugar de ofrecer una dote, ¿por qué había de aceptar que se casara con un noble como yo?

–Tal vez la quiere y esté dispuesto a acceder a sus deseos –concluyó Axia.

–Dudo de que un hombre que no se ha molestado en visitar a su hija ni una sola vez sienta mucho amor por ella.

–¡Eso es mentira! –protestó Axia airada–. Tal vez la quiere mucho. ¿Usted qué sabe?

–Quizá tiene razón –admitió Jamie, sorprendido por la vehemente reacción de Axia.

—Tal vez la encerró para protegerla.

—Ni la reina tuvo tanta protección en su infancia como la heredera de Maidenhall. Un prisionero en la cárcel es más libre que ella. Los criminales... ¿Qué le ocurre? —preguntó al ver que trataba de apartarse de él.

—¡No me ocurre nada! Simplemente no me gusta hablar de padres que no quieren a sus hijos.

—¿Es por lo que le pasó a Tode?

—Sí —asintió. Se negaba a reflexionar sobre las palabras que Jamie había pronunciado. Cuando se hallaba en compañía de Tode y Frances, Axia solía hablar a menudo de su padre. Mantenían correspondencia desde que era pequeña, pero era cierto que jamás le había visto, jamás le había dado la mano... No, prefería no pensar en eso.

Se recostó contra Jamie y respiró profundamente para calmarse.

—¿Qué cree que diría Perkin Maidenhall si su hija se casase en secreto? —preguntó Jamie sinceramente intrigado. Frances había insistido varias veces en que debían hacerlo de ese modo.

A Axia le complacía esa clase de preguntas porque significaba que quien las formulaba suponía que conocía bien a su padre. Tode solía consultarla para decidir qué opinaría su padre sobre tal o cual cosa. Se apartó un poco y lo miró.

—Creo que a Maidenhall le gustaría que su hija contrajera matrimonio con un aristócrata si su futuro marido aceptase no recibir dinero a cambio.

Jamie recordó el techo caído de su casa y los habitantes del pueblo, que seguían dependiendo de los Montgomery.

—¿Nada?

Axia sonrió.

—Nada importante. Por supuesto el esposo heredaría la parte de la madre, pero no recibiría el grueso de la fortuna hasta la muerte de Perkin Maidenhall, y eso si él lo consiente.

—Bueno, si basta para comer y comprar unas hectáreas de tierra me conformo.

—Si eso es todo cuanto necesita, ¿por qué molestarse en seducir a la mujer más rica de Inglaterra? Con su aspecto podría conquistar a cualquier joven adinerada.

Jamie se encogió de hombros.

—Frances está cerca y tengo… prisa.

—Entiendo. No importa a quién se venda.

—¡Ya basta! No sabe lo que dice. No soy libre para casarme con quien desee. Tengo más responsabilidades de las que supone. ¿Y usted? ¿Con quién se casará? ¿Quién la mantendrá? —Jamie se puso tenso. ¿Qué le importaba a él con quién se casara Axia? Sin embargo le turbaba sentir su cuerpo junto al suyo.

—Sé mucho acerca de responsabilidades y falta de libertad —matizó Axia—. Le entiendo mejor que nadie.

Se reclinó contra él. Sabía que su padre jamás permitiría que se uniera a un noble pobre ni que siguiesen juntos si ya habían contraído matrimonio. Su padre no había amasado su fortuna regalando las cosas. Ni siquiera podía dar a su hija de balde. Maidenhall lo vendía todo.

En cambio le traería sin cuidado que Frances se casara con un noble sin dinero. Axia sentía que era cruel seguir con esa farsa, pero por otro lado se decía que, si Jamie se desposaba con una mujer tan pobre como él, lo tenía bien merecido. En todo caso no estaba dispuesta a permitir que llegasen al altar. Y jamás consentiría involucrar a su padre en la trama.

Axia sonrió al imaginar el momento en que interrumpiría la ceremonia para afirmar que Frances no valía ni la ropa que llevaba puesta. Disfrutaría mucho viendo la expresión de desconcierto de James Montgomery.

—Jugaría hasta el último instante y no permitiría que su padre se enterase de nada.

En cuanto a su propia boda, no estaba de humor para pensar en ello. La farsa concluiría en el momento en que llegasen a su destino, y tendría que unirse al hombre que su padre había escogido para ella.

Jamie se pasó la mano por la frente.

—Creo que algo la aflige. Está llena de secretos. Cuénteme qué le preocupa.

¡No!, pensó Axia. Estaba recordando la noche en que Jamie le había hecho el amor. Algunas veces le parecía que habían transcurrido siglos, y otras que había sido el día anterior cuando la había besado y había declarado que la amaba.

—¡Es usted! —contestó airada—. Me pone enferma que trate de seducirme como a Frances. ¿O acaso prefiere que llegue virgen a la noche de bodas? ¿Acaso sólo sacia sus instintos con chicas pobres como Diana? ¿Ha pensado que tal vez esté embarazada? ¿Quién cuidará de ella?

Jamie dejó de abrazarla.

—Es libre de marcharse —anunció con frialdad, y la ayudó a desprenderse de la manta.

Axia estaba enfadada sin saber por qué. Se acercó a Tode y le tomó las manos, que ya habían entrado en calor. Jamie se aproximó a ella, y Axia se puso tensa.

—Váyase. Será mejor que dedique su tiempo a cortejar a la heredera. Estoy segura de que todos los hombres de la casa estarán tratando de conquistar a Frances. Todos saben que es la heredera de Maidenhall…

—¿Qué?

Axia no pudo evitar sonreír ante su reacción; era evidente que había pensado que su secreto estaba a salvo.

—Cuando fui a los establos para buscar la ropa oí a dos hombres hablar de eso.

—¿Y por qué no me advirtió?

—Disculpe, pero me preocupaba más salvar a mi amigo que a la heredera.

—¡La heredera es su prima!

Axia estaba indignada.

—En efecto. ¡Márchese! —Irguió la cabeza—. Le ruego que se vaya, no le necesito para nada.

—Axia... —Jamie no sabía qué decir.

—¿Qué? —replicó desafiante.

Jamie no podía dejar de mirarla. Quería decirle que la encontraba hermosa. Si la belleza era una característica propia de las personas que se preocupaban por los demás, entonces Axia, empapada, en una habitación helada, cuidando de un amigo herido, era la más hermosa de las mujeres. Sin embargo optó por callar por precaución. No es para ti, Montgomery, se dijo. Has de casarte por dinero. Piensa en Berengaria, en los campesinos que empeñaron todo cuanto tenían para regalarte ropa digna de la heredera, en... Piensa en lo que sea excepto en esta joven de gran corazón que se adueñó de tu mente desde el instante en que la conociste...

—Es usted una verdadera pesadilla para un hombre —protestó Jamie con ternura. En realidad se refería a que ningún hombre querría enamorarse tanto de una mujer.

—¡Por supuesto! —sentenció Axia, que había entendido de otro modo sus palabras—. Vaya al lado de la heredera y déjeme en paz —exclamó antes de darle la espalda.

—Eso haré —afirmó Jamie y salió de la habitación.

Jamie tomó un baño, comió un poco y horas después, ya relajado, se dispuso a escribir a sus hermanas.

He enviado una carta a Perkin Maidenhall para pedirle la mano de su hija. No sé si me la concederá. Axia opina que estará encantado de que su yerno sea conde, pero yo no estoy tan seguro.

Todavía no he podido hablar con Lachlan. A estas horas todos están dormidos. Ha llovido durante días, y los caminos se han convertido en verdaderos barrizales donde se atascaban los carros una y otra vez. Todo ello ha provocado grandes problemas y el amigo de Axia ha enfermado.

No os he hablado de Tode y tampoco lo haré ahora, pero os prometo que le llevaré a casa conmigo. Necesitaremos alguien que se haga cargo de la propiedad, y él viene muy bien recomendado. Berengaria, te encantará Tode. Tú podrás verlo como es de verdad, como sólo Axia es capaz de verlo.

Tengo que dejaros porque es muy tarde. Me encantaría dormir, pero he de vigilar que nada malo le ocurra a Axia, que cuida a su amigo.

Rezo por vosotras todos los días.

Con mucho cariño,

JAMES.

—Una, dos, tres, cuatro… —dijo Berengaria—. Menciona el nombre de Axia cuatro veces, ¿verdad?

—Sí… —musitó Joby—. Tienes razón. Y sólo se refiere a la heredera en una ocasión. ¡Me encantaría ir allí y devolverle la cordura! Cambiando de tema, ¿te he comentado que uno de esos odiosos Blunt quemó un campo hoy?

—Son los dueños ahora —repuso Berengaria, como si su hermana lo hubiese olvidado.

—A eso voy. Las tierras ya no pertenecen a los Montgomery. Estoy tentada de escribir a nuestros primos para explicarles nuestra situación.

—Jamie te arrancaría la piel a tiras.

—Sí, pero es mejor que morir de hambre.

—¿Qué tiene que ver tu estómago con la quema de un campo que ya no nos pertenece? —preguntó Berengaria, aun sabiendo la respuesta. No podían asumir el fracaso de su familia frente al éxito de sus primos. Berengaria tomó aire–. Deberíamos escribirle. Le pediremos que nos cuente más cosas acerca de la heredera: de qué le gusta hablar, qué flores prefiere... Le plantearemos tantas preguntas que tendrá que estar hablando con ella todo el día para averiguar las respuestas.

–Si la tal Axia se lo permite –apuntó Joby desalentada.

–¿No me digas que Axia te cae mal? –inquirió Berengaria.

Joby se quedó mirando a su hermana, pensativa.

–Me parece que tú sientes lo mismo. Estoy segura de que pretende cazar un marido noble y no está dispuesta a dejar escapar a nuestro hermano. Es su gran oportunidad. ¿Qué crees que hace para alejarlo de la heredera? ¿Vestirá de forma ostentosa?

–No lo creo –replicó Berengaria–. Jamie prefiere las mujeres inteligentes, jóvenes con quienes pueda mantener una conversación. ¿Crees que le habla de Aristóteles? Tal vez la muchacha lee libros en griego con el fin de impresionarle.

–Ven. Tenemos que pensar cómo podemos lograr que se enamore de la heredera.

–Ojalá pudiésemos separarlo de Axia. Sabes que James es incapaz de resistirse a una joven en apuros.

–Una damisela en apuros... –repitió Joby–. ¡Eso es! Veamos qué se nos ocurre.

14

Axia permaneció junto a Tode hasta bien entrado el día, tras asegurarse de que era capaz de valerse por sí mismo. Estaba deseando darse un baño y dormir.

Axia no conocía la propiedad y la intensa lluvia le

impedía ver con claridad, pero de una cosa estaba segura; no quería entrar por la puerta principal. Sin duda habrían servido el desayuno, y todo el mundo estaría ya sentado a la mesa. No deseaba que Frances y Jamie la viesen con ese aspecto cuando probablemente ellos irían vestidos de punta en blanco.

Se dirigió hacia la parte trasera del castillo, la más antigua, y entró por las cocinas... En cuanto vio el lugar se le pasó el sueño.

La cocina era un verdadero caos. No se podía caminar de tanta gente como había; un par de cocineros exageradamente gordos, jóvenes con ollas y teteras, niños persiguiéndose los unos a los otros, mujeres ordenando a éstos que se comportaran, perros que hurgaban en la basura...

¡Qué desastre! –pensó mirando alrededor–. Un verdadero desastre...

En el suelo había grandes sacos de harina abiertos y rodeados de ratas. La mesa rebosaba de hierbas y verduras, y algunas habían caído al suelo, de modo que todo el mundo las pisoteaba y formaban un amasijo asqueroso. Un hombre que corría con un gran trozo de carne en dirección a la despensa propinó un fuerte empujón a Axia.

Nadie se percató de su presencia. Observó que el armario de las especias estaba abierto, de modo que cualquiera podía robar cuanto quisiera. Además tiraban a los perros carne que podía usarse para preparar una sopa o un estofado. En la bodega se almacenaban barriles de cerveza y vinos de importación sin vigilancia alguna. En la despensa un pedazo de carne comenzaba a pudrirse.

–Esto es asqueroso –musitó–. Realmente asqueroso.

La cocina carecía de orden, de organización y al parecer ni siquiera había un encargado.

A pesar de su agotamiento, Axia sentía la necesidad de tomar una escoba, o quizá una espada, y poner orden en aquel caos. Frenar el despilfarro. Si se organizaban podrían alimentar a más gente gastando menos dinero.

Oyó que alguien exclamaba «¡cuidado!» y se apartó a tiempo de evitar que un gran trozo de carne le cayera en el pie. Era un hígado de vaca que, para su sorpresa, dos perros devoraron en cuestión de segundos.

–¡Te comería si pudiera! –dijo un hombre tras observar a Axia de arriba abajo. Al ver que ella lo miraba con furia se disculpó musitando un «lo siento» y se alejó.

Axia no sabía qué le disgustaba más, si el despilfarro o la pésima administración del dinero. Nunca había visto nada semejante. Ni se le ocurrió pensar que aquélla era la primera propiedad que conocía, excepción hecha de la suya. La idea de que todas las casas estuviesen tan desorganizadas le resultaba inconcebible.

Mientras avanzaba por el pasillo que conducía al vestíbulo principal observó que nadie había sacudido las alfombras en meses y que toda la casa necesitaba una limpieza urgente. Si ese tal Lachlan alimentaba a tanta gente, ¿por qué no los ponía a trabajar?

La sala presentaba un aspecto tan caótico como la cocina. Los perros (¿cuántos tendría aquel hombre?) buscaban restos debajo de las mesas, del techo colgaban banderas polvorientas, y las mesas estaban excesivamente llenas de comida. Éstas formaban un semicírculo y en el centro, sentados en el suelo, había cuatro o cinco niños bien vestidos, de manera que Axia supuso que eran los hijos del dueño de la casa. Si tenía hijos, debía tener una esposa; ¿por qué no se encargaba ella de poner un poco de orden en el castillo?

Axia observó la escena desde el quicio de la puerta. Frances despertaba el interés de todos, sentada en el centro de la mesa principal. Junto a ella se encontraba un hombre fuerte y bien parecido que prestaba atención desmedida a todo cuanto decía. Jamie, que también estaba a su lado y también la escuchaba atentamente, vestía un traje de terciopelo verde y se veía tan limpio como sucia estaba Axia, tan descansado como ella agotada.

Axia estaba segura de que nadie la vería si cruzaba la sala por donde estaban los niños.

Sin embargo no calculó bien la altura de los pequeños, u olvidó la suya propia. Las criaturas, poco o nada acostumbradas a la disciplina, pensaron que Axia quería jugar. Un pequeño le agarró el tobillo y la hizo caer, con lo que Axia soltó un grito. En cuestión de segundos se vio rodeada de una multitud de niños risueños.

No lograba imaginar qué habría ocurrido si no le hubiesen quitado al mayor de los niños de encima. De espaldas sobre el suelo, con los brazos en alto para protegerse, Axia vio el rostro sonriente y hermoso del hombre que momentos antes dedicaba toda su atención a Frances. Axia no pudo evitar sonreír también.

El hombre la alzó por la cintura y la arrojó hacia Jamie Montgomery como si fuese un saco de alubias. La melena de la joven se enredó entre los brazos del conde; si trataba de moverse, corría el peligro de arrancarse el cabello.

—¡Jamie, amigo! ¿Qué tenemos aquí? —preguntó Lachlan.

—¡Déjeme en el suelo, gran bufón! —exclamó Axia, casi sin aliento debido a la incómoda postura en que se encontraba.

—Un diablillo, un verdadero diablillo enviado por Satanás —replicó Jamie divertido. Axia le mordió en la rodilla. Jamie lanzó un alarido y la dejó caer.

Axia se puso en pie al instante, se retiró el mechón que le caía sobre el rostro y observó al grandullón de cabello rojizo.

Era muy apuesto, no tanto como Jamie, pues ¿quién podía igualar a éste? Le gustaba cómo la miraba.

—Axia Mai… —comenzó a decir, pero Jamie le tiró del brazo con fuerza—. ¡Ah!

—Matthews —añadió Jamie—. Una prima de Frances, ¿no es cierto?

Detrás de Lachlan se encontraban cuatro hermosos niños, atentos a todo cuanto acontecía.

—Niños —dijo Axia, tranquila—, si os diera unas espadas, ¿mataríais a este hombre por mí?

Los pequeños observaron a Jamie, y su padre lanzó una sonora carcajada.

—¿Cómo es posible, Jamie? ¿He oído bien? ¡Una mujer que no cae rendida a tus pies!

Jamie hizo una mueca.

—¿Quieres que te muestre mis cicatrices?

Lachlan miró a Axia de arriba abajo, y la joven se sonrojó.

—No creo que a mí me dejase ninguna cicatriz —concluyó Lachlan.

Jamie sonrió.

—Mi querido amigo, no la conoces —explicó señalando a Axia—. La vi cruzar la cocina y noté su rabia. Haga el favor de contar a mi ingenuo amigo lo que está pensando.

Jamie miró a Lachlan con una expresión de triunfo en el rostro y esperó a que Axia empezase a hablar.

La muchacha adivinó qué pretendía Jamie. Tomó aire y apretó los labios. ¡No pensaba mentir!

—Es un despilfarro —declaró, mirando a Lachlan directamente a los ojos—. Dan comida cara a los perros, la arrojan al suelo y todos roban lo que quieren. —Avanzó un paso para acercarse más a su interlocutor—. Debería avergonzarse de que esta casa funcione tan mal. ¡Mire como está todo! Hay polvo por todas partes, y sus hijos son unos maleducados. ¡Debería darle vergüenza!

Axia seguía avanzando hacia él, cada vez más apasionada. No se detuvo a pensar en su aspecto; su pequeño cuerpo, sucio y mal vestido, sus ojos abiertos como platos, su cabello, que caía como una cortina desgarrada.

Colocando las manos en la cintura, miró a Lachlan como una maestra que reprende a un niño, sin importarle que fuera mucho más alto que ella.

–Y su mujer también debería avergonzarse. No creo que se sienta orgullosa de este desastre. Podría mantener esta casa por la mitad de lo que paga en la actualidad. ¿Cree que porque es rico tiene derecho a malgastar lo que otros necesitan? ¿Acaso…?

Axia se interrumpió cuando Jamie la tomó del brazo y la alejó de su amigo, a quien lanzó una mirada que parecía expresar: «¿Ves a qué me refería?» Sin embargo Lachlan estaba fascinado, al igual que sus hijos, y de pronto tomó el rostro de Axia entre sus manos y la besó en la boca.

Todos quedaron atónitos. Habían dejado de comer (salvo Frances) para no perder detalle de la escena. Nadie esperaba una reacción semejante por parte de Lachlan, pero sin duda Jamie fue el más sorprendido de todos.

–No tengo esposa –anunció Lachlan separándose de Axia–. ¿Se casaría usted conmigo?

–Sí –contestó Axia sin pensarlo–. Acepto encantada.

–¡No hará tal cosa! –rugió Jamie, superando su perplejidad inicial.

–Por supuesto que lo haré –repuso Axia dándole la espalda–. Puedo casarme con quien quiera. No es asunto suyo.

–Su padre…

Axia sabía que se refería al padre de Frances.

–Mi padre falleció el año pasado –replicó.

–Pensé que estaba vivo –apuntó Jamie, confuso, tratando de recordar.

–Jamás me lo preguntó. Murió de la peste. Lo enterraron en una fosa común. Ni siquiera pude darle el último adiós.

–¡Espere! –exclamó Rhys corriendo entre las mesas

en dirección al grupo–. Mi padre me dejó unas tierras. No soy rico, pero también quisiera casarme con usted. Le ruego que tenga en cuenta mi propuesta.

–¡Ni en broma! –sentenció Lachlan tratando de tomar a Axia entre sus brazos.

Jamie fue más rápido y se interpuso entre ambos.

–Esta joven está bajo mi protección y debo…

–No estoy bajo su protección. Ni siquiera quería que acompañase a mi prima en este viaje. Su misión consiste en conducir a la here… a Frances hasta la casa de su amado prometido. Además, pretende casarse con ella.

Tras esas palabras, todos se volvieron hacia Frances, que seguía comiendo, tratando de ignorar a su prima. Axia siempre conseguía llamar la atención de todo el mundo. Frances soñaba con librarse de ella. Si Axia se casaba con Lachlan, que carecía de título y tenía unos hijos con menos modales que un lobo, ella podría quedarse a solas con Jamie.

–Querida prima, olvidas que tu padre me encargó tu custodia. Te doy permiso para que te cases con cualquiera de estos dos hombres. Hoy, ahora mismo, si lo deseas –agregó Frances, esbozando una sonrisa coqueta.

Axia se preguntaba cuál era el problema de Lachlan. Frances estaba tan ansiosa por casarse como ella. ¿Por qué no se le declaraba Lachlan? Estaba segura de que no lo había hecho, ya que Frances nunca lo hubiese rechazado.

Lo cierto era que Lachlan llevaba dos años viudo y había tenido varias oportunidades de casarse, pero buscaba algo más que un rostro hermoso. Necesitaba una mujer capaz de controlar a sus indisciplinados y tozudos hijos y que pusiera orden en la servidumbre. Su madre había sido una mujer de carácter muy fuerte, de modo que cuando llegó la hora de casarse Lachlan había optado por una esposa frágil y delicada. Pero después de diez años de matrimonio con una mujer pusilánime, deseaba una segunda esposa fuerte y decidida, capaz de enfrentarse a sus hijos.

Lachlan se arrodilló y quedó a la altura de Axia.

—Cásese conmigo. Todo cuanto poseo será suyo. ¡Niños, venid! ¡Rogad a esta dulce dama que sea vuestra nueva madre!

Los niños no entendían qué estaba ocurriendo, pero no se atrevían a desobedecer a su padre. Generalmente Lachlan no se preocupaba mucho por ellos, pero cuando daba una orden exigía que le hiciesen caso. Los pequeños rodearon la cintura de Axia con los brazos.

—Por favor —imploraban—, ¡sea nuestra madre!

Axia estaba encantada. Tocar a otros seres humanos le parecía algo maravilloso, fantástico, y aquellos niños eran tan hermosos…

Jamie decidió intervenir. Poniendo una mano en el hombro de la joven, la separó de los pequeños. La condujo hacia las escaleras y la obligó a subir al tiempo que le susurraba al oído:

—¿Ha olvidado que viajamos de incógnito? No quiero que todos se enteren de quién es su prima.

—¿Qué tiene que ver mi boda con la suya? Podría quedarme aquí, con su querido y apuesto amigo, y nada cambiaría. —Le complacía la rabia que delataba la voz del conde. ¿Estaría celoso? ¿Por qué, si estaba prometido con otra mujer?—. ¿Acaso cree que debería casarme con Rhys? Ambos son apuestos, ¿no le parece? Si actuara como usted, escogería al que más dinero tiene, dejando a un lado los sentimientos. —Se detuvo en un escalón—. ¿Con quién me aconseja que me case?

—¡Con ninguno! —exclamó Jamie sin dudarlo—. Tengo que llevarla a…

—¿Adónde? —sonrió, pícara—. Como usted dijo en cierta ocasión, no es preciso que les acompañe en este viaje.

—Es la dama de compañía de Frances.

Axia rió por lo ridículo de la frase, y Jamie no pudo reprimir una breve sonrisa.

—Está bajo mi protección. No permitiré que dé ningún paso hasta que reciba instrucciones de Maidenhall. Por ahora soy yo quien decide. No se casará con nadie. —La hizo volverse y la obligó a seguir subiendo por las escaleras.

—Sin embargo Frances piensa desposarse con una persona distinta a la que eligió su padre, ¿no es cierto? Está prometida, pero sigue siendo libre. En cambio yo, que no estoy comprometida con nadie, no soy libre de elegir. ¿He entendido bien?

—Hace demasiadas preguntas. Es posible que Maidenhall no apruebe su boda. Como familiar suyo, habiendo fallecido su padre, tiene derecho a opinar sobre su futuro. En cuanto a Frances, no es seguro que vayamos a casarnos.

—¿Detecto cierto deseo de evitar el matrimonio con mi prima? ¿O se conforma con llevarse a la cama a la bella Frances?

—¿Qué sabe usted de camas? —preguntó con un tono digno de una anciana puritana. Luego abrió la puerta de la habitación que había asignado a Axia. En el interior tres sirvientes llenaban con calderos de agua caliente una bañera de madera.

—Más de lo que cree —contestó, enigmática. Al ver la bañera supo que era un lujo que debía a Jamie—. ¡Oh, Jamie! —exclamó, feliz.

Se volvió hacia él. El conde sonreía y parecía aún más bello que nunca. Axia tuvo que apoyarse contra el dosel del lecho para no desplomarse de la impresión. No se trataba de una sonrisa de conquistador, sino de niño feliz por haberla complacido. Parecía una criatura que regala una flor marchita a su madre, y se siente dichoso cuando ésta afirma que lo quiere más que a nada en el mundo.

–Pensé que le gustaría tomar un baño –explicó tímidamente–. Pero si no le apetece…

Axia sabía que Jamie deseaba que lo alabaran.

–Un collar de perlas no me hubiese hecho más feliz. –Su tono sincero hizo que Jamie se hinchara de satisfacción–. Pienso quedarme sumergida hasta que se me caiga la piel. ¡Por favor, pídales que pongan agua bien caliente! –Había visto a Frances actuar así a menudo: pedir a un hombre que diera una orden que ella podía dar perfectamente; a los hombres parecía encantarles. Observó divertida cómo Jamie daba instrucciones a los sirvientes–. Me lavaré la cabeza –anunció entusiasmada.

Jamie asintió mirando la bañera.

–Jabón de manzanilla y agua con romero para enjuagarse. Creo que está todo.

–Así es –confirmó Axia, mirándole. ¿Quién sabe qué hubiese sucedido si los sirvientes no hubiesen anunciado en ese instante que el baño estaba listo? En ese momento la magia desapareció.

–Será mejor que la deja sola –concluyó Jamie. Salió de la habitación con una sonrisa en los labios y cerró la puerta tras de sí.

Axia se paseó por el dormitorio. Se sentía deliciosamente libre. Dos hombres le habían propuesto matrimonio y Jamie… Bueno, no sabía que pasaba con Jamie, pero le gustaba.

Su ropa interior seguía mojada; se desnudó y se sumergió en el agua caliente. Al sentir que comenzaba a entrar en calor, reclinó la cabeza y cerró los ojos.

–¡Ha enviado la carta! –exclamó Frances mientras Axia seguía en la bañera de madera llena de agua caliente–. ¿Me has oído? ¡Ha enviado la carta!

Axia no había dormido en toda la noche y el agua caliente la había relajado tanto que le costaba mantenerse despierta.

—¿Quién ha mandado la carta? —preguntó sin demasiado interés. Por supuesto sabía de quién se trataba, pero desconocía el motivo de la misiva. Como Frances ya había turbado su tranquilidad, Axia decidió empezar a lavarse el cabello.

Frances dio un salto y se sentó a los pies de la cama.

—La carta para tu padre. Lord James se la ha mandado con el fin de solicitar permiso para casarse con su hija, Frances, no contigo, sino conmigo. Conmigo.

Axia estaba tan cansada que tardó un rato en comprender la estrategia de su prima. Cuando lo hizo quedó horrorizada.

—¿Jamie ha enviado una carta a mi padre? —Se llevó la mano a la frente y trató de reflexionar. Desde que Frances y Jamie habían anunciado su intención de desposarse en secreto, Axia estaba demasiado enfadada para meditar. No entendía bien qué la enojaba tanto, pero fuese lo que fuese le impedía ser racional. ¿Por qué no le había pedido más información a Frances en su momento?

—Cuéntame todo —rogó.

—Yo quería una boda clandestina, pero lord James me explicó que su honor le obligaba a pedir permiso a mi padre...

—Es mi padre —protestó Axia.

Frances ignoró el comentario.

—Yo accedí, claro está. ¿Qué otra cosa podía hacer?

—Por supuesto, debes ser muy concienzuda con tus mentiras.

Frances la miró indignada.

—Hago todo esto por ti.

—¿Cómo dices? —replicó Axia perpleja.

—He notado que te sientes atraída por Jamie, y si te casaras con él en secreto tu padre te desheredaría.

Axia quedó sin habla unos instantes.

–De modo que piensas convertirte en lady Frances para salvarme… Te pido perdón por haber dudado de tu buena voluntad, Frances. Eres la bondad personificada.

Frances observó a su prima tratando de averiguar si se burlaba o hablaba en serio; con Axia nunca se sabía. Ésta se inclinó hacia ella.

–¡Por favor, no me vengas con tonterías! No digas que haces todo esto por mí. ¡Quiero que me hables de la carta que Jamie ha enviado a mi padre!

Frances debía haber supuesto que Axia nunca la creería.

–Como te explicaba, lord James quería pedir permiso a tu padre para casarse con su hija, sólo que la hija soy yo. No podía negarme, de modo que prometí que yo también escribiría una carta y mandaría las dos juntas. Por supuesto no pensaba enviarlas.

Axia la miraba atónita.

–¿Acaso creías que no se daría cuenta del engaño al no recibir respuesta? ¿O planeabas escribir la misiva tú misma, como si fueses mi padre?

En realidad Frances no había pensado en ello, pero nunca lo admitiría.

–Nada de eso importa ahora. La cuestión es que ha escrito la carta a tu padre para solicitar su consentimiento. –Frances apretó los labios, algo que no solía hacer porque sabía que a la larga le produciría arrugas. Bajó la voz–: ¿Qué crees que hará tu padre cuando la lea y se entere de que Jamie cree que yo soy su hija, no tú?

Axia no quería ni pensarlo. Le costaba mucho controlar la ira que le había provocado Frances.

–No lo sé. Tal vez bostece y diga: «Dios mío, debe tratarse de una confusión.» O quizá mande un ejército para que me rescate y escolte hasta la casa de mi amado prometido. –Tomó aire–. Y tú, querida prima, ¿qué crees que hará contigo? Sospecho que te lanzará desnuda al barro del camino. Veremos si tu belleza resulta tan llamativa entonces. —Axia cerró los ojos; necesitaba tiempo para pensar—. Vierte ese cubo de agua caliente sobre mi cabeza para que me enjuague.

Frances se irguió.

—¡No soy tu criada!

—Está bien, entonces utiliza tu cerebro para encontrar una solución a este problema.

Frances no tardó en verter una cascada de agua sobre la cabeza enjabonada de su prima. A continuación tomó una toalla y secó las gotas imaginarias que según ella habían salpicado su vestido de satén azul.

—Tal vez podamos interceptar la respuesta a la carta.

La mente de Axia empezaba a aclararse y tomar conciencia de la gravedad del problema. Aquella misiva podría acabar con su libertad mucho antes de lo previsto.

—No es la respuesta lo que me preocupa, sino los cientos de soldados que mi padre puede mandar con ella. —Trató de mantener la calma; si no aplacaba su cólera, no podría pensar con claridad.

Se levantó, cogió la toalla de las manos de Frances y reflexionó mientras se secaba.

—Tienes que desaparecer.

—Disculpa si te parezco vanidosa, pero ¿no crees que alguien notaría mi ausencia? Además, Axia, no entiendo por qué he de desaparecer yo. Tu padre se enfadará contigo, no conmigo. Yo soy sólo tu prima.

—Una prima sin recursos —recordó Axia—. Además, eres tú quien ha causado este lío con tu disparatada idea de una boda clandestina.

Frances la miró indignada, y Axia comprendió que no debía insistir en culpar a Frances de todo. La experiencia le había enseñado que Frances no acostumbraba reconocer sus errores. Tomó aire.

—¿Cuándo mandó la carta?

—Creo que esta mañana, pero no estoy segura. Sí, tuvo que ser esta mañana, porque pasó toda la noche fuera. Por cierto, ¿dónde estuviste tú anoche?

—Con Tode —contestó haciendo un gesto con la mano para dar a entender que no tenía importancia—. Sus piernas, ya sabes. El caso es que no puedes estar aquí cuando llegue la respuesta de mi padre. Podría…

—¿Sí? ¿Qué podría hacerme? —preguntó Frances asustada.

—Mandarte lejos. Frances, ¿por qué no piensas antes de actuar? Te evitarías muchos problemas.

—Quería casarme con él. ¿Acaso hay algo malo en ello? Es conde. ¡Un conde! ¡Oh, Axia… no tienes idea de qué es no sentirse segura jamás! Cada día despierto con una espada sobre mi cabeza. No sé qué será de mí…

—¿Y yo sí? —Axia explotó, pero trató de calmarse. Sobre la cama había un camisón de lino blanco limpio y se lo puso. Después de las noticias que le había comunicado Frances no creía que fuese capaz de conciliar el sueño, pero por lo menos se sentiría cómoda—. Déjame pensar, estoy cansada.

¿Por qué no había prevenido antes a Frances de los riesgos que entrañaba su compromiso matrimonial? ¿Por qué no había pensado en lo que haría su padre si se enteraba de que su hija planeaba casarse con un hombre distinto al que él había elegido? En realidad la boda de Frances y Jamie sólo implicaba la unión de una pobre de clase media con un aristócrata igualmente pobre. Era un asunto que sólo les concernía a ellos. Pero la mentira acerca de sus identidades y la intervención de Perkin Maidenhall podía agravar seriamente la situación.

Meditando con más calma, Axia se reprochó no haber tenido en cuenta las posibles consecuencias de su cambio de identidad con Frances. ¿Por qué no había previsto que su padre podría acabar enterándose de todo? Sintió miedo. Nunca había visto a su padre, aunque mantenía correspondencia con él desde que había aprendido a escribir. Él nunca se había dignado visitarla.

Axia sabía que Perkin Maidenhall constituía una presencia constante en la vida de todos cuantos conocía. Al parecer era un hombre con gran personalidad. Axia siempre había tratado de complacerlo, pensando que si se portaba bien desearía conocerla. Imaginaba que un día llegaría y diría: «Bien hecho, hija.»

Lo cierto era que, a pesar de lo que le gustaba coquetear y lo mucho que le halagaba que dos hombres le hubieran propuesto matrimonio, Axia sabía que se casaría con el hombre que su padre había escogido para ella. Se desposaría con él por muy horrible que fuera. Si no lo hacía ¿cómo reaccionaría su padre?

Si bien siempre había vivido aislada, Axia no era tan ingenua como para no sospechar que su padre no había amasado su fortuna a base de amabilidad. Era una persona implacable, y si alguien le negaba lo que quería simplemente buscaba otra forma de conseguirlo. Se había casado con la madre de Axia porque quería un terreno que pertenecía a su futuro suegro. Era evidente que Perkin Maidenhall siempre se salía con la suya.

¿Cómo reaccionaría al recibir la carta en que James Montgomery solicitaba la mano de su hija Frances? ¿Montaría en cólera? Sin duda sospecharía que habían intercambiado su identidad, y era sabido que no le gustaban las mentiras. ¿Estaría dispuesto a arruinar a James Montgomery? ¿Dejaría a Frances sin un penique o la casaría con alguien al lado del cual el diablo parecería encantador? ¿Y cómo castigaría a la desobediente de su hija?

—Es grave, ¿verdad? —preguntó Frances al ver el rostro preocupado de su prima.

—Creo que hemos llevado las cosas demasiado lejos —afirmó Axia.

Frances se sintió tan aliviada por el uso del plural que sintió deseos de llorar.

—¿Qué vamos a hacer?

—No debes estar aquí cuando lleguen los hombres de mi padre. Y hemos de lograr que Jamie tampoco esté; no debe recibir la respuesta de mi padre. Lo ideal sería hacerle creer que corres peligro y que debéis marchar cuanto antes.

—No se irá sin ti —comentó Frances con amargura—. Querrá alejarte de esos dos hombres que están enamorados de ti. Has conseguido convertirte en el centro de atención, como siempre.

Axia sonrió al recordar los sucesos de la mañana.

—Dos proposiciones de matrimonio en un solo día, ¿no es maravilloso?

—¿Pretendes que te conteste que sí? En mi opinión fue un espectáculo lamentable. Supongo que no piensas desposarte con ninguno de los dos, ¿me equivoco? Rhys no posee nada, y el otro tiene unos hijos que se comportan como verdaderos bestias.

—Ya sabes que no puedo escoger a mi marido —sentenció Axia—. ¡Ése es mi problema! Yo no soy tan libre como tú. Puedes amar al hombre que escojas, pero yo no. Puedes casarte con tu conde si consigues engañarle hasta que llegue al altar.

El rostro de Frances se iluminó ante la sola idea de contraer matrimonio con Jamie. Jamás lo admitiría ante Axia, pero empezaba a gustarle el conde, no porque fuese aristócrata, sino por su amabilidad y cortesía. ¡Era tan distinto a los hombres que se acercaban a ella tratando de toquetearla! A Frances le desagradaba que la tocaran.

—¡Un secuestro! —exclamó Axia—. ¡Serás víctima de un secuestro!

Frances no tardó en reaccionar.

—No me gusta.

—Debiste pensar en eso antes de permitir que mi padre se enterase de tus planes de matrimonio. —Axia, sentada en el borde de la cama, se secaba el cabello con una toalla sin dejar de mirar a Frances–. Pediré a Tode que organice un secuestro. Eso es. Comenté a Jamie que había oído a los mozos de cuadra decir que sabían que eras la heredera de Maidenhall. No sería de extrañar que alguien tratara de raptarte.

–¿Es cierto lo que dices? ¿Corro peligro?

–Sólo en tu imaginación –sentenció Axia–. Te secuestrarán, y Jamie irá a rescatarte.

–¿Y tú? –inquirió Frances molesta–. ¿Qué harás mientras vagabundeo encerrada en un carro? ¿Te darás baños calientes? ¿Comerás pavo relleno?

–¿Qué te importa? Estarás a solas con tu amado James y... –Ignoraba qué sería de ella. Seguramente al recibir la carta su padre decidiría mandar a alguien que pudiese identificar a Axia como su hija. Tal vez enviaría a Jamie una descripción detallada por escrito. «Mi hija es la fea. ¿Cómo ha podido confundir a Frances con mi insulsa e insignificante hija?»

Axia observó a su prima. La luz de la mañana se filtraba por las cortinas e iluminaba su aterciopelada piel.

Lucía un vestido de satén azul con ribetes blancos. Axia sabía perfectamente lo caro que era. Ella nunca se ponía ropa tan elegante porque le parecía poco apropiada. Por mucho que la mona se vista de seda, mona se queda.

–Detesto que me mires así –manifestó Frances–. ¿No estarás planeando una venganza? Tú y tu horrendo amigo Tode...

–Frances –interrumpió Axia pacientemente–, tú has provocado este lío. Yo no tengo nada que ver en ello, pero, como siempre, me tocará a mí arreglarlo. –Y asumir las consecuencias, pensó. Pero no estaba dispuesta a que Frances disfrutara con su desgracia–. Pediré a Tode que te rapte, y Jamie saldrá a rescatarte. Dirá a todos que tuviste que regresar a casa, pero él sabrá la verdad y partirá de inmediato con sus hombres para salvarte. Cuando mi padre llegue...

—Te llevará... —prosiguió Frances.

Axia se volvió para que Frances no advirtiera su tristeza.

—No importa. De todos modos, he gozado de unas semanas de libertad. He visto mundo, he comido platos nuevos y conocido a gente a quien mi padre no había pagado. No me quejo; es más de lo que esperaba.

»Aquí tienes un poco de oro —dijo sacando una bolsa de entre las sábanas—. Prepárate. Lleva unos vestidos en el carro que está sin pintar y aguarda allí la llegada de Tode. Si alguien te pregunta qué ocurre, inventa cualquier excusa.

—Volverá a ponerse esa espantosa capucha. Le odio cuando se viste así.

—Odias su rostro y odias que lo oculte. Todo lo que hace Tode te molesta. En cualquier caso, sí, llevará el rostro tapado. Reúnete con él en cuanto lo hayas arreglado todo. Y espero que sea pronto, ¿me entiendes Frances? ¡Pronto!

—Axia, ¿por qué tienes tan mal carácter?

Axia estaba perpleja. ¿Cómo había podido suponer que su prima le agradecería algo? ¿Frances? ¡Imposible! Ya no soportaba más su presencia.

—¡Vete! —ordenó y, al ver que su prima no se movía, repitió a voz en cuello—: ¡Vete!

Frances salió de la habitación dando un portazo.

Axia se sentía muy triste. Acababa de perder su último resquicio de libertad. ¿Por qué no habría previsto lo que ocurriría si su padre se enteraba de la farsa que habían organizado?

La respuesta era obvia. La posibilidad de sentirse libre por un tiempo había anulado su raciocinio. Además de Jamie... sus peleas pero también... ¡Dios mío!, la noche en que habían hecho el amor. Axia se tumbó en la cama, cerró los ojos y recordó aquella noche que había pasado en sus brazos. Le había dicho que lo amaba, y él la había besado y abrazado. Le había hecho el amor.

Todo aquello pertenecía al pasado. Cuando Jamie descubriese que su amada Maidenhall había desaparecido saldría a buscarla inmediatamente, y Axia nunca volvería a verlo. Después de todo, el conde creía que ella era pobre y lo que más deseaba en el mundo era dinero.

Sintió ganas de llorar, de compadecerse de sí misma, pero no disponía de mucho tiempo. Debía levantarse y dar instrucciones a Tode. Aunque lo primero era asegurarse de que sus piernas estaban totalmente recuperadas. Sabía que Tode nunca guardaba cama más de un día, por muy intenso que fuese el dolor. Además era preciso contratar a un conductor. Tenía que organizarlo todo porque su prima era tan tonta que sería capaz de esperar dentro del carro todo el día.

A pesar de su agotamiento, se dijo que debía levantarse.

15

—¿Qué ha hecho con Frances?

Axia dormía profundamente y, cuando despertó, no sabía quién le hablaba. Estaba atravesada en la cama, con los pies colgando. Abrió los ojos y atisbó a Jamie en la oscuridad.

—¡Jamie! —murmuró antes de volver a cerrar los ojos.

Jamie lanzó un gruñido, y Axia abrió los ojos de golpe. Se había acostado junto a ella, sin tocarla, y se cubría el rostro con un brazo.

—¿Qué ocurre? —preguntó ella con ternura. Sentía deseos de… de… Al recordar aquella noche que habían pasado juntos anheló besar su cuello.

—¿Trata de matarme? —exclamó el conde con voz angustiada, el brazo sobre los ojos para no mirarla.

Axia no era una gran experta en lo referente al sexo opuesto, pero sabía distinguir cuándo un hombre estaba enfadado. Y en ese instante James Mongomery no estaba enojado con ella.

Axia sonrió y se acercó. Le quitó la daga que llevaba en la cintura y se la puso en el cuello, preguntando:

—¿Quiere que acabe el trabajo ahora mismo? ¿Quiere que lo mate?

Jamie retiró lentamente el brazo de la cara y la miró con tal pasión que a Axia se le formó un nudo en la garganta.

—No sabe a qué está jugando.

—Creo que lo sé muy bien —murmuró y por un instante creyó que Jamie iba a besarla.

Él se sentó y la miró enfadado.

—No soy uno de sus pasteles.

—¿Uno de mis qué? —preguntó con una sonrisa en los labios, aproximándose a él.

—Axia, deténgase. No sabe lo que hace. Quiere probarlo todo, comer todo, ver todo, tocar todo... pero ¡no puede! —La miró, vestida sólo con el camisón. Sabía que no llevaba nada debajo de esa fina tela de lino, absolutamente nada.

—Axia... —murmuró.

—Sí, Jamie... —murmuró acercándose aún más a él.

Jamie se sentó lejos de ella, con el firme propósito de no tocarla, pero al cabo de unos segundos se encontró de nuevo tumbado en la cama, besándola.

Al tocarla se preguntó por qué sentía un deseo tan fuerte. Se trataba de Axia, la joven que había convertido su vida en un infierno desde el instante en que la conoció, y sin embargo nunca había deseado tanto a una mujer.

Su cuerpo se apretaba contra el de ella, y la devoraba con la boca. Tal vez si ella hubiese opuesto cierta resistencia, él se habría controlado, pero Axia se ofrecía como una flor a una abeja. Su boca estaba abierta, sus piernas separadas y sus brazos alrededor de él.

Jamie la besaba en el cuello y las mejillas mientras le acariciaba los pechos. Sus dedos jugueteaban con los pezones, y poco a poco sus labios descendieron hasta los senos.

—Axia —llamó una voz al otro lado de la puerta—, Axia, ¿estás ahí?

—Un momento... —exclamó tratando de aclararse a un tiempo la garganta y la mente—. Un segundo.

Aunque estaba tan confuso como ella, Jamie reaccionó enseguida, como buen soldado. Saltó de la cama, arropó a Axia con las sábanas y se escondió detrás de un biombo.

—¿Axia? —Tode entró en la habitación procurando que nadie le viera. Se cubría con una capucha que le ocultaba parte del rostro.

—¿Sí? —contestó, fingiendo estar adormilada.

—Perdona que te despierte. —Se sentía culpable porque sabía que Axia había pasado la noche en vela, cuidándolo—. Creo que hay un problema. Tu padre...

Axia empezó a toser tan fuerte que Tode se interrumpió. No podía permitir que Jamie se enterase de todo, escondido tras la mampara. Tampoco podía dar a entender a Tode que no estaba sola.

—Axia, ¿te encuentras bien?

La joven tiró de las sábanas.

—Creo que deberíamos discutir esta cuestión en privado.

—¿Qué lugar hay más privado que tu habitación? —comentó irónico—. ¿Qué ocurre, Axia?

—Nada, lo prometo. Deja que me vista, y después hablamos.

Tode la observó.

—Algo anda mal. Te noto preocupada.

—No, de veras. —Lanzó una mirada inquieta hacia el biombo, demasiado pequeño para ocultar a Jamie por completo.

Tode siguió su mirada, y Axia se apresuró a levantarse de la cama y se colocó detrás del biombo.

—Deja que me vista, luego hablamos…

Jamie se hallaba sentado en un pequeño banco, sonriendo. Sus piernas eran tan largas que ocupaban todo el espacio, y Axia no tuvo más remedio que colocarse entre ellas.

—Está bien. ¡Vístete! —accedió Tode contrariado, convencido de que le ocultaba algo. No era la primera vez que la veía en camisón…

Jamie miraba a Axia como implorándole que se desnudara para vestirse. Ella le tapó los ojos para indicarle que debía cerrarlos, pero él se limitó a besarle la palma y sonreír. Axia se puso seria y le lanzó una mirada reprobatoria. Con una mueca de disgusto se inclinó sobre él para alcanzar el corsé, que estaba colgado sobre su cabeza, y sus pechos rozaron el rostro de Jamie.

Cuando tuvo el corsé en la mano, observó que el joven ya no sonreía; parecía sufrir mucho.

—¿Dónde está Frances? —preguntó Tode, sin imaginar siquiera lo que ocurría al otro lado del biombo.

—¿Por qué habría yo de saber dónde está Frances? ¿Has buscado en el centro de algún corrillo de hombres?

Axia se colocó el corsé y dio media vuelta para que Jamie se lo abrochara. Advirtió con placer que le temblaban las manos.

—Axia, no juegues conmigo —rogó Tode—. ¿Qué le has hecho?

—¿Yo? ¿Por qué sospechas de mí?

—Me he enterado de lo que ocurrió esta mañana. ¿Cómo aceptaste casarte con ese hombre? ¿Sabes que anda diciendo por ahí que vais a contraer matrimonio?

Axia gritó porque Jamie la había pellizcado al atar el corsé.

—No; no lo sabía —dijo, volviéndose hacia Jamie.

Trató de alcanzar un vestido de color dorado, con un ribete negro y un lazo que le ceñía la cintura.

Jamie no estaba dispuesto a que volviera a rozarle el rostro con los senos, de modo que optó por descolgar él mismo la prenda y pasársela.

—Axia, mientes demasiado —protestó Tode.

Axia miró a Jamie para ver si había oído ese último comentario y descubrió que, en efecto, lo había oído, porque arqueaba una ceja como si quisiera interrogarla al respecto.

—Creo que será mejor que hablemos de esto más tarde —propuso Axia—. Te explicaré todo cuando estemos a solas.

—¿No estamos a solas ahora? —repuso Tode—. Axia, ¿qué te pasa? Has hecho algo a Frances, ¿verdad?

—Desde luego que no —contestó Axia mientras se pasaba el vestido por la cabeza. Generalmente no le costaba nada vestirse, pero no solía tener público masculino. Estaba tan nerviosa que se le enredaban los dedos en cada pliegue.

Cuando logró bajar el vestido recordó de pronto la conversación que había mantenido con Frances antes de dormirse. Teniendo en cuenta la forma en que Jamie había acudido a su habitación, estaba claro que su prima había cometido una estupidez. Le había pedido que se quedase en el carro sin pintar hasta que ella diera instrucciones a Tode. El sol estaba tan alto en el cielo que dedujo que había dormido varias horas.

Axia sonrió.

—Creo que sé dónde está Frances —afirmó a punto de echar a reír. A pesar de su insolencia, Frances podía ser la más obediente de las mujeres. Una vez, de pequeñas, Axia le había pedido que se escondiera y había prometido buscarla. Pero algo ocurrió y olvidó el juego hasta que transcurrieron varias horas y Tode se percató de la ausencia de Frances. Un jardinero la encontró dormida en un lecho de flores.

Axia estaba segura de que su prima esperaba en el carro a que ella diera instrucciones a Tode y éste organizase su partida… y la salvase del lío en que se había metido. No pudo reprimir una risilla al pensar que Frances llevaba horas aguardando en un carro, nerviosa, sin saber qué sucedía.

—¡Axia! ¿Qué has hecho? —exclamó Tode.

Axia tenía que inventar una excusa lo antes posible. No podía contar a Tode la verdad delante de Jamie. ¿Qué pasaría si explicaba que temía que su padre mandase un ejército a buscarla?

Axia pasó de la risa al pánico en cuestión de segundos. ¿Cuántas horas había dormido?

—¿Has mirado en los carros? —preguntó con tono inocente.

—¡Por supuesto! El carro pintado ha desaparecido, y no está en el otro. ¿Crees que Montgomery se lo habrá llevado?

Axia miró a Jamie, quien negó con la cabeza.

—No. Bueno, no lo creo. Tal vez estén reparándolo o tal vez alguien lo robó porque le gustaron mis dibujos.

—¿Qué demonios había hecho Frances? ¿Dormirse en un carro que iban a llevar al herrero?

Axia se colocó de espaldas a Jamie y permaneció inmóvil hasta que acabó de atarle los lazos y abrochar los botones de su vestido. Estaba claro que lo que escuchaba le resultaba muy interesante.

En cuanto estuvo lista salió de detrás del biombo y vio a Tode junto a la ventana, con la capucha bajada, descorriendo las cortinas. La habitación se llenó de luz.

—Parece que he dormido casi todo el día —murmuró inquieta.

—Axia, creo que han secuestrado a Frances.

—¡Eso es imposible! ¿Cómo pudo pasar? Yo no te dije nada... —Miró hacia el biombo y optó por callarse.

—¿Nada sobre qué?

—Nadie sabe que es la heredera de Maidenhall, ¿quién iba a querer raptarla? Estoy segura de que la encontraremos enseguida. ¿Miraste bien en los carros?

Tode se puso muy serio. No pensaba responder dos veces a la misma pregunta, y la actitud de Axia le resultaba cada vez más sospechosa.

—¿Por qué habría de estar Frances en los carros pudiendo estar en la casa?

—Frances es tan rara que cualquiera sabe. Salgamos... te ayudaré a buscarla. Eso es, entre los dos la encontraremos.

Frances no era capaz de planear su propio rapto. Tal vez no quisiese contar con Tode y hubiese preferido organizarlo por su cuenta. Pero la idea era que Jamie saliese a buscarla lo antes posible, de modo que carecía de sentido desaparecer en silencio, sin que nadie se diese cuenta. Incluso Frances podría entender algo tan sencillo.

Alguien llamó a la puerta de la habitación. Axia abrió y vio a Thomas en el umbral, con una expresión preocupada en el rostro.

—¿Está aquí? —preguntó Thomas.

Axia no quería que se diese por sentado que sabía a quién se refería.

—¿Quién?

Thomas no perdió el tiempo aclarando la cuestión.

—Acaban de llegar los carros de Maidenhall con Rhys malherido.

Jamie derribó el biombo, cruzó la habitación y salió sin mirar siquiera a Axia o Tode.

La joven quiso correr tras ellos, pero Tode la detuvo.

—¿Qué está sucediendo? ¡Y no me cuentes mentiras!

Axia tomó aire. Ignoraba qué pasaba, pero temía que se tratase de algo grave.

—Jamie envió una carta a mi padre con el fin de pedirle permiso para casarse con su hija Frances.

Tode tardó unos segundos en entender. Nunca habían contrariado a Perkin Maidenhall porque todos sabían que no era nada recomendable. Si Maidenhall se enteraba del intercambio de identidades, ¿qué haría con él y Frances? En cuanto a Axia, probablemente la encerraría de por vida...

Axia se abrazó a Tode.

—Pensaba avisarte para que te llevases a Frances y fingiésemos que habían raptado a la heredera. Jamie saldría a buscarla. Así, cuando mi padre acudiese con su ejército, sólo me encontraría a mí. ¡Dios mío! No sé qué será de nosotros cuando averigüe lo que ha ocurrido.

Tode se puso en pie. Si sus piernas no hubieran estado enfermas habría sido un hombre bastante alto.

—Todo es culpa mía. Asumo la responsabilidad. No debí permitir que todo esto sucediera, pero...

—Pero me quieres —sentenció Axia resignada—. Eso es todo. Deseabas que fuera feliz, que me sintiera libre por un tiempo. —Levantó la cabeza—. ¡Rhys! Tengo que verle. Tode, ¿qué hemos hecho?

16

—Está bien —dijo Jamie mirando a Tode y Axia—, quiero saber qué está pasando.

Las dos horas que habían transcurrido desde que había salido de su escondite tras el biombo habían sido un verdadero infierno. Alguien había disparado una flecha a Rhys en la pierna mientras éste trataba de evitar que robasen el carro pintado. Lo había visto salir por casualidad y había pensado que se lo llevaban para repararlo; de todos modos había decidido que era mejor asegurarse.

A pocos metros del vehículo le hirieron con una flecha que llevaba un mensaje que rezaba: «Robaste a mi mujer; ahora yo me llevo a la tuya.»

Jamie se tranquilizó al ver que la vida de Rhys no corría peligro.

Ahora debía averiguar quién había secuestrado a Frances. ¿Cómo podía pasar inadvertido un desconocido? Seguramente el hombre había provocado un alboroto para que nadie oyera los gritos de Frances. Seguramente ésta había pedido ayuda. Su sentido de la supervivencia la hubiese hecho reaccionar, tratar de advertir a los demás de que se hallaba en peligro.

Jamie releyó el mensaje. ¿Quién podía haber hecho algo así? Se preguntaba si se trataba de algo personal contra él o si tendría que ver con la heredera.

En todo caso estaba seguro de que Axia y Tode sabían más de lo que aseguraban. La pareja se sentó, y Jamie optó por quedarse de pie para interrogarlos.

—Tienen dos segundos para contármelo todo.

—¿Qué hará si nos negamos? —inquirió Axia cruzándose de brazos—. Preferiría comer sapos vivos a darle explicaciones. No sé nada y estoy harta de que me culpe de todo. No tengo nada que ver con el ataque a Rhys. No sé si recuerda que Rhys me pidió que me casara con él; creo que debería hacerlo. Le cuidaré hasta que se recupere y luego nos casaremos…

—Axia y Frances tenían previsto simular un rapto —interrumpió Tode, cansado de tanta mentira.

—¡Tode! —exclamó Axia furiosa y dolida por su traición.

Él no la miró, pero Axia pudo sentir su rabia.

—¿No comprendes que alguien ha secuestrado a Frances de verdad? No sabemos dónde está. Si sus raptores se enteran de quién es, podrían retenerla de por vida.

Axia sintió que el mundo se le venía encima al darse

cuenta de que su prima corría verdadero peligro. Si le ocurría algo a Frances nunca se lo perdonaría. Ésta la había advertido que fingir ser la heredera podía poner su vida en peligro.

–¿Por qué? –preguntó Jamie sin apartar la vista de Tode, tratando de controlar su ira.

–A causa de la carta –contestó Tode sin mirar a Axia–. Usted dijo que iba a escribir a Perkin Maidenhall con el fin de pedirle permiso para casarse con su hija. Frances quería evitar que la enviase porque sabía que su padre nunca accedería a que se desposara con un hombre que él no había elegido. Frances haría cualquier cosa para evitar ese matrimonio con Gregory Bolingbrooke y pensó que lo conseguiría si le convencía a usted de que se casara con ella en secreto.

Tode observó que a Jamie se le endurecía la mirada. Hasta ese momento se había mostrado amable, pero el soldado que había en él empezaba a surgir. Tode se pasó la mano por el cuello porque se sentía sofocado.

–Cuando Frances se enteró de que había mandado la carta, temió que su padre enviase un ejército a buscarla. Decidimos que lo mejor era que yo me la llevara para que usted nos siguiera y ninguno estuviese presente cuando llegase Maidenhall.

–De modo que pensabais fingir un secuestro –repitió Jamie sin emoción aparente.

–No –corrigió Axia–. Yo lo planeé todo. Tode es inocente. Había decidido darle instrucciones al respecto, pero me quedé dormida.

Tode miró a Axia por primera vez desde que entraron en la habitación. Admiraba su valentía. De todos modos no lograba olvidar que James Montgomery había salido de detrás del biombo tras el cual ella se había vestido. ¿Qué habrían hecho antes de que él llegara?

–¿Qué otros secretos oculta? –preguntó Jamie, aparentemente tranquilo.

–Nada que incumba al tema que nos ocupa –contestó Axia, convencida de que la seguridad de Frances era una prioridad.

–No culpe a Axia –intervino Tode antes de que Jamie formulase más preguntas a su amiga–. Sólo pretendía salvar a Frances. ¿Ha pensado en lo que Maidenhall podría hacerle a ella? –Tode tragó saliva al imaginar la furia que sentiría Maidenhall cuando conociese la farsa de las identidades–. Fue Frances quien trató de engatusarle con un matrimonio que su padre hubiese anulado sin vacilar, aunque hubiese tenido que pagar a medio Londres para conseguirlo.

–Entiendo –repuso Jamie tras unos segundos de silencio–. Todo el mundo guarda algún secreto. Lo importante es que alguien ha secuestrado a Frances de verdad y no sabemos quién.

–Yo soy la responsable de todo –añadió Axia con un nudo en la garganta–. Si le pasa algo a Frances, no me lo perdonaré jamás.

Jamie se arrodilló ante ella.

–Venga, diablillo, no pierdas tu valor ahora. Quienquiera que la haya raptado se enamorará de ella al instante. –Le levantó la barbilla con un dedo–. Además, de haber algún culpable, ése soy yo. La nota reza: «Robaste a mi mujer; ahora yo me llevo a la tuya.» Lo cierto es que tendría que haber añadido su nombre y su dirección. Tengo una larga lista de maridos cornudos a mis espaldas. –Jamie sonrió y se puso en pie–. Creo que tendré que solucionar esto yo solo.

La puerta se abrió de pronto, y Thomas entró en la habitación acompañado de una criada muy guapa y un mozo de cuadra que olía a establo. Por la expresión de sus rostros era fácil adivinar qué estaban haciendo cuando Thomas los sorprendió.

–Cuéntaselo todo –ordenó Thomas.

La joven se arrojó al suelo, se cubrió la cara con el

delantal y rompió a llorar desconsolada. Su compañero parecía querer confortarla, pero estaba demasiado aterrado para moverse.

Jamie miró a Thomas, se acercó a la muchacha y le tendió la mano. Esto bastó para tranquilizarla. Al ver la belleza de Jamie y su espléndido atuendo, las lágrimas dejaron de brotar de sus ojos.

La voz de Jamie era dulce como la miel. Axia sólo le había oído hablar con ese tono una vez, cuando había estado con Diana.

—Nadie te hará daño ni te castigará. Sólo quiero que me cuentes lo que sabes.

El muchacho observó a Jamie, evidentemente celoso, y se aproximó a Axia.

—¿Se refiere a la dama? ¿A la hermosa dama? ¿A la mujer más bella del mundo? ¿A esa mujer?

Jamie dio la espalda a la criada y lanzó una mirada desafiante al joven.

—¡Dime qué sabes!

La criada miró a su acompañante como si se avergonzase de su comportamiento y empezó a hablar:

—Vino a los establos y subió al carro que robaron.

—¿Frances? —preguntó Jamie.

—Sí. Yo estaba allí para escapar del calor de la cocina, ya sabe a qué me refiero.

—¡Ja! —exclamó el mozo—. No estaba allí por eso.

La criada ni le miró.

—La señora parecía muy triste y me preguntó en qué carro debía esperar. Luego dijo que seguramente yo no lo sabría. Y era cierto.

Axia miró a Tode. Frances no podía siquiera recordar en qué carro iban a secuestrarla.

La chica siguió hablando:

—Estuve en el establo un rato... —el muchacho lanzó un bufido burlón—. Como no tenía mucho que hacer... —hizo una pausa y miró triunfante al mozo de cuadra—.

Vi llegar a un hombre muy alto y robusto —explicó sin apartar la vista de Jamie—. Era un hombretón, no un muchachito.

—¡Ve al grano! —protestó Thomas.

La expresión soñadora desapareció del rostro de la joven, que prosiguió:

—El hombre preguntó a Frances si buscaba a alguien, y ella contestó que sí y quiso saber si venía a raptarla. Creo que el hombre quedó algo sorprendido. «Si eres la heredera de Maidenhall, entonces yo soy tu raptor», afirmó. Ésas fueron sus palabras exactas. —Miró a Jamie intrigada—. ¿De veras era la heredera de Maidenhall? —inquirió con los ojos abiertos de par en par.

Jamie sonrió, pero no contestó.

—¿Qué ocurrió después?

—La llevó al carro pintado y dijo que nunca había visto uno tan bonito. Luego le preguntó si lo había pintado ella. Después afirmó que le parecía muy hermosa, pero que dudaba al compararla con otra mujer, y que deseaba que se sentara junto a él para que pudiera decidir cuál de las dos prefería.

—Y se fueron —comentó Jamie mirando a Thomas—. ¡Búscalos! Pregunta a todo el que veas. Hemos de encontrarla. Alguien tiene que saber dónde está. —Thomas salió con los dos jóvenes. Jamie se dirigió hacia Tode y Axia y, con expresión preocupada ordenó—: ¡Vámonos!

Tode se hallaba fuera, dispuesto a ayudar, cuando Axia le preguntó si ya estaba totalmente restablecido.

—Por supuesto. Me siento muy bien —explicó para tranquilizarla—. Ve y ayuda a encontrarla. Busca en los lugares en que a otros nunca se les ocurrirá mirar.

Sonrió para animarla y se marchó.

Axia se quedó sola y sintió que le temblaban las rodillas. Lo que había empezado como una broma se había convertido en una pesadilla. Pensó que, de no haber cambiado su identidad por la de su prima, tal vez sería ella la secuestrada... Por lo menos Frances no se había resistido... Si alguien hubiese intentado secuestrar a Axia, ésta hubiese lanzado alaridos, golpeado a su agresor, y probablemente habría acabado por matarla.

Axia preguntó a un sirviente dónde se hallaba la capilla privada de los Teversham y se dirigió allí con la intención de rezar un rato.

Rogó a Dios que Frances no descubriera que la habían secuestrado de verdad porque si se asustaba su raptor podía volverse agresivo. Imploró que Frances regresara sana y salva y pidió humildemente perdón por haberla metido en semejante lío.

Por último, a pesar de saber que no tenía derecho a pedirlo, suplicó a Dios que redujera cuanto pudiese la furia que sentiría su padre al recibir la carta de Jamie.

17

Tode no acostumbraba beber, pero en aquellos momentos necesitaba algo que le permitiese olvidar. En las últimas semanas habían ocurrido cosas terribles por su culpa. Al igual que Axia, estaba seguro de que Perkin Maidenhall se hallaría en camino escoltado por un ejército. Y ahora, por su culpa, Axia había perdido su último resquicio de libertad.

Imaginó a su amiga encadenada en un carro de Maidenhall y de inmediato apartó esa idea de su mente.

Pero Axia no era la única que corría peligro. Se preguntaba qué sería de Frances, cómo la tratarían sus raptores. Jamie buscaba desesperadamente a alguien que hubiese visto u oído algo que pudiese darles una pista acerca del paradero de Frances, pero hasta el momento sus pesquisas no habían tenido éxito.

Axia se encontraba en su habitación. Jamie le había

pedido que dibujara retratos de Frances para mostrarlos a los campesinos y preguntar si la habían visto.

Axia había realizado varios retratos que guardaban gran parecido con su prima. Tode, a pesar de su preocupación por Frances, no podía dejar de pensar en el fin de la libertad de Axia. Perkin Maidenhall llegaría en cuestión de horas y la llevaría a la fuerza a casa de Gregory Bolingbrooke.

Tode se estremecía ante la idea. Gregory era rico, pero de niño había sufrido un grave accidente que le había impedido desarrollarse como un hombre completo. Axia no se equivocaba al sospechar que no tendría hijos y que no podría llevar una vida normal.

El padre de Gregory era muy poderoso y había pagado a mucha gente por mantener el secreto de su hijo a salvo, pero Tode podía averiguar muchas cosas debido a su aspecto. A nadie le importaba lo que un bufón supiera o dejase de saber, y los artistas ambulantes solían llevar chismes de un lugar a otro. A Tode no le costó mucho conseguir que unos actores que habían estado en casa de los Bolingbrooke le contaran cuanto sabían.

De modo que Tode conocía bien la desgracia que aguardaba a Axia en su matrimonio. Su padre se presentaría y la obligaría a casarse con ese joven lisiado, y la muchacha obedecería sin rechistar porque nada deseaba más que complacer a su padre.

Tode no había tenido ánimos para negarle nada en las últimas semanas porque sabía que pronto acabaría su libertad. Sabía bien qué se sentía al ser observado como un monstruo de feria; tanto Axia como él habían pasado por esa experiencia, aunque por motivos distintos. Había aceptado que se hiciera pasar por Frances para que pudiera vivir como una joven normal durante unas semanas, pero ahora todo se había estropeado. La vida de Frances corría peligro y el padre de Axia pronto acudiría para llevársela.

—Tengo que hacer algo —pensó en voz alta—. Debía cuidarlas a las dos. Era responsable de ambas.

Se sentía embargado por la culpa. Siempre había mimado a Axia. Maidenhall le había encargado que se ocupara de las dos, pero él había descuidado a Frances hasta el punto de hacerla sentir tan sola como para casarse con el primer hombre que viese, en este caso, James Montgomery.

De cualquier forma, lo único que podían hacer todos era esperar. Jamie había registrado toda la zona, preguntado a los lugareños sin obtener resultado alguno. Al día siguiente, Jamie y Thomas partirían hacia el norte, que era la dirección en que se había alejado el carro.

Tode sabía que se quedaría en la casa. Jamie quería viajar rápido, y él representaría un estorbo. En cambio no estaba tan seguro de si Jamie dejaría a Axia en el castillo. Sospechaba que no la llevaría consigo puesto que no tenía motivos para temer a los hombres de Maidenhall. A éste le interesaría conocer el paradero de su hija, y Jamie seguía pensando que era Frances. Por tanto, en su opinión Axia no corría peligro alguno.

Tode y Axia, por el contrario, conocían la verdad.

Tode apenas había salido de los establos desde su llegada. Estaba acostumbrado a vivir con ciertas comodidades, pero sabía qué efecto producía en la gente y no quería enfrentarse a ello. Prefería no tener contacto alguno con desconocidos, por lo que siempre se tapaba el rostro con la capucha.

Pero en aquel momento decidió buscar al chico que les había dado la pista sobre el secuestro de Frances. Lo encontró en un establo, cepillando frenéticamente a un caballo.

—¡Váyase! —protestó el muchacho sin mirarlo siquiera—. No tengo nada más que añadir.

Tode era buen observador y sabía leer el pensamiento de las personas. Adivinó que la hostilidad del joven se debía a que estaba celoso.

—Sólo quería decirte que cuidas mejor a las mujeres que él. Por lo menos tú no has perdido la tuya —comentó Tode. Luego dio media vuelta, dispuesto a salir del establo.

—¡Espere! —exclamó el muchacho. Tode se volvió. El joven trataba de reconocerle bajo la capucha—. ¿Es uno de sus hombres?

—No —contestó Tode lanzando una carcajada. Del muro colgaba una antorcha que iluminaba débilmente la estancia. Tode se acercó y se quitó la capucha para que el chico viera las cicatrices de su cara. Se cubrió enseguida porque no soportaba ver la repulsión en el rostro del joven y su aire de superioridad.

—No creo que tú robes la mujer a nadie —apuntó el muchacho sin preocuparle herir la sensibilidad de Tode.

—Así es —contestó Tode con tono jovial. Hacía mucho tiempo que había aprendido a ocultar sus sentimientos—. Quería que me explicaras lo que viste, pero supongo que estarás harto de hablar de ello. De todos modos, presumo que fue muy interesante.

Tode se quedó mirando al chico para observar qué efecto producían en él sus palabras. En realidad había estado tan ocupado tratando de introducir las manos bajo la falda de la muchacha que no había prestado demasiada atención a lo que ocurría alrededor. Y ahora estaba enojado porque desde aquel día su chica no dejaba de hablar del conde. «¡Un conde!», repetía una y otra vez entre suspiros. Estaba emocionada porque James Montgomery se había dirigido a ella, sólo a ella, como si fuese alguien importante.

—Nadie me escucha —declaró con amargura—. A nadie le interesa saber qué vi yo.

—Seguro que viste algo —apuntó Tode—. En cuanto te vi comprendí que eras un chico listo. Creo que lord James debería haberte prestado más atención. Viajo de casa en casa, buscando buenas historias que contar. La tuya podría resultar muy interesante, pero necesito más datos.

El joven meditó unos instantes.

—Le faltaba media oreja.

—¿Cómo dices?

—El hombre tenía sólo media oreja. La tenía cortada por aquí —explicó, llevándose un dedo a la suya para indicarlo—. Le faltaba la parte de arriba.

Tode estaba tan contento con ese dato que sintió deseos de besar al muchacho, pero se contuvo y esperó pacientemente los treinta minutos que tardó el joven en contar lo que creía recordar.

Cuando por fin salió del establo, su primer impulso fue comunicar a Jamie la información que acababa de obtener, pero mientras caminaba por el patio cambió de opinión. Si se lo explicaba, Jamie iría a rescatarla con varios hombres armados y Frances podría resultar herida en la refriega.

Decidió que se ocuparía personalmente del asunto, puesto que él podía acceder a ciertos lugares con más facilidad que otros hombres. Además, se sentía responsable de lo ocurrido.

El mensaje que el raptor había enviado con la flecha que había herido a Rhys daba a entender que Jamie conocía al secuestrador. Si era así, posiblemente también lo conocería alguno de sus allegados. Tode sabía que nunca sacaría a Jamie información confidencial, pero esperaba tener mejor suerte con Rhys.

—He venido para entretenerte —anunció al asomarse a la habitación de Rhys con una bota de vino en la mano.

—Bienvenido —contestó Rhys, que se sentó y lanzó un gemido de dolor—. Cuéntame qué ha sucedido. ¿Se sabe algo de Frances?

—Por ahora nada, pero no he venido para hablar de eso. Venga, olvídalo, o no sanarás jamás. Te contaré una historia divertidísima.

Dos horas después, Tode salió de la habitación de Rhys, sonriendo feliz. Había sido muy fácil lograr que le hablase de toda la gente extraña que había conocido a lo largo de su vida.

—Pero el más tonto de todos es Henry Oliver —había comentado Rhys tras narrar algunas anécdotas—. Pensaba que estaba sordo porque le faltaba media oreja.

Tode le pidió detalles al respecto, y Rhys describió cómo el hermano mayor de Jamie había dado un golpe con una espada a Henry cuando eran pequeños y le había arrancado una parte de la oreja. Henry, llorando, había afirmado que a raíz de eso se quedaría sordo.

—Aún ahora cree que no oye bien.

—¿Qué clase de hombre es Henry Oliver? —había preguntado Tode, fingiendo un gran interés por la historia—. ¿Es peligroso?

—¿Oliver? No, en absoluto. Aunque es tan estúpido que puede llegar a causar problemas. Está enamorado de la hermana de Jamie y lleva años presionando para casarse con ella, pero la familia se niega.

—¿Presionando? —Tode se alegraba de que Rhys estuviese tan borracho como para no notar su tono de preocupación.

—Trató de comprarla a su hermano mayor durante años. Edward la hubiese vendido sin reparos, pero Jamie se negaba alegando que no le parecía un buen partido. —Rhys lanzó una risotada—. Creo que su negativa tenía algo que ver con la amenaza de Berengaria de arrojarse desde el tejado si la casaban con Henry Oliver. Desde que murieron el padre y el hermano de la joven, Oliver no ha cesado de ofrecer tierras productivas, casas y caballos para que le concedan la mano de Berengaria. Incluso trató de raptarla en una ocasión.

—¿Raptarla? —preguntó Tode casi sin aliento.

—Bueno, la cubrió con un saco y trató de llevársela.

—¿Qué pasó entonces? —inquirió Tode.

Rhys prorrumpió en carcajadas.

—Henry no ve muy bien —explicó por fin—. Se equivocó y metió a la otra hermana en el saco. Y le aseguro que no hay hombre capaz de lidiar con ella. Preferiría enfrentarme a una manada de gatos salvajes a tratar con Joby.

—¿Es como Axia?

Rhys sonrió embelesado.

—No; no se parecen en nada. Axia sólo hace la vida imposible a un hombre, mientras que Joby complica la de todos, salvo la de Jamie y la de Berengaria. Espera que te cuente lo que solía hacer a su hermano mayor, Edward.

Rhys inició su relato, pero Tode se daba por satisfecho con la información que había obtenido. Ahora sólo faltaba localizar a Henry Oliver. Con toda probabilidad pretendería llevarse a Frances a su casa. Por fin comprendió por qué Jamie no había sido capaz de descifrar el mensaje de la flecha; desde su punto de vista, Berengaria no era la mujer de Henry, pero estaba claro que éste no pensaba lo mismo.

Tode salió sonriente de la habitación. Había recabado mucha información pero no sabía qué hacer. ¿Hablar con Jamie? Sin duda éste se marcharía a toda prisa para salvar a Frances y dejaría a Axia sola, que precisamente era quien necesitaba más protección. Estaba seguro que, de saberlo, Jamie la defendería hasta la muerte.

Tode no sabía qué hacer para alejar a Jamie y Axia de la casa sin que aquél se enterase de todo. Tenía que encontrar la forma de que el conde se encargase de cuidar a Axia y le dejase resolver el asunto de Frances.

18

Jamie guardó cuidadosamente el segundo mensaje. No pensaba enseñárselo a nadie. Cada segundo que pa-

saba se sentía más estúpido e impotente porque no lograba adivinar quién había raptado a Frances, y sin embargo estaba claro que quien había redactado el primero
esperaba que lo dedujera.

Llevaba dos días sin dormir, pero no pensaba descansar hasta dar con una buena pista. Alguien debía haber visto algo. Cuando llegó el segundo mensaje, Jamie
pidió a Thomas que volviese a llamar al mozo de cuadra.
En el recado se indicaba que Jamie debía partir hacia el
este y esperar en la casa de su tío la llegada de un tercer
mensaje.

Lo que más le preocupaba era que el mensaje acababa con una advertencia: «Será mejor que cuides a tus
mujeres.» Mujeres, no mujer. Tal vez se trataba de un
error. Quizá quien lo había escrito estaba nervioso y se
había confundido. Lo más probable era que se refiriera
únicamente a Frances.

También le inquietaba el hecho de que el mensaje
hubiera aparecido en su cama, lo que significaba que lo
había dejado alguien que vivía en el castillo, alguien conocido que no despertaría las sospechas de nadie.

No tenía tiempo que perder. Iría a casa de su tío y es-
peraría más instrucciones. Para asegurarse de que Axia
quedaba a salvo, la dejaría al cuidado de Thomas y Tode,
las dos únicas personas en quienes podía confiar.

Treinta minutos después Jamie maldijo su suerte.
Tanto Thomas como Tode estaban enfermos. El primero se apretaba el estómago con las manos y corría agoni-
zante; tenía diarrea. El segundo se encontraba tan débil
que apenas si podía abrir los ojos. Tomó a Jamie del brazo e imploró:

—No deje que secuestren también a Axia. Protéjala.
Me temo que no está segura aquí. El hombre que raptó a
Frances lo hizo a la vista de todos y podría volver a ac-
tuar.

Tode expresaba en voz alta lo que Jamie temía para

sus adentros. Axia le había advertido que la gente sabía que Frances era la heredera de Maidenhall. Puesto que viajaba con ellos, alguien podría pensar que ella también era rica.

Después de varios días sin dormir, Jamie había perdido la noción del tiempo, de modo que irrumpió en la habitación de Axia sin saber que era medianoche. Observó que no había ni un solo criado en el dormitorio y frunció el entrecejo al pensar que estaba totalmente desprotegida.

Le puso la mano en el hombro, y Axia se cubrió hasta la cabeza con las sábanas.

—Axia —susurró—, levántese. Debe venir conmigo.

—Quiero dormir —musitó sin abrir los ojos.

—No; no puede dormir. Tiene que levantarse. ¿Dónde está la criada que le ayuda a vestirse?

—Jamie es quien me ayuda a vestirme.

A pesar de su cansancio, sonrió. Luego la sacudió para despertarla.

—Iremos a casa de mi tío. Su esposa, Mary, es muy agradable; ella cuidará de usted.

Axia bostezó.

—¿Qué hace de nuevo en mi habitación? ¿Por qué ha entrado aquí?

—Soy soldado, ¿recuerda? Acudo a donde está el peligro.

Axia intentó no sonreír, pero no lo consiguió.

—¿Ha encontrado a Frances?

—No, pero he recibido un segundo mensaje. Debo ir a casa de mi tío. Está a un día de camino, y usted vendrá conmigo.

—¿Por qué?

—Thomas y Tode están enfermos y no pueden hacerse cargo de usted. Como no queda nadie más en quien confiar, será mejor que me acompañe.

Axia saltó de la cama, apartando las sábanas, que cayeron con fuerza sobre el rostro de Jamie. Éste se llevó la mano al ojo, y no le sorprendió demasiado comprobar que tenía los dedos manchados de sangre. Se lo tapó y agarró a Axia del brazo antes de que saliera disparada por la puerta.

—¡Tode! —exclamó, tratando de soltarse—. Si está enfermo, he de verlo.

Jamie intentó calmarla.

—Axia, estoy cansado y preocupado. No me complique más la vida. Acérquese y eche un vistazo para comprobar si me ha dejado ciego.

Axia se volvió y observó que le sangraba una ceja. No le pareció una herida muy grave, pero al ver cómo inclinaba los ojos comprendió que se sentía desbordado por la situación y se compadeció de él.

—Su querido Tode se encuentra bien; sólo está resfriado.

Axia se acercó al lavamanos, humedeció un trapo, se arrodilló y se lo puso sobre el ojo.

—¿Qué se sabe?

—Nada más. Tengo que ir allí y esperar.

Jamie la miró, y Axia advirtió el desgaste que el joven había sufrido en los últimos días. Se preguntó si tendría un aspecto tan abatido si fuese ella la secuestrada.

Conocía la respuesta; por supuesto que sí lo estaría.

Reprimiendo el deseo de abrazarlo, retrocedió unos pasos para alejarse de la cama.

—Quiere que vaya con usted.

—No puedo dejarla aquí. Quería mandarla lejos con Thomas y Tode, pero ambos están enfermos. Thomas se reunirá con nosotros en cuanto le sea posible.

—¿Y Tode?

—Tode nos esperará aquí. Lachlan se ocupará de que esté perfectamente atendido.

—¿Y no podría quedarme aquí con Lachlan? Él me cuidaría –apuntó, a sabiendas de que era una provocación.

–No –respondió Jamie tajante–. La nota daba a entender que Frances no era la única mujer en peligro.

–Pero Lachlan podría llevarme a algún lugar donde estuviera a salvo –propuso con los ojos brillantes–. ¡Jamie, por favor! ¿Olvida que me pidió que me casara con él?

–No hablaba en serio –protestó Jamie–. Usted hizo el ridículo ante todos y Lachlan quiso salvarla.

–¡Oh! Fue por eso. Entonces es un hombre muy galante. Tal vez vuelva a declararse, esta vez en serio.

Jamie frunció el entrecejo, pero no se molestó en contestar.

Axia se arrodilló ante él.

–¡Por favor, Jamie, por favor! Sabe que no tengo dinero. Necesito casarme tanto como usted. Y Lachlan, con sus adorables hijos, es un gran partido. Por favor…

Jamie estaba demasiado cansado para pensar. La tomó entre sus brazos y la besó apasionadamente. Consciente de que se hallaban solos en la habitación y de que Axia no llevaba nada debajo del camisón, enseguida se separó de ella.

–¿Tan desesperada está por conseguir un marido que se casaría con cualquiera?

–Así es –contestó Axia feliz–. Con todos menos con usted. Si me uniera a usted tendría que soportar que me echara en cara mi pobreza y que me acusara de haberle separado de la heredera de Maidenhall.

Jamie se levantó de pronto y alzó las manos hacia el cielo.

–Sabe que el padre de Frances nunca aprobará ese matrimonio. En realidad… –se interrumpió–. ¿Por qué tengo que discutir esto con usted? No pienso dejarla con Lachlan para que haga más el ridículo. Está bajo mi protección y hasta que alguien me releve velaré por su seguridad. ¿Entendido?

—Perfectamente. Estoy segura de que le ha oído la mitad del castillo.

Jamie hizo una mueca.

—¡Vístase! Partiremos al amanecer.

Salió de la habitación sin molestarse en cerrar la puerta tras de sí.

Axia la cerró y se recostó contra ella. Luego empezó a bailar y dar vueltas por el dormitorio, canturreando, feliz.

19

Jamie estaba cansado y su estado de ánimo era más sombrío que sus ojeras. ¿Por qué demonios había decidido llevar a Axia consigo? Sabía perfectamente que Lachlan la protegería con su vida, al igual que Rhys e incluso Thomas, una vez recuperado. Con ellos estaría perfectamente a salvo, pues la protegerían tanto de los secuestradores como del padre de Frances. Sin embargo, no podía dejarla. No entendía por qué, pero necesitaba tenerla a su lado, a la vista.

Estaba amaneciendo y los criados, soñolientos, se ocupaban de los preparativos. Jamie ya estaba listo para partir, pero Axia no aparecía por ninguna parte. No estaba en su habitación, y nadie la había visto. Al principio esto inquietó a Jamie, que luego se calmó al pensar que sin duda se habría reunido con su querido Tode.

Se sintió momentáneamente celoso, aunque consideraba justo que Axia quisiese despedirse de su amigo de la infancia. Pero lo cierto era que no le gustaba que estuviese a solas con otro hombre.

—Estaré sola —explicaba Axia a Tode, que yacía en un improvisado lecho, en el establo.

—Estarás con tu Jamie.

—No es mío. Pertenece a Frances.

Tode soltó una carcajada.

—No puedes creer semejante estupidez. Frances desea casarse con él porque es un soltero disponible, y él piensa que ella le ayudará a mantener a su familia. No puedes culparle por eso, Axia —comentó—. Jamie es un buen hombre, y creo que te ama.

—¿A mí? Se nota que estás enfermo. James Montgomery está deseando perderme de vista.

—Entonces, ¿por qué te lleva a casa de su tío?

Axia hizo una mueca.

—Para alejarme de Lachlan.

—Exacto. ¿Y por qué quiere alejarte de Lachlan si no le importas? Él cree que no tienes dote. No entiendo por qué habría de oponerse a que contrajeras matrimonio con Terversham.

—Yo tampoco —coincidió Axia—. Le rogué que me dejara quedarme con Lachlan y sus queridos hijos.

—¿Te refieres a esos pequeños demonios aficionados a poner erizos en las camas ajenas?

—Y renacuajos y demás porquerías —añadió Axia—. ¡No te imaginas qué dieron de beber al mayordomo!

—Me temo que sí. He huido de ellos porque no quisiera que trataran de ser amables conmigo.

De pronto Axia tuvo una gran idea.

—Tienes que venir con nosotros. No estás tan enfermo como para no poder moverte. Le diré…

Tode la tomó del brazo y se incorporó ligeramente.

—No estoy enfermo —murmuró—. Debo salir al encuentro de tu padre para tratar de detenerlo.

—¿A mi padre? Tode, ¡nos matará a todos! Me pregunto cómo Frances puede ser tan estúpida. Debería usar su cerebro de vez en cuando. Si me hubiese comentado que Jamie pensaba pedir permiso a mi padre, hubiésemos improvisado algo.

–¿Qué hubieses hecho? ¿Escribir una carta fingiendo ser él? ¿Concederles permiso para que se casaran? A estas alturas Frances sería la esposa de tu querido Jamie.

Axia se miró las manos.

–En todo caso él no es para mí.

–Está loco por ti. Estuvo a punto de echar a llorar cuando regalaste la almohada a Rhys.

–¿Es cierto? ¿De veras crees que le gusto? ¡No, mejor no me contestes! Me considera un estorbo, nada más.

–¡Claro! Por eso te lleva consigo. –Se oyó un ruido fuera.– Tienes que irte o vendrá a buscarte. –Bajó la voz–: Axia, ya sabes que yo…

Axia sabía perfectamente qué quería decirle, a pesar de que nunca habían hablado claramente de ello. Tode se había ganado el cariño de Axia desde que Perkin Maidenhall lo había mandado a su lado, siendo un niño aquejado de fuertes dolores. Tardó años en confiar en ella, en superar su miedo a la gente, en dejar de odiar a los demás, pero por fin lo había logrado. Juntos habían aprendido a dar y recibir afecto, a confiar en sí mismos, dos presos en una jaula de oro.

Axia se abrazó a su cuello.

–Te quiero, te quiero, te quiero. Te querré toda mi vida. No sabría vivir sin ti.

Tode la abrazó unos segundos.

–Vete antes de que cometa alguna estupidez. Por favor, no hagas daño a Jamie; no quiero que acabe pareciéndose a mí.

Sonreía, pero su mirada reflejaba tristeza.

Axia se esforzó por contener las lágrimas mientras se despedía de su amigo. No quería que se percatara de lo mucho que la asustaba separarse de él.

Tode le dio unas palmaditas en la cabeza.

–No te preocupes por Frances. –Se sintió culpable por ocultarle que su prima no corría ningún peligro.

–¡Oh, Tode! Frances ni siquiera sabe vestirse sola.

Tal vez confiese a su secuestrador que no es la heredera de Maidenhall y éste la mate. ¿Quién cuidará de ella a partir de ahora? A Frances no se le ocurriría escapar ni aunque le dejaran todas las puertas abiertas.

—En eso te equivocas. Frances es tan hábil como un gato. ¿Olvidas que logró engatusar a tu padre para escapar de la pobreza? De no ser por su sagacidad, a estas alturas sería una pobre lavandera cargada de hijos.

Axia no podía imaginar a la bella Frances trabajando. La sola idea la hacía sonreír.

—Así me gusta, que sonrías. Ahora márchate. Jamie está esperándote.

—No permitas que mi padre te haga daño. Recuerda que, pase lo que pase o diga lo que diga, yo cuidaré de ti. Si tengo una moneda, la mitad será para ti.

Tode tomó su mano y la besó.

—Axia, si tienes una moneda, conseguirás convertirla en cien.

—Entonces tendrás cincuenta. —Sonrió de nuevo, se levantó y salió corriendo de la habitación. Al cruzar el umbral chocó contra el pecho de Jamie, que la esperaba en la puerta—. ¡Estaba espiándome! —acusó lanzándole una mirada de desprecio.

—Tengo cosas más importantes que hacer que espiarla. Venga, perderemos todo el día si seguimos discutiendo. —Tomándola del brazo, la condujo hasta el centro del patio, donde esperaban dos caballos.

—¿Qué es esto? —preguntó Axia señalando una yegua cargada con alforjas de piel, llenas a rebosar.

—Es un caballo —contestó Jamie sin mirarla siquiera—. ¿Nunca ha visto ninguno?

Axia estaba tan cansada como Jamie y no tenía ganas de reír sus bromas de mal gusto.

—Ya sé qué es, pero ignoro quién va a montarlo. —De pronto se le iluminó el rostro—. ¿Tode vendrá con nosotros?

–Axia, no tengo tiempo que perder. Hemos de partir cuanto antes. Suba al caballo ahora mismo. Tal vez mi tío ya ha recibido instrucciones acerca de Frances.

Axia no se movió. Jamie, que estaba a punto de montar, se detuvo y preguntó:

–¿Qué pasa ahora?

–Nunca he montado un caballo… sola, quiero decir.

–¿Nunca? –Jamie meneó la cabeza–. Imagínese que quiero venderlo y que el comprador desea asegurarse de que es dócil antes de adquirirlo. Demuéstrele que sí lo es.

Axia asintió con la cabeza sin sonreír. Se volvió hacia el animal, dando la espalda a Jamie.

–¿Y ahora cuál es el problema?

–Tode –contestó con un hilo de voz–. Nunca me he separado de él. Siempre ha cuidado de mí. ¿No podría venir con nosotros?

Jamie experimentó una sensación desconocida. Estaba cansado y tenso, de modo que no era de extrañar que sintiese con más intensidad de la habitual. De todos modos decidió no darle importancia. Levantó a Axia, la sentó en la silla y le puso las riendas en la mano.

–Este caballo es muy seguro. Lo único que ha de hacer es pasar una pierna por el otro lado y seguirme. –No le había dado una silla de montar de mujer porque pensó que le sería más fácil mantener el equilibrio en una de hombre.

Axia lo miró desde lo alto del caballo, implorándole con la mirada que no la dejara, y Jamie se sintió complacido. Le gustaba pensar que, durante ese viaje, Axia dependería totalmente de él. Le dio una palmadita en la pantorrilla, cubierta por varias capas de faldas.

–Cuidaré de usted, Axia, lo prometo. –Al ver que la joven no se mostraba muy convencida, añadió–: Hay que aprovechar todo cuanto nos ofrece la vida, Axia, y hoy le toca aprender a cabalgar.

La joven levantó la barbilla, orgullosa.

—Si usted puede hacerlo, yo también. ¿Ha guardado mis pinceles?

—No —contestó con una sonrisa en los labios al tiempo que subía a su montura—. Ni pluma, ni tinta, ni pinceles, ni papel ni Tode...

Acto seguido emprendió la marcha, y Axia no tuvo más remedio que seguirle.

20

—Odio a este animal. ¡Lo odio! ¡Lo odio! —mascullaba Axia con los dientes apretados de rabia. Le dolía todo el cuerpo.

—Deje de quejarse y ¡bájese! —ordenó Jamie. Habían llegado a una posada llamada El Ganso Dorado.

Habían cabalgado sin descanso. A Axia le había parecido el día más largo de su vida. Tenía los músculos de las piernas y las nalgas doloridas, el cuerpo molido de tanto movimiento.

—Dios no pudo crear un animal así —protestó—. Seguro que es obra del demonio. Está aquí para destruir a la humanidad. —La yegua la miró triste, como si la hubiese entendido, pero Axia no sentía piedad alguna por ella.

—Axia, estoy cansado —se quejó Jamie—. Hace días que no duermo y llevo horas sin comer. Apiádese de mí y desmonte.

La joven lo miró enfadada.

—¡No puedo! ¡No puedo mover ni un solo músculo de mi cuerpo! ¡No me responden!

Jamie se llevó la mano a la frente, arrepentido de haber insistido en que lo acompañara. Tendió los brazos para ayudarla a bajar.

—Láncese, y yo la recogeré.

En condiciones normales Axia se hubiese sentido muy complacida, pero estaba demasiado agotada y preocupada para considerar el romanticismo de la escena. Jamie la tomó de la cintura y, al ver que no se movía, rodeó el caballo para retirar el pie de la joven del estribo. Sin embargo el cuerpo de ésta continuó rígido.

Jamie había pasado la mayor parte de su vida sobre un caballo y no recordaba cómo había aprendido a montar. Pero al pensarlo mejor supuso que había sido poco a poco, de forma gradual. Tal vez pasar doce horas sobre una silla de montar era demasiado para empezar.

Jamie pidió a Axia que soltara las riendas, y al ver que era incapaz de abrir las manos se compadeció de ella. No se había quejado en todo el día. Eso sí, le había explicado con todo lujo de detalles lo mucho que odiaba a los caballos. Pero él no le había prestado demasiada atención, obsesionado como estaba por llegar a casa de su tío lo antes posible para averiguar algo acerca del paradero de Frances.

Jamie soltó las manos y los pies de Axia, la tomó por la cintura y trató de apearla. Pero sus piernas estaban demasiado rígidas y no lograba desprenderla del caballo.

—¿Necesita ayuda? —preguntó un hombretón de rostro colorado que parecía el dueño de la posada.

—¡Sí, por favor! —rogó Jamie. Axia contemplaba embobada el cartel de la posada. De no haber sido porque estaba roja de vergüenza, Jamie hubiese pensado que se planteaba empezar a pintar carteles.

El posadero empujó el pie de Axia mientras Jamie trataba de bajarla por el otro lado. Sin embargo las piernas de la muchacha seguían sin responder. La levantaron por la cintura entre los dos, pero no lo suficiente para apearla de la montura. Jamie estaba preparado para la guerra, pero no tenía ni idea de cómo resolver un problema semejante.

—Tal vez si empujamos al caballo... —propuso desesperado.

–¡Claro! –exclamó el posadero. Tratando de reprimir la risa que le provocaba la cómica situación, se puso delante del caballo y tiró de las riendas para que avanzase, pero al ver a Jamie levantar a Axia como si fuese un árbol con faldas, no pudo contener una carcajada. Se tapó la boca con las manos y entró en la posada desternillándose de la risa.

Jamie ya no sabía qué hacer.

–¿No prefiere volver a sentarse? –sugirió.

–Me duele demasiado –explicó–. Me duele todo el cuerpo.

–Lo sé pero...

De pronto se le ocurrió una idea. Se situó ante ella, la colocó sobre sus hombros y le apretó las piernas para cerrarlas; la tarea le pareció tan difícil como unir las dos hojas de una tijera oxidada. Además, los gemidos de dolor de Axia le ponían nervioso. Finalmente, con fuerza y perseverancia, Jamie logró juntarlas de nuevo.

La dejó descansar un segundo y la puso de pie frente a él. Al instante las rodillas de la joven se doblaron, de modo que tuvo que sostenerla de nuevo.

–Venga, diablillo. *Carpe diem*, ¿recuerda?

Lo miró enfadada.

–Lo único que deseo es retorcer el cuello a ese caballo...

Jamie la rodeó con los brazos y la condujo hacia la posada sosteniéndola con firmeza. En el interior había cuatro mesas, tres de las cuales estaban ocupadas. En el asiento de madera situado junto a la cuarta el posadero había colocado tres cojines. Al verlos Axia echó a llorar de la emoción y dio las gracias al hombre, que se sintió feliz.

Jamie la miró con dureza para advertirle que dejara de coquetear. Una vez sentada, Axia apoyó la cabeza sobre la mesa y se quedó dormida. Despertó con el olor de la comida y tuvo que sacudir a Jamie, que también se había quedado dormido, recostado contra la pared.

—¡Coma! —ordenó Axia señalando la fuente que descansaba sobre la mesa.

Jamie estaba tan agotado que no podía probar bocado. Se sirvió una jarra de cerveza y cayó rendido de nuevo.

—Van de viaje, ¿verdad? —preguntó el posadero. Le brillaban los ojos al mirar a Axia. Luego posó la vista en Jamie, que se esforzaba por mantener los suyos abiertos—. ¿La dama y usted necesitan una habitación para pasar la noche?

—Sí, por favor —rogó Axia ansiosa—. Dénos una cama blanda con sábanas limpias…

El hombre sonrió.

—Tengo las camas más blandas de toda Inglaterra. Y no se mueven si nadie las sacude… —comentó mirando a Axia. Ésta se sonrojó, y el dueño se sintió feliz una vez más.

—Entonces, dénos la mejor habitación que tenga —concluyó Axia encantada.

Jamie quería continuar el viaje hasta llegar a su destino, pero era consciente de que en su estado no podría ayudar a Frances ni a nadie. Había previsto concluirlo en un solo día, pero Axia había tenido tantos problemas que se habían visto obligados a ralentizar la marcha de tal modo que aún les quedaba medio día de camino. Después de lo que le había costado apearse del caballo, habría sido una crueldad pretender que volviese a montar enseguida.

—Dos habitaciones —anunció—. Queremos dos habitaciones.

—Ronca. No hay quien duerma con él —apuntó Axia, que no quería que se enterasen de que no estaban casados y había advertido que dos clientes se habían vuelto para mirarla al oír a Jamie.

—Sólo hay una habitación libre —informó el dueño—. Puede dormir en el establo si lo prefiere. A los caballos no les molestan los ronquidos.

Jamie se percató de que varios hombres observaban a Axia.

—Querida, me parece que esta noche tendrás que soportar mis ronquidos.

Axia fingió sentirse decepcionada.

—Supongo que no queda más remedio. Hay que ser fuerte —dijo mirando al posadero.

Éste se alejó en dirección a la cocina meneando la cabeza. Axia le parecía muy atractiva, y no entendía que su esposo accediera a dormir en otra habitación para no molestarla con sus ronquidos.

Axia se sentía mejor y estaba hambrienta. Comió un gran bistec de ternera sin dejar de mirar a Jamie.

—¿Qué pasa por esa cabecita? —preguntó Jamie sin levantar la vista del plato.

—Nada. ¿Ronca?

Jamie se volvió hacia ella y, con tono sumamente cálido, afirmó:

—No he recibido ninguna queja hasta ahora.

—Jamie…

—No digas nada —interrumpió él. Axia suspiró y se concentró en la cena.

Dos horas después, ya en la habitación, Jamie comunicó a Axia que ella dormiría en la estrecha cama y él en el suelo.

Jamie la había dejado sola un rato para que dispusiera de un poco de intimidad, se desnudara y se metiese en la cama. En ese momento él se encontraba en el centro del dormitorio, desvistiéndose, doblando la ropa cuidadosamente y dejándola sobre una silla.

—Axia, está en edad de casarse y pienso dejarla como la encontré. Llegará a su destino como salió de su casa. No me dedico a seducir a las muchachas que dejan a mi cargo.

—Excepción hecha de Frances. No puede quitarle las manos de encima.

—Nunca he tocado a Frances y estoy seguro de que usted lo sabe perfectamente.

—Pero está deseándolo, ¿no es así?

Jamie se sentó para quitarse las mallas.

—¿Está celosa?

—¡Por supuesto que no! Jamás he sentido celos de Frances. —Axia se volvió y colocó las manos bajo la cabeza—. Era simple curiosidad. Yo me casaré algún día y me gustaría saber qué me espera. —Le miró de nuevo—. ¿Es agradable?

La pregunta le trajo a la mente un cúmulo de recuerdos de aquella noche que había pasado en los brazos de Jamie. No lograba olvidar la caricia de sus labios sobre su cuerpo.

Sintió deseos de rogar: «Por favor, reconóceme. Soy la mujer con quien hiciste el amor. ¿Acaso aquella noche fue una más de tantas otras? ¿Acaso no significó nada para ti?»

—Axia, no me mire así —susurró Jamie.

—¿Así? ¿Cómo? —preguntó con tono sugerente.

Jamie cerró los ojos un instante, como si quisiese reunir fuerzas.

—Axia, no soy de piedra, y usted…

—¿Yo qué, Jamie?

—Es preciosa… —admitió. A continuación retiró una manta de la cama, la extendió en el suelo y se enrolló en ella como un buen soldado, de espaldas a Axia.

La joven permaneció tumbada, con la vista clavada en el techo y sonriendo.

—Preciosa —susurró.

Deseaba que aquel momento no acabase nunca. Sus palabras la habían hecho soñar, se sentía feliz oyendo la respiración de Jamie. Sonrió al comprobar que no roncaba. De todos modos, se dijo, si lo hiciera no le molestaría.

Se durmió minutos después.

—Jamie, por favor —rogó, mirándole con los ojos muy abiertos—. ¡Por favor!

Estaban sentados en el comedor de la posada, ante un pantagruélico desayuno.

—No me mire así y no me llame Jamie de ese modo.

—¿No quiere que le llame Jamie? ¿Qué pretende? ¿Que le llame lord Jamie después de pasar una noche juntos?

Jamie rió la broma.

—Sabe perfectamente que no le he puesto una mano encima a pesar de lo mucho que usted, digna descendiente de Eva, trató de tentarme...

—¡Jamás hice tal cosa! —protestó Axia—. Sólo le formulé unas pocas preguntas.

—Ajá... ahora coma. Tenemos que irnos.

—No pienso subir a ese animal demoníaco de nuevo —sentenció.

—Pues tendrá que hacerlo. Seguro que no está tan dolorida como... —Se interrumpió al recordar que había tenido que ayudarla a bajar por las escaleras y que la joven había lanzado gemidos a cada paso que daba—. Ya no falta mucho, y mi tía le encantará. Ella cuidará bien de usted.

—Yo quiero acompañarle.

—Ya hemos discutido ese tema seis veces esta mañana. No puede venir conmigo porque ignoro adónde me dirijo. Sólo sé que el mensaje me pedía que fuese a casa de mi tío y esperase instrucciones. En cuanto las reciba partiré a buscarla.

—Sin mí —protestó Axia.

—Exacto. Sin usted. —Le cogió las manos—. Se sentirá feliz en casa de mi tío. Su mujer es encantadora. Ella la mantendrá... ocupada. Puede incluso retratarla.

—No los conozco de nada. ¿Por qué no puedo ir con usted? Frances es mi prima, ¿lo recuerda?

—Axia, escuche, tendré que cabalgar a toda velocidad, y usted no puede montar. Además, puede ser peligroso. Esté donde esté Frances... –miró hacia otro lado porque no quería ni pensar en ello–, seguro que no es lugar para usted. Sería un estorbo.

Axia jugueteaba con la comida de su plato. No quería que la dejara allí, rodeada de desconocidos, sola... ésa era su peor pesadilla. Además, le irritaba tener que separarse de Jamie. No hacía mucho que se conocían, pero tenía la impresión de que habían estado juntos toda la vida.

–¡Coma! –ordenó.

Axia empezó a hablar, pero un hombre la interrumpió.

–¡Es usted! –exclamó el hombre mirando a Jamie–. Ya me lo pareció ayer por la noche y ahora estoy seguro.

–¿Quién se supone que soy? –preguntó Jamie antes de beber un trago de cerveza.

–El hombre del carro. El caballero del dragón.

Jamie casi se atragantó al oírle.

–¿Ha visto el carro? –inquirió–. ¿Dónde? ¿Cuándo?

–Se dirigía hacia el sur.

–No es posible. Me dijeron que... –Miró a Axia y comprendió que ella pensaba lo mismo. Les habían mentido. El mensaje le indicaba que fuera hacia el este y esperara en casa de su tío. Si el carro viajaba hacia el sur, era evidente que le habían engañado para alejarle aún más.

–¿Vio al conductor? –preguntó.

–¡Claro! Era un hombre fornido. La mujer iba con él, ya sabe, la preciosidad pintada en el carro. Nos reímos porque el hombre no era muy atractivo, y sin embargo en el dibujo parecía muy apuesto. ¿Sabía que lo pintó la mujer que lo acompañaba? Nos contó todo con detalle.

–Yo pinté el carro –reivindicaba Axia–. Frances nunca...

Jamie le puso una mano en el hombro para acallarla.

—Estamos buscándolos —informó Jamie—. Le agradeceríamos mucho que nos explicase todo cuanto sepa.

—¿De veras usted pintó el carro? —inquirió el hombre sin apartar la vista de Axia.

Jamie tomó aire.

—Les hará un retrato a usted y su amigo si nos cuenta todo ahora mismo. —Como el hombre no cesaba de mirar a Axia, añadió—: Lo dibujará como un caballero, con armadura y todo.

—Los vi pasar hace dos días —informó—. A estas alturas deben estar muy lejos.

—La mujer ¿estaba bien? ¿Parecía herida?

—Se veía muy sana y contenta. Pernoctaron aquí, y el hombre la trataba como si fuera la reina de Inglaterra.

—Entonces seguro que era Frances —musitó Axia.

Jamie le propinó una patada por debajo de la mesa para advertirle que mantuviera la boca cerrada.

—¿Cómo era el hombre? ¿Qué más recuerda de él, aparte de que era fornido?

El hombre se encogió de hombros.

—Nada especial. Tenía el cabello castaño oscuro, los ojos marrones. Ni guapo ni feo. No creo que le reconociese si le viese de nuevo. Como le decía, nada especial.

Jamie se sintió frustrado y se apoyó contra el respaldo del asiento.

—Excepto su oreja —intervino otro hombre que acababa de acercarse a ellos.

—¡Ah, sí! —confirmó el primer hombre—. Le faltaba media oreja. La parte de arriba.

Jamie hizo una mueca, echó hacia atrás la cabeza y comenzó a reír. Sus carcajadas eran tan sonoras que todos los presentes le miraron como si estuviera loco.

Cuando por fin se calmó dijo:

—Henry Oliver —como si eso aclarase algo a los demás.

Tras dar las gracias a los dos hombres, afirmando que

habían sido de gran ayuda, siguió desayunando tranquilamente.

Axia comprendió que Jamie no pensaba explicarle nada.

—¿No va a contarme qué sucede? —inquirió.

Jamie la miró y sonrió. Axia advirtió que le complacía mantenerla en vilo.

—¡Hable! —exigió.

—Henry Oliver es inofensivo. Frances no podría estar en mejores manos. Es incapaz de causarle daño alguno. Además, la protegerá de cualquier peligro.

—Pero la ha secuestrado. Me parece que eso ya es un daño. Supongo que pedirá un rescate… —miró alrededor para comprobar que nadie podía oírla— tratándose de la heredera de Maidenhall.

—A Henry no le interesa el dinero. Lo hizo por amor.

—¿Ama a Frances? —preguntó Axia como si eso fuese la locura más increíble del mundo.

—No, ama a mi hermana Berengaria. Desea casarse con ella desde que éramos niños.

—¿Y usted no aprueba ese matrimonio?

—Oliver es un estúpido.

—¡Ah, entonces seguro que se enamorará de Frances! ¡Son almas gemelas!

—No, no… No entiende nada. Oliver es estúpido de verdad. Cree todo lo que le cuentan; por ejemplo, que en las cuevas en África hay dinero. De pequeños, cuando jugábamos al escondite, él cerraba los ojos, convencido de que, si él no podía ver, nadie lo vería.

—Pero seguramente habrá cambiado. Ahora es un adulto…

Jamie arqueó una ceja.

—El año pasado descubrió que un granero tenía un agujero por el que entraban las ratas, de modo que decidió derribarlo y quemar el grano para evitar que se lo comieran.

—¿Por qué no tapó el agujero? —preguntó—. ¡Ah, ya lo entiendo! —Axia tomó un sorbo de su bebida—. ¿Cree que le gustaría comprar unos metros de tela de dragón?

Jamie rió.

—Aunque resulte increíble tiene buen olfato para los negocios. Cuando está convencido de algo, nada le detiene. Si algo le llama la atención, fija un precio y no para hasta obtenerlo.

—Y ahora quiere obtener a su hermana.

—Hace años que lo quiere, y supongo que morirá con ese deseo.

—Incumplido, supongo.

—Desde luego. Mientras yo viva, jamás lo conseguirá —sentenció Jamie orgulloso.

—Su hermana es muy hermosa, ¿verdad? La criada dijo que Oliver había comentado que Frances era la segunda mujer más bella del mundo.

—Sí. Berengaria es muy hermosa —confirmó Jamie con una sonrisa en los labios—. Henry Oliver cuidará de Frances y le concederá todos los caprichos. No conoce la maldad. Mi hermano Edward solía aprovecharse de su ingenuidad, pero Oliver jamás se enfadaba ni buscaba venganza. Pensaba que Edward le apreciaba porque pasaba mucho tiempo con él.

Axia hizo una mueca.

—Sé perfectamente que pasar mucho tiempo con una persona no significa que se la aprecie. —Suspiró y miró a Jamie para incitarlo a que declarara que él sí la apreciaba.

Pero Jamie se limitó a guiñarle un ojo.

Axia dedicó dos horas a retratar a todos los hombres de la posada, y Jamie se vio en la necesidad de recordarle que debían partir.

—¿Partir? ¿Hacia dónde? —preguntó ella guardando los pinceles y los lápices.

—Henry habrá llevado a Frances a su casa, que se halla cerca de la mía. Iré a buscarla. Pero antes pasaremos por casa de mi tía y usted se quedará allí. Axia, por favor, no quiero discutir. Ya he tomado una decisión.

—Ya lo veo y supongo que es tan tozudo como Oliver.

—En efecto.

—Pero ¿por qué no puedo acompañarle? Sobre todo ahora que sabemos que se trata de Henry Oliver. Dijo que no había peligro. ¡Por favor, Jamie! Prometo no causar ningún problema.

—Me causaría problemas aunque fuese dormida todo el camino. Axia, no me mire así. No está bien que viajemos juntos. Soy su guardián. Maidenhall confía en mí. ¿Qué pensará si se entera de que hemos atravesado Inglaterra los dos solos? La noche pasada fue muy difícil para mí. Compartir la misma habitación y…

—Maidenhall no tiene por qué preocuparse por mí —replicó molesta—. A usted sólo le interesa Frances.

Jamie le tomó la mano y la besó.

—Querida mía, en eso se equivoca. Si fuese libre y no tuviese que conformarme con un matrimonio de conveniencia, la cortejaría con tal intensidad que se sentiría abrumada. ¡Mesonero! ¡La cuenta!

Axia quedó boquiabierta.

—¿De veras? —susurró. Pero Jamie, que estaba pagando la cuenta, no la oyó, de modo que Axia se concentró en pensar cómo convencerle de que la llevase consigo.

—Si vamos juntos ganaremos mucho tiempo —argumentó, pero Jamie no se inmutó. Trató de conmoverlo afirmando con lágrimas en los ojos que no podía quedarse con desconocidos, pero tampoco funcionó. Comentó que la asustaba que Perkin Maidenhall se presentase y la arrancase de casa de sus tíos, pero Jamie ni pestañeó. Lo amenazó con escapar y volver a casa de Lachlan Teversham, pero Jamie se rió de ella. Cuando le juró que ataría las sábanas y huiría por la ventana, Jamie soltó una carcajada aún más sonora.

Mientras él preparaba los caballos, Axia se hizo a la idea de lo que la esperaba; descansaría en el hogar de dos ancianos aburridos. Se habían acabado las aventuras, tendría que dedicarse a bordar de nuevo.

Dejó escapar un hondo suspiro.

—Supongo que su tía no tendrá hijos con quienes pueda jugar.

—Ya son mayorcitos —comentó Jamie.

—¿Tiene nietos?

Jamie trataba de ayudarla a subir al caballo.

—No —contestó con impaciencia—. Mi tía Mary tiene seis hijos mayores, pero todos están solteros.

—¿En serio? —exclamó Axia, que empezaba a pensar que tal vez visitar a la tía Mary no resultaría tan aburrido como había sospechado en un principio. Apoyó el pie en las manos de Jamie, pero éste no la levantó para darle impulso. Lo miró y observó que tenía una expresión extraña en el rostro.

—¿Jamie? ¿Está bien? —Al ver que no contestaba, repitió más alto—: ¡Jamie!

—Irá conmigo —afirmó. A continuación se sentó en la silla con tanta fuerza que a punto estuvo de arrojarla al suelo.

Axia comprendió enseguida a qué se debía su cambio de opinión.

—No —protestó airada—. Creo que debería ir a casa de su tía.

Jamie cogió las riendas de su caballo y lo condujo hacia el camino.

—Jamie, creo que deberíamos hablar —insistió Axia—. Primero Lachlan y mi querido Rhys, y ahora sus propios parientes. Considero que debería llevarme a casa de su tía. No es correcto que dos jóvenes solteros viajen juntos. Además, conocer a cuatro Montgomery solteros sería una gran oportunidad para mí. Y si usted consigue salvar a Frances, tal vez Maidenhall se muestre tan agradecido que le conceda la mano de su hija. Mientras tanto yo podría encontrar un apuesto marido para mí. ¡Un Montgomery nada más y nada menos! Piénselo, formaríamos parte de la misma familia.

Jamie detuvo su caballo y la miró.

—Axia, si no cierra la boca, la venderé a los gitanos. La venderé al mejor postor...

Se volvió para darle la espalda. Axia se encogió de hombros y sonrió triunfal.

21

Cuatro horas después Axia deseó que Jamie no hubiese cambiado de parecer y pudiese encontrarse a salvo en una habitación confortable. Le parecía que llevaba toda la vida montada en aquel caballo; sus piernas estaban rígidas y le dolía todo el cuerpo. Sentía deseos de implorar que se detuviesen, pero prefería morir a reconocerlo públicamente. Estaba segura de que Jamie tenía un corazón de oro y de que, con un poco de picardía, conseguiría convencerle de lo que quisiera.

Cabalgaba junto a él, pero iban demasiado deprisa para hablar. Además necesitaba concentrarse para no caer del caballo. Hacía un tiempo excelente y cruzaban un bosque frondoso. Axia propuso que pararan y comiesen un trozo de pan con queso que habían comprado en un pueblo por el que habían pasado, pero Jamie replicó que no tenían tiempo. Cuando Axia insistió, Jamie explicó que el lugar estaba lleno de forajidos con quienes no deseaba toparse.

Axia frunció el entrecejo mientras observaba el umbroso bosque, tratando de imaginar qué peligros acecharían detrás de los grandes troncos. Por lo visto a Jamie le asustaban los bandidos y no estaba dispuesto a darles pie a que lo asaltaran. Jamie siempre le había parecido un hombre sumamente dulce, a pesar de las discusiones en que se había enzarzado con él. Jamás había reaccionado de forma violenta. Prefería luchar con palabras a recurrir a las armas. No le costaba imaginar a Thomas y Rhys combatiendo en el fragor de la batalla, pero no lograba visualizar a Jamie en la misma situación.

Ése era uno de los motivos por los que prefería alejarlo de la ira de su padre. Si un hombre dulce como él ofendía a alguien como Perkin Maidenhall, seguramente no viviría para contarlo. Sonrió al pensar que, si manifestase sus temores a Tode, éste se burlaría de ella.

Apretó las piernas para que su montura acelerara la marcha y salir de aquel oscuro bosque cuanto antes.

De pronto aparecieron dos hombres, uno de los cuales cogió las riendas de su caballo.

—El dinero o la vida —amenazó el hombre con una horrible mueca en el rostro.

El otro bandido, un hombretón barbudo, de ojos pequeños y brillantes, detuvo a Jamie.

—¿Qué tenemos aquí? ¿Un verdadero caballero? —comentó señalando el vestido de terciopelo negro de Jamie—. ¡Bájese!

—Por favor, no nos haga daño —rogó Jamie—. Le daremos cuanto llevamos si nos deja marchar.

Axia observó que el hombre que la retenía iba armado. Cuando soñaba con correr aventuras jamás había pensado que pondría en peligro su vida. De hecho jamás hasta entonces había sentido verdadero miedo, de modo que ahora estaba totalmente paralizada.

Jamie desmontó y se acercó para ayudarla a bajar.

—Me gusta este caballo —comentó un tercer hombre aproximándose. Axia no le había visto hasta ese momento—. Creo que me lo quedaré.

—No diga nada —aconsejó Jamie en voz baja mirando a Axia a los ojos.

De todos modos no habría pronunciado palabra;

estaba demasiado asustada para hablar. Se preguntaba qué sería de ellos si los bandidos les robaban cuanto tenían y los dejaban allí, en el bosque. Tal vez incluso decidirían matarlos. Tenía que pensar en algo para salir de aquel lío.

—Por aquí —ordenó el hombre que llevaba la pistola, señalando los árboles—. Venga, ricachón, ¡vacía tus bolsillos!

—No llevo nada —explicó Jamie atemorizado—. Por favor, no nos hagan daño.

Axia se sintió decepcionada al percibir el miedo en la voz de Jamie. No debía mostrarse tan débil. Había esperado que se mantuviese firme y les enseñase quién mandaba ahí.

—¿Cómo se atreven a asaltarnos? —exclamó airada—. Somos enviados de la reina, y si nos tocan les harán pedazos.

Axia se sintió satisfecha al ver que los tres bandidos y Jamie la miraban perplejos. Ahora nos dejarán marchar, pensó triunfante.

Pero por desgracia sus palabras surtieron el efecto contrario. Hasta ese momento apenas si le habían prestado atención, pero de pronto un forajido la rodeó por la cintura con un brazo y el cuello con el otro.

—¿Asuntos de la reina? ¡Entonces darán un buen rescate por ti! —exclamó el hombre que la retenía.

Axia miró a Jamie aterrada y advirtió que éste estaba indignado por su comportamiento.

—En realidad no conocemos a la reina —susurró Axia, pero nadie le prestó atención.

—¡Vacía tus bolsillos! —ordenó el hombre de la pistola—. ¡Rápido, si no quieres que la mate! —Se volvió hacia Axia con una sonrisa cruel—. Pero antes de matarla, me servirá de algo.

Axia sintió que le flaqueaban las rodillas. Siempre había creído que en caso de peligro se comportaría con dignidad, pero aquellos hombres le producían pavor. Pensaban matarla, y no sabía qué harían con Jamie.

—No llevo nada en los bolsillos —informó Jamie con voz temblorosa—. Por favor, no le hagan daño. Es una joven inocente y nadie dará nada por ella.

—Yo creo que muchos darían bastante por ciertas partes de ella —intervino un bribón, que acto seguido soltó una carcajada y abrazó a Axia estrechamente. La joven quedó horrorizada cuando empezó a tocarle el pecho.

—El oro está en mi bota —explicó Jamie—. Está todo en mi bota. ¡Se lo daré todo si no nos mata!

El hombre de la pistola rió y miró a Axia.

—Me encantan estos caballeros tan finos. Visten bien, llevan mucho dinero, pero no tienen valor.

Axia sintió que se le partía el alma al ver que Jamie se inclinaba hacia su bota. No tenía más remedio que entregar todo el dinero a aquellos hombres, pero Axia hubiese preferido que mostrase un poco de coraje.

Lo que ocurrió a continuación fue tan rápido que Axia apenas si tuvo tiempo de comprender qué sucedía.

Jamie no sacó oro de su bota, sino una daga que Axia no había visto jamás. Tras extraerla la lanzó hacia la joven, pero por fortuna le pasó por encima de la cabeza. De inmediato Jamie quedó envuelto en una nube de brazos en movimiento y acero resplandeciente. Axia jamás pensó que la espada que llevaba en la cintura sirviese para defenderse; creía que era un adorno que usaban todos los caballeros.

Jamie asestó un golpe certero al hombre de la pistola, que miró perplejo la hoja clavada en su estómago. Lo que no podía ver era la punta, que sobresalía por su espalda. Axia sí la vio, y también un bandido, que desapareció a toda prisa en el bosque.

Axia seguía sin poder moverse porque el otro hombre la agarraba más fuerte que nunca. Se preguntaba qué haría el forajido despúes de haber visto morir a su compañero.

Jamie retiró su espada y la víctima cayó al suelo desplomada. Tras limpiar la sangre de la hoja, enfundó el arma y se acercó a Axia. Ésta no daba crédito a sus ojos cuando vio que cogía el brazo de aquel hombre y lo separaba de ella sin más.

Cuando la joven se volvió observó que el bandido tenía la daga clavada en el cuello. Estaba muerto.

—No se desmaye ahora —advirtió Jamie mientras retiraba el otro brazo—. Es mejor que nos vayamos antes de que acudan los amigos de estos caballeros.

Axia se quedó mirando a Jamie admirada. Él sonrió y le tomó la mano para obligarla a caminar.

—No me mire así. Sólo eran tres.

Axia no sabía qué decir. Jamás había sospechado que Jamie fuese capaz de semejante proeza. Era como un príncipe de cuento de hadas.

—Apóyese en mí —sugirió con una sonrisa divertida en los labios—. Creo que sus piernas no responden demasiado bien todavía.

Jamie se sentía satisfecho de haber despertado la admiración de Axia. Se inclinó ligeramente, y Axia le rodeó el cuello con un brazo y no pudo reprimir el impulso de unir sus labios a los suyos y besarlo. Fue un beso largo y apasionado, un beso de agradecimiento, pero también una declaración de amor.

Al cabo de unos minutos Jamie retiró los brazos de Axia de su cuello y la miró a los ojos.

—Axia... —no era capaz de decir nada más. Le besó la barbilla y la nariz, antes de separarla de sí con sumo cuidado—. Tenemos que irnos.

Pero la joven no podía caminar, de modo que Jamie la tomó en brazos, la llevó hasta el caballo y la acomodó en la silla de montar.

Salieron del bosque al anochecer y decidieron pernoctar en una posada. Habían pasado varias horas cabalgando, durante las cuales Axia se había visto obligada a concentrarse en el caballo, de modo que no había podido pensar en lo ocurrido aquella tarde. De todas formas, algunas imágenes acudían insistentemente a su mente: el hombre que la había apresado, sus amenazas, su mirada perversa; la daga que había lanzado Jamie y había pasado por encima de su cabeza para hundirse en el cuello de aquel infeliz, a escasos centímetros de ella.

Axia se asustaba al pensar en todo lo malo que podía haberles sucedido. Empezó a considerar que vivía mejor cuando estaba encerrada en su casa. Por lo menos entonces no tenía que enfrentarse a bandidos y pistolas.

El bosque le había resultado aterrador, plagado de peligros. Tenía hambre y estaba muy cansada.

Jamie detuvo los caballos y la ayudó a bajar.

—Está pálida. Entremos, será mejor que beba algo fuerte. —La abrazó y la condujo hacia la posada—. Axia, ya ha pasado todo. No lo piense más. Me encargaré de que esté siempre a salvo.

Abrió la puerta de roble y entraron en un comedor bien iluminado y caldeado donde los recibió una mujer encantadora algo rellenita.

—¡Buenas noches! —saludó—. ¡Oh, la joven está herida! Venga, querida, siéntese y deje que le eche un vistazo... —comentó al ver a Axia.

Ésta no entendió a qué se refería aquella mujer hasta que, al volverse, reparó en que tenía el cuello y el hombro manchados de la sangre del hombre a quien Jamie había matado con la daga. De pronto evocó la escena. Revivió el peligro, recordó las amenazas y todo se tornó negro alrededor.

Se desmayó, y Jamie la cogió en sus brazos.

22

Cuando Axia despertó, Jamie se hallaba a los pies de su cama en una habitación desconocida para ella. Era de noche y había una vela encendida en un rincón. Comenzaba a amanecer, y la muchacha supuso que había dormido toda la noche. Por el aspecto agotado de Jamie, dedujo que había estado velándola.

Abrió totalmente los ojos y sonrió. Cuando trató de incorporarse, Jamie la obligó a tenderse de nuevo en el lecho.

—¿Queda algo? —preguntó ella.

—No —contestó Jamie en voz baja—. Ya no queda sangre. La limpié yo mismo, incluso le lavé el cabello.

Observó a Axia, cuya melena castaña le enmarcaba el rostro. Generalmente la llevaba recogida, de modo que no podía apreciarse la belleza de su pelo. En aquel momento quedó embelesado por su brillo y suavidad.

—¿Por qué me mira de ese modo? Se avergüenza de mí, ¿no es cierto? No le he causado más que problemas desde el instante en que nos conocimos.

—Así es —concedió Jamie, acariciándole el cabello—. Antes de conocerla llevaba una vida tranquila y sensata, pero ahora todo es una locura.

—¿Se burla de mí?

Jamie sonrió.

—Por supuesto que no —susurró. Se inclinó sobre la mesa para coger un tazón y una cuchara—. La posadera ha traído esta sopa para usted. Quiero que la coma toda. —Le acercó la cuchara a los labios.

Axia soltó una carcajada.

—Jamie, ¡no soy una inválida! —No estaba dispuesta a que él se percatara de que se sentía avergonzada. Nunca había necesitado los cuidados de nadie. Solía presumir de no haber estado enferma ni un solo día.

Era ella quien atendía a los demás, no al revés.

—Está bien —asintió Jamie dejando el tazón sobre la mesa—. Ya que se encuentra bien, bajaré a desayunar. Le deseo que pase una buena mañana.

Axia advirtió que había herido sus sentimientos, aunque no era ésa su intención. Apartando las sábanas, se levantó de la cama, pero cuando sus pies tocaron el suelo se llevó la mano a la frente, mareada.

—¡Oh, me temo que...!

Al observar que Jamie no se acercaba, abrió los ojos y vio que la miraba con una sonrisa de satisfacción.

—Adelante, por favor, acabe de desmayarse. La cama está detrás de usted.

Axia sonrió.

—¡Jamie! Estoy muerta de hambre. No quiero sopa, sino un buen filete y dos pollos con una gran porción de pudín y... —De pronto recordó lo ocurrido la tarde anterior y se sentó en el lecho—. Los mató... —musitó.

Jamie tomó asiento a su lado y le pasó un brazo por los hombros.

—No había otro modo de salvarnos. Tuve que hacerlo. No disfruto matando a la gente.

Axia volvió la cabeza para mirarle a los ojos.

—No creí que fuera capaz de algo así. Es tan buena persona...

—¿Soy qué?

—Es bueno con todo el mundo, con Tode, con Frances, con sus hombres. Todo el mundo le quiere.

Sonriendo, Jamie se levantó.

—Pero sabía que era un soldado, ¿no?

—Sí, pero le imaginaba montado a caballo con una armadura... —se interrumpió cuando Jamie se echó a reír.

—Vístase y bajaremos a desayunar —dijo y sin dejar de reír dio media vuelta para marcharse.

Axia se levantó y se rodeó con los brazos.

—Nadie me había cuidado nunca tanto como usted... —susurró—. Se preocupa de que tenga agua caliente para el baño, papel para dibujar; cuida de Tode, me salva de los bandidos. –Se puso de puntillas y con toda naturalidad lo abrazó–. ¡Jamie, yo…!

–No lo diga –rogó con voz quebrada–. Por favor, no podría soportarlo. No sabe cómo sufre mi corazón, cómo me debato entre el deber y… mis sentimientos. Tengo que ocuparme de mi familia. Por favor… –repitió al tiempo que la alejaba de sí–. Vístase. La esperaré abajo –dijo antes de salir.

Axia se sintió apenada, pero enseguida sonrió, recostada contra la puerta, pensando en Jamie.

Su ensoñación duró poco. Reparó en que el conde le había dejado ropa en una silla; un vestido de lana roja con un bordado negro en el dobladillo y el escote.

Se vistió presurosa, bajó por las escaleras y se dirigió hacia el escusado. Casi chocó con Jamie, que estaba colocando las alforjas a su caballo.

–No podía soportar estar lejos de mí… ¿verdad? –bromeó Jamie.

–En realidad voy a…

Jamie sofocó una risilla.

–Esta noche cenaremos perdiz.

–Guárdeme una docena –exclamó Axia antes de cerrar la puerta.

Cuando salió, Jamie seguía allí, sacando y guardando cosas, y la joven decidió ayudarle. De súbito algo cayó al suelo, y ella se agachó para recogerlo.

–¡Mi sombrero! –exclamó–. ¡El sombrero de mi madre! ¿Dónde lo encontró? Lo perdí… –Se interrumpió al recordar dónde lo había extraviado; en la tienda de Jamie la noche en que hicieron el amor. Esperaba que él no lo recordara, pero era evidente que no era así. A Axia no le asustó la expresión del rostro de Jamie, que reflejaba rabia y… deseos de matar–. No me mire así –rogó, escondiendo el sombrero tras de sí al tiempo que retrocedía prudentemente.

–Axia –comenzó, y a la joven no le gustó el tono de su voz. Daba la impresión de que intentaba controlarse para no cometer algún atropello–. ¿A qué estaba jugando? ¿Quiso averiguar qué se sentía al acostarse con un hombre, del mismo modo que quiso probar todos los pasteles que encontró a su paso?

–No era mi intención que ocurriera –se defendió–, en absoluto. Descubrí por dónde había saltado el muro y...

–Me mintió, me engañó igual que engañó a todos con la tela de dragón.

–No mentí. Le expliqué que era virgen. –Jamie se acercaba a Axia, que continuaba retrocediendo.

–Dijo que se llamaba Diana y que tenía la cara picada de viruelas.

–Temía que me pegara si me encontraba en su tienda.

–Ni usted cree semejante mentira. Tuvo tiempo para avisarme, ocasión de zafarse...

Axia había llegado a la puerta del establo y ya no podía retroceder más.

–No pretendía engañarle. Yo...

–¿Sí? Estoy esperando una explicación...

Axia levantó la barbilla.

–*Carpe diem* –replicó a modo de desafío–. Hay que aprovechar el tiempo. Estaba allí y se me presentó la oportunidad de experimentar algo nuevo; me limité a no desaprovechar la ocasión. Puede que muera mañana mismo o que mi padre me encierre de por vida. Simplemente tomé lo que la vida me ofrecía.

–Su padre está muerto, ¿recuerda? Enterrado en el lodo, según me contó... Claro que, teniendo en cuenta lo mucho que miente, tal vez eso tampoco sea cierto.

Jamie se volvió y se llevó la mano a la frente en un gesto de inquietud.

Axia sabía que Jamie concedía gran importancia al honor.

—Lo lamento, lo lamento realmente —murmuró cogiéndole de la mano—. Será mejor que olvidemos lo que ocurrió. Yo ya lo he hecho. De no ser por el sombrero, nunca lo hubieras descubierto. Sigue adelante, cásate con la heredera y…

Jamie levantó la mirada y se alejó sin pronunciar palabra. Axia lo siguió.

—¿Jamie? —llamó. Por su expresión dedujo que no daba por zanjada la cuestión—. Jamie, por favor, dime algo. Dime que no me odias. Te juro que se trató de un error.

—¡Ensilla este caballo! —ordenó Jamie a un mozo—. ¡Rápido!

Axia vio que se refería a su montura.

—¿Me mandas lejos? ¿Sola? —inquirió con un hilo de voz—. ¡Jamie…! —Se dejó caer sobre una caja de madera llena de bridas sucias.

Jamie la miró en silencio unos segundos.

—¿Crees que soy la clase de hombre que te dejaría marchar sola y desprotegida? —Sin esperar a que ella respondiera, se encaminó hacia su caballo, lo ensilló y lo sacó del establo.

—¿Lista? —preguntó colocando las manos para ayudarla a montar.

—Supongo que sí… —contestó resignada. Quería saber adónde se dirigían, pero estaba demasiado asustada para preguntar. Era mejor callar.

Media hora después, Jamie se detuvo delante de una casa blanca con jardín y le pidió que aguardase. Al cabo de unos minutos salió y le ordenó que lo siguiera.

Axia asintió. De la casa salió un cura, y los tres echaron a andar por un camino que llevaba hasta una iglesia de piedra. Axia pensó que Jamie quería que rezara y pidiese perdón por sus pecados. Se dijo que de hacerlo tendría que pasar el día entero en el templo y no podría comer nada.

Jamie se detuvo a la entrada de la iglesia y miró a la joven. Le atusó el pelo y le colocó bien la capucha.

–¿Estás lista?

–¿Lista para qué? –preguntó a punto de echarse a llorar.

–Para casarte conmigo; ¿qué otra cosa podemos hacer? –Jamie dio media vuelta y se encaminó hacia el interior del edificio.

La muchacha se sentó en un banco del porche. Al verla Jamie tomó asiento a su lado y le cogió las manos.

–Te horroriza pensar en casarte conmigo, ¿verdad? Es lógico.

–Jamie, no bromees –musitó–. No puedo casarme contigo, y tú lo sabes.

–Axia, lo único que puede impedir nuestro enlace es que tú me odies, y no creo que sea el caso. ¿Me equivoco?

Axia lo miró, pensando en las aventuras que habían corrido juntos, en cómo aquel hombre había cambiado su vida. Quizá se había enamorado de él el día en que lo conoció. Tal vez había mentido acerca de su identidad porque le quería y necesitaba asegurarse de que él la amaba por sí misma, no por el oro de su padre. Quizá todo lo que había dicho y hecho en las últimas semanas había sido por amor a él.

–No; no te odio –contestó mirándole a los ojos. Jamie sonrió, y Axia pensó que iba a derretirse en aquel banco.

–Yo tampoco te odio, de modo que, ¡vamos…! El cura quiere desayunar y supongo que tú también. No perdamos tiempo. –Se puso en pie. Tiró de la mano de Axia, pero al ver que ésta no se levantaba, volvió a sentarse–. ¿No quieres casarte conmigo? Has dicho que sí a la mitad de los hombres de Inglaterra. Al parecer soy el único con quien no deseas contraer matrimonio.

–No, Jamie; no es eso… Es el dinero.

—Entiendo —replicó cortante—. No soy lo bastante rico para ti. Y claro, no puedes desposarte con un pobre. ¡Qué presunción la mía pensar que…!

Jamie se levantó, y Axia se abalanzó sobre él; lo abrazó y puso su mejilla contra la suya.

—El problema no es que tú no poseas dinero, sino que yo no lo tengo. Cuando mi… protector se entere de que me he casado sin su consentimiento me desheredará. No tendré ni un penique.

—Tal vez no lo haga —apuntó Jamie estrechándola—. Si fueras su hija comprendería tu temor, pero sólo estás bajo su custodia. No creo que sea tan duro contigo.

Axia se separó para mirarle a los ojos.

—¿Te casarías conmigo aunque fuese su hija?

—Le pediría su consentimiento, desde luego, pero sí… claro que sí, me casaría con o sin su permiso. Teniendo en cuenta las circunstancias no tengo elección…

—¿Qué quieres decir?

—Sí, casi esposa mía, me refiero a aquella noche en mi tienda…

Axia no se sentía reconfortada por sus palabras porque su unión había sido fruto del engaño. Al parecer Jamie se casaría con cualquier mujer capaz de tenderle una trampa, el amor no tenía nada que ver. Estaba claro que el honor le importaba más que el dinero.

—¿Qué pasa ahora? —inquirió Jamie—. Cuéntame qué te preocupa.

—No conoces a Perkin Maidenhall tan bien como yo. El dinero da poder, y él es uno de los hombres más poderosos del mundo. Conseguirá que anulen nuestro matrimonio y te arruinará por haber osado tocar algo suyo.

—Puede que Maidenhall sea rico, pero este país se rige por leyes. Axia, has vivido demasiado tiempo encerrada y sólo te has relacionado con gente que trabaja para él. Es rico, pero no tan poderoso como crees. No puede anular un matrimonio sin motivo. Además, tal vez cuando se entere estés embarazada y eso le frene.

–¿Un hijo?

Jamie rió al ver su expresión incrédula.

–Ocurre, ¿sabes? ¿Qué otra cosa te preocupa?

–Si te arruina, sufriréis tú y tu familia.

–No poseemos gran cosa. No sufriremos demasiado aunque nos quite todo.

–¡Jamie! –exclamó, tapándose el rostro con las manos–. ¿Cómo vivirías?

–Cómo viviremos, querrás decir –corrigió–. Mis parientes nos ayudarán. Los Montgomery somos una gran familia, algo ruidosos, y entre todos poseemos más dinero, casas y castillos de los que podemos utilizar. Les pediré que me presten uno.

–Por mi culpa. Te ves obligado a hacer todo esto por mi culpa. Estás dispuesto a renunciar a tu casa y tus tierras, a pedir caridad a tu familia, porque me colé en tu tienda una noche.

Jamie sonrió una vez más.

–No es tan malo como parece –afirmó a pesar de que estaba de acuerdo con ella–. Mis parientes no consiguieron sus propiedades luchando. Se casaron con mujeres ricas. Los hombres de mi familia tienen la gracia de saber conquistar a mujeres adineradas.

–Excepto tú –matizó Axia–. Tú pretendías casarte con una joven marcada por la viruela que encontraste en tu tienda.

–Así es –admitió acariciándole la mejilla–. No había podido olvidar a aquella chica. ¿Sabes que hace semanas que llevo conmigo el sombrero? Lo tenía a mi lado cuando me atacaste aquella mañana, ¿lo recuerdas?

–¿A qué mañana te refieres? –preguntó Axia.

Jamie sofocó una risilla.

–La mañana siguiente a la noche que pasé con Diana. Cuando desperté vi que no estaba a mi lado y me sentí furioso. Busqué por todas partes. Sabía que era una joven condenada a la prostitución, pero tenía algo especial. Encontré el sombrero, escribí una carta a mi familia y dejé dinero para ella. Me quedé el sombrero. Lo tenía cerca de mi corazón mientras estudiaba un mapa, tú llegaste y me atacaste por alguna razón que no logro recordar.

—Pretendías que no viajara con vosotros.

—¡Es cierto! Ahora lo recuerdo. —Le acarició la mejilla y el cuello—. ¡Qué distinta hubiese sido mi vida de haberte dejado!

—Claro… si no me hubieses traído, ahora no te verías obligado a casarte conmigo.

—Axia, nadie me obliga a casarme contigo. Nadie me apunta con una espada. Axia, escucha, por favor. Quiero casarme contigo. Lo deseo, ¿lo entiendes?

A Axia le costaba creer que alguien pudiera amarla por sí misma. Había vivido rodeada de gente a la que pagaban por mostrarse amable con ella. No había tenido amigos desinteresados. Y ahora Jamie estaba dispuesto a casarse con ella porque le había arrebatado su virginidad y se sentía obligado a cumplir con ella. Valoraba tanto su honor que no le importaba abandonar a la heredera de Maidenhall… Por supuesto, Axia dejaría de serlo; en cuanto su padre se enterase de que lo había desobedecido, la desheredaría. Se preguntaba si Jamie le odiaría el día en que descubriese toda la verdad.

Jamie le levantó la barbilla para que lo mirara.

—¿Qué pasó con tu *carpe diem*?

—Esa frase me metió en este lío.

Jamie rió.

—Es cierto. Pero me alegro. Casémonos. Si Maidenhall encuentra la forma de anular nuestro matrimonio, ya veremos cómo lo resolvemos en su momento. —Jamie pensó que para anular el matrimonio tendrían que pasar por encima de su cadáver, pero optó por callar para no preocupar aún más a Axia–. Mientras tanto, disfrutemos el uno del otro. –Bajó la voz–. Quizá no te gustó hacer el amor conmigo…

–¡Jamie! –exclamó abriendo los ojos de par en par–. ¡Me encantó! ¡Me gustó muchísimo! Gocé tocándote y besándote. Tu cuerpo desnudo es muy hermoso y me gusta…

Jamie la besó suavemente en los labios para acallarla.

–Ya me costará bastante esperar a que acabe el servicio… no me lo pongas más difícil. Escucha, si nos casamos ahora podremos pasar la noche juntos, en la misma cama. Si no nos casamos, tú dormirás en el suelo esta noche. Axia lo miraba; su razón luchaba contra sus sentimientos. Sabía que no debía desposarse con él, que su padre anularía el matrimonio aun cuando tuviese un hijo de Jamie en su vientre. Perkin Maidenhall poseía la fuerza de la ley. Sin embargo, estaba segura de que nunca causaría daño ni a Jamie ni a su familia si ella se mostraba dócil y se sometía a su voluntad, uniéndose al hombre que él había elegido. Pero mientras tanto, hasta que su padre descubriera lo que sucedía, podría pasar días, e incluso semanas, como la esposa de Jamie.

¡Su esposa!, pensó, y un escalofrío le recorrió la espalda. Tomó aire.

–Detesto dormir en el suelo.

Jamie sonrió.

–Entonces vamos, el cura está esperando.

Se puso en pie y le tendió la mano. Axia la tomó, y juntos entraron en la iglesia.

23

Jamie sonreía al ver a Axia corretear por la habitación, alisando la ropa, ordenándolo todo. Era como si pensase que tenía que ganarse el afecto de la gente, no con dinero, sino con cariño o atenciones. Por lo visto creía que nadie podía quererla por sí misma. Con su conducta solícita parecía que deseaba compensar algún defecto imaginario.

Jamie la miraba, convencido de que no tenía ningún defecto. Sus caderas se contoneaban con cada paso que daba, y sólo con mirarla intuía la forma de sus pechos.

—Ven aquí —ordenó alegre.

—Pero Jamie, tengo que doblar tu ropa y…

—Ven aquí. Ahora mismo.

Después de su apresurada boda habían regresado a la posada para recoger sus pertenencias. Habían comprado un pollo asado que Jamie había partido en dos para que pudieran comerlo mientras cabalgaban. Horas después, al caer la tarde, se habían detenido en otra posada, y Axia había ido a la cocina para supervisar la cena. A Jamie no le extrañó que el dueño la echara amablemente después de que ella le hubiese dado algunos consejos sobre cómo administrar el negocio, consejos que, al parecer, no habían sido del agrado del posadero.

—Será mejor que se quede con usted —apuntó el hombre, molesto.

—Me encanta la idea —contestó Jamie al tiempo que sentaba a Axia junto a él.

—Pierde dinero porque no sabe dirigir el establecimiento —musitó Axia.

Jamie sonrió y le besó la frente.

Una vez solos en la habitación, Jamie se metió en la cama totalmente desnudo, se arropó y le tendió la mano. Axia, que había vuelto la cabeza, ruborizada, mientras él se desvestía, miró de reojo la mano.

—Venga, diablillo —animó él—. No me digas que ahora te asusto. Me has quemado, arañado, insultado… Soy el mismo de siempre.

Axia, compulsiva como siempre, se abalanzó sobre él.

–¡Oh, Jamie! Estoy tan asustada... No sé qué debo hacer para ser una buena esposa, aunque sólo sea una esposa temporal. Has estado con tantas mujeres... y estoy segura de que todas estaban enamoradas de ti. ¡Válgame Dios! ¿Cómo puedo competir con francesas sofisticadas o con damas de la corte? No soy más que la hija de un comerciante. Creo que no doy la talla.

Mientras ella hablaba, Jamie la desvestía. No era tarea fácil, puesto que Axia estaba hecha un ovillo en sus brazos. Sin embargo lo logró. Besaba cada parte de su cuerpo a medida que la desnudaba.

–Jamie, esto es maravilloso. Besas muy bien. Supongo que tendrás mucha práctica.

Jamie sonrió, sabedor de que todas las mujeres sentían curiosidad por las que les habían precedido, y deseaban que les dijeran que ellas eran distintas, especiales.

–En absoluto –afirmó–. De modo que si hago algo mal, tendrás que avisarme.

–Eres un mentiroso –protestó Axia, feliz. Cerró los ojos, y él depositó besos en su brazo.

–Mi esposa me enseñó a mentir.

Axia sofocó una risilla, y Jamie sonrió al tiempo que acababa de desnudarla. La ropa voló por la habitación.

Axia dejó de pensar para abandonarse a los labios y las manos de Jamie, que recorrían todo su cuerpo.

–Enséñame cómo complacerte –susurró Axia.

–Me complaces en todo momento, aunque no eres consciente de ello –afirmó mientras le besaba el cuello.

Jamie sabía que su mujer creía que era un experto en lo referente al sexo, pero lo cierto era que nunca había pasado más de una noche con ninguna mujer. Había huido de las complicaciones y compromisos que implicaba una relación estable. Las mujeres extremadamente experimentadas no le llamaban la atención. En realidad, decir que era un novato no era del todo falso. Si se lo explicara a un hombre, se burlaría de él; su hermana Berengaria solía afirmar que era un romántico porque se reservaba para la mujer de su vida, su verdadero amor.

Sabía que nunca había dedicado tanto tiempo a disfrutar de una mujer como lo hacía en esos momentos. Deseaba tocar su cuerpo hasta conocerlo tan bien como el suyo. Y mientras la acariciaba se decía que nadie la había tocado excepto él. Incluso se alegró de que hubiera vivido aislada y la hubiesen visto pocos hombres. Su intenso sentido de la posesión llegó a sorprenderle.

La primera vez que le hizo el amor en su noche de bodas todo fue demasiado rápido, pero la deseaba tanto que no pudo contenerse. En la segunda ocasión, en cambio, se tomó su tiempo, acariciando sus senos hasta que Axia se arqueó de placer bajo su cuerpo. Se movió lentamente dentro de ella para que su pasión aumentara y cuando empezó a mordisquearle el cuello se tendió de espaldas para que Axia se situara encima de él.

—¡Jamie, eres tan hábil! —murmuró Axia con los ojos cerrados. Su cuerpo se movía instintivamente arriba y abajo. Jamie pensó que iba a morir de placer cuando los labios de su amada se posaron en los suyos. Con las manos en su cintura, la ayudó a moverse más deprisa, hasta el momento en que se tumbó sobre ella y tuvo un orgasmo tan intenso que creyó morir.

Se derrumbó sobre su esposa con el cuerpo empapado en sudor, y Axia lo instó a seguir.

—Me encanta esto. Jamie, no irás a dormirte, ¿verdad?

Jamie sonrió y la besó.

—Veremos quién implora que le dejen dormir —retó al tiempo que ponía la mano en su vientre.

Axia trató de montar su caballo sin dejar de bostezar. Tenía la vista tan borrosa por la falta de sueño que no acertaba a enfocar el estribo. Después de tres intentos,

Jamie optó por colocarle el pie en su sitio y ayudarla a sentarse. Axia siguió bostezando mientras tomaba las riendas del caballo.

Jamie sonreía feliz. Como soldado estaba acostumbrado a pasar varios días sin dormir, a diferencia de Axia, que se sentía agotada tras haber pasado dos noches en vela.

Jamie disfrutaba de cada segundo de sus noches. Axia dormitaba durante el día; incluso en una ocasión llegó a dormirse a la hora de la cena, pero cuando él entró en la habitación despertó al instante. Se desnudaban en cuestión de segundos y se lanzaban a los brazos del otro.

Jamie estaba encantado de que Axia se mostrase dispuesta a probar todo lo que él proponía. Su cuerpo era tan flexible como una rama de sauce, y él disfrutaba inventando nuevas maneras de hacerle el amor. Entrelazaban sus cuerpos como si fueran dos serpientes, se unían y giraban sobre sí mismos sin separarse en ningún momento.

Quedaban dormidos poco antes del alba, para despertar poco después con la luz del sol y el bullicio de la posada. Se levantaban sin ganas de separarse, se vestían y se iban a desayunar.

La primera noche que pasaron juntos Jamie despertó y, al ver que estaba solo en el lecho, se asustó mucho. Observó que Axia se había quedado dormida en una silla, hecha un ovillo. A su lado había una vela totalmente derretida y una pila de dibujos. Curioso, se acercó a la ventana para verlos. Eran retratos en que se ensalzaba su fuerza. Se le veía controlando un caballo enfurecido. En muchos aparecía luchando contra los bandidos, agachándose para coger la daga, lanzándola a uno de los criminales, clavando la espada a otro, sosteniendo a Axia desmayada en sus brazos, interponiéndose entre ella y toda clase de peligros.

Jamie guardó los dibujos sintiéndose más fuerte, importante, valiente e inteligente que nunca, y llevó a Axia a la cama. Antes de dormir pensó que su mujer no se equivocaba en una cosa; daría su vida por salvar la de ella.

Jamie sabía que su luna de miel no duraría mucho. Ese mismo día llegarían a su casa, y ya no los dejarían solos ni un instante. Jamie adoraba a su familia, pero le entristecía no poder estar a solas con Axia. La quería sólo para él, aunque se le acusase de celoso.

Cabalgaban despacio. Jamie se volvió y, al ver que Axia se había quedado dormida a lomos del caballo, sonrió. Había hecho las paces con el animal unos días atrás; se aseguraba de que Jamie le daba de comer y beber, pero se resistía a tratarlo con cariño. Jamie intuía que nunca sería una gran amazona. Al menor salto, Axia soltaba las riendas y se agarraba con fuerza a la silla; si Jamie disminuía el paso, se dejaba caer sobre el cuello de la montura con los ojos cerrados, dispuesta a dormir un rato.

Jamie se acercó a ella y tomó las riendas de su caballo. Axia estaba tan dormida que ni se percató de ello. A su izquierda se extendía un campo cubierto de margaritas que pertenecía a sus primos, al igual que los otros terrenos que habían cruzado en las últimas horas. Avanzaban por un angosto camino en dirección a una pequeña casa de piedra que había construido un antepasado de los Montgomery. Aunque no tenía techo y las paredes estaban semiderruidas, Jamie había decidido llevar allí a su flamante esposa, porque, cuando eran niños, Berengaria solía afirmar que le parecía el lugar más romántico del mundo.

Axia siguió durmiendo y ni siquiera despertó cuando llegaron, se detuvieron y Jamie la bajó en brazos, la llevó hasta las ruinas y se sentó con ella en su regazo.

Estaba acostumbrado a dormir bajo la lluvia o el ruido de los cañonazos, de modo que una mujer en sus brazos y la dureza de la piedra contra su espalda no le impedirían conciliar el sueño. Cayó rendido en unos instantes, con Axia acurrucada sobre él.

Despertó al anochecer. Había refrescado, de modo que abrazó a Axia y se quedó contemplando las margaritas.

—¿Sigues pensando que traté de matar a Frances cuando te sugerí que le regalaras margaritas? —murmuró Axia.

—Pensaba que dormías.

—A medias. Estos últimos días han sido los más felices de mi vida, Jamie. Eres tan bueno conmigo... ¿Crees que gustaré a tu familia?

—Les encantarás —contestó confiado.

—¿No les molestará que no tenga dinero? Tal vez se disgusten al saber que no te has casado con la heredera. —Mejor dicho, te has casado con una heredera que pronto dejará de serlo, pensó.

Jamie sonrió.

—Les gustarás tal cual eres.

Axia apoyó la cabeza en su hombro y deseó que ese momento no acabase nunca, pero Jamie rompió el encanto.

—¿Qué secreto guardas, Axia? —susurró.

—Nada —respondió un tanto sorprendida. Jamie se movió, y ella sintió deseos de llorar.

—Frances, Tode y tú me ocultáis algo. Estoy seguro. Las miradas de complicidad que intercambiáis, las amenazas de Frances...

—¿Amenazas? ¿A qué te refieres? —Jamie la apartó de su regazo, y Axia se aferró a él—. Por favor, no te enfades conmigo. Por favor, Jamie, no te enfades. Te quiero mucho. Te lo dije incluso cuando me hice pasar por Diana.

Jamie había vuelto la cabeza.

—Siempre me has mentido, desde el principio. No sabía quién eras aquella noche, pero advertí que eras especial, distinta a todas las mujeres que había conocido. Tendría que haberlo adivinado porque tanto Diana como tú...

–¿Qué? –susurró, consciente por primera vez de que Jamie jamás le había dicho que la amaba.

–Bueno, me sentía muy cerca de ambas. No sé cómo explicarlo. Me sentí cerca de ti desde el momento en que te conocí, como si me pertenecieras de algún modo. Contestando a tu pregunta, no; no creo que tratases de matar a Frances. Ni siquiera lo pensé entonces. Sí, recuerdo bien mis palabras, pero en realidad las pronuncié porque pensé que me habías traicionado. –Se volvió, puso las manos en sus brazos, la miró a los ojos y prosiguió–. No sabes lo que sentí por ti en el mismo instante en que te vi. Salté el muro y me quedé un buen rato embelesado viendo cómo pintabas. Estuve alrededor de una hora observando cómo plasmabas un rostro en la tela. Tus movimientos eran tan rápidos y precisos... tan perfectos.

Axia quedó atónita. Ignoraba que había estado contemplándola aquel día.

Jamie le acarició la mejilla.

–No sé cómo describir lo que sentí por ti, pero en aquel momento intuí que había encontrado a la mujer de mi vida. No sólo una mujer a quien amar, sino la persona con que deseaba compartir mi vida. Me dije que tú me escucharías cuando te hablara de mi padre y mi hermano, de mi madre, de Berengaria y Joby. Sentí que podría explicarte lo que fuera. Nunca había sentido nada parecido hacia nadie. Nunca había... –la miró directamente a los ojos–. Nunca había confiado tanto en alguien, ni en Rhys o Thomas, ni siquiera en ningún miembro de mi familia. A ellos sólo les cuento verdades a medias, les explico lo que quiero que sepan, sin más. Pero mientras te contemplaba comprendí que eras una persona sensible en quien podía confiar.

—Puedes confiar en mí, Jamie —murmuró—. Preferiría morir a traicionarte.

—Eso fue lo que sentí aquel día. Sin embargo, cuando me mentiste acerca de las margaritas pensé que me habías traicionado.

—No…

Jamie la interrumpió:

—Sé que no era tu intención. Y por supuesto no tratabas de matar a nadie, pero me sentí traicionado. Había confiado en ti y tú… —Dejó de acariciarla y se volvió—. Y ahora vuelvo a sentir lo mismo. —La miró de nuevo—. ¿Qué me ocultas?

—Yo…

Axia deseaba contarle la verdad, pero si lo hacía perdería los pocos días que todavía podía pasar a su lado. Jamie se enfadaría porque no se trataba de un pequeño secreto, sino de uno tan grande que cambiaría sus vidas por completo en el momento en que saliera a la luz. Si confesaba que era la heredera de Maidenhall (por lo menos que lo era antes de conocerle), la obligaría a montar en aquel horrendo animal y cabalgarían hasta encontrar a su padre. Jamie se disculparía ante Maidenhall por haber cometido el pecado de casarse con su hija sin permiso.

—No piensas decirme lo que ocultas.

—No es nada, Jamie. Unos secretillos sin importancia.

Se interrumpió cuando Jamie se levantó y echó a andar hacia su caballo. Lo siguió y lo cogió del brazo.

—¿No puedes aceptarme tal como soy?

—Te refieres a aceptar que eres una mentirosa.

—No, por supuesto que no. Quiero decir que… —Al ver la expresión del rostro de su esposo cambió de actitud y optó por defenderse con la cabeza bien alta—. Soy como soy y nunca he hecho daño ni a ti ni a nadie. Sólo te pido que me aceptes como soy y no pretendas cambiarme.

—Y yo deseo que confíes en mí —rogó con los ojos llorosos—. Axia, por favor, dime qué está ocurriendo. Sé que ocultas algo con sólo mirarte a la cara. Te comportas como si cada día fuese el último de tu vida. ¿Por qué? ¿Qué destino te aguarda? ¿Estás a punto de morir? No puedo creer que se trate de eso, conozco bien las enfermedades, y tu cuerpo no presenta ningún síntoma característico. Siempre hablas de nuestro matrimonio como de algo temporal, y no acabo de entender que tu protector se sienta irritado por la boda de la hija de un comerciante pobre y un noble. —Alzó los brazos al cielo—. Axia, por favor, ¿qué te preocupa tanto? ¿Qué te asusta?

—No puedo contártelo —sentenció—. Por favor, no puedo. Sólo quiero pensar en el presente. Olvidemos todo lo demás. Todo acabará pronto; no precipites el final, por favor.

Jamie dejó caer los brazos y se llevó la mano a los ojos.

—Está bien, lo haremos a tu manera. No me cuentes nada, no confíes en mí.

—Confío en ti —corrigió. Trató de tomar su mano, pero Jamie se separó de ella.

—Monta. Pronto estaremos en casa.

Axia sintió deseos de llorar al oír que su marido empleaba un tono tan frío, pero se contuvo y, por primera vez, subió al caballo sin ayuda de Jamie.

24

Mientras cabalgaban, Axia pensaba que su relación con Jamie tocaba a su fin y se planteaba la posibilidad de revelarle su secreto. Tal vez la perdonaría, tal vez...

A primera hora de la tarde hicieron un alto junto al camino para descansar. Jamie seguía enfadado con ella; apenas la miró al tenderle un trozo de pan con queso y un poco de vino. Axia buscaba un tema de conversación para romper el hielo.

—Nunca me has explicado qué fue de los carros de Maidenhall —comentó, y al instante se arrepintió de mencionar ese apellido. Afortunadamente Jamie sonrió.

—Tendrías que haber visto a Smith. Como mujer resultaba exageradamente feo.

—Siento habérmelo perdido. —Le lanzó una mirada coqueta—. Tiene mucha gracia, porque la verdadera heredera es preciosa.

Jamie ignoró el comentario.

—Aunque sus manos eran demasiado grandes y podía resguardarse de la lluvia bajo su nariz, llegó con una caja llena de peticiones de mano y declaraciones de amor. Me contó unas anécdotas increíbles.

Axia se atragantó con el pan y el queso. Si Jamie no se hubiese empeñado en viajar de incógnito, esas cosas le habrían pasado a ella. No quería conocer más detalles, pero tenía que disimular.

—¿Qué le ocurrió?

—Recibió millones de propuestas de matrimonio, cartas para pedirle dinero, favores. Se le acercó una mujer que estaba convencida de que la heredera podía curar imponiendo las manos. Siguió a la caravana durante tres días con su niño enfermo en brazos.

—Y Smith, ¿qué hizo? —susurró Axia al advertir que Jamie fruncía el entrecejo.

—Smith se rindió y sostuvo al niño en brazos durante media hora pero… —se interrumpió y dirigió una fugaz mirada a Axia—. El niño murió, y la madre insultó a Smith y lo maldijo. Afirmaba que su hijo había fallecido por su falta de generosidad. Declaró que la heredera de Maidenhall lo tenía todo, pero no estaba dispuesta a compartir su suerte con nadie, ni siquiera para salvar la vida de un pequeño.

—Eso es absurdo. Que posea dinero no implica que

tenga poderes especiales –sentenció Axia, que sabía bien de qué hablaba.

–Así es –concluyó Jamie sonriente–. Por eso me alegro de no haberme casado con la heredera de Maidenhall.

–¿De veras?

–Sé que temías que amase a Frances. En realidad la idea de que la conquistase partió de mi familia. Convertirme en el acompañante de la heredera de Maidenhall por el resto de mi vida no me tienta en absoluto. Supondría demasiadas responsabilidades. –Sonrió aún más–. Te aseguro que prefiero tenerte a ti por esposa en lugar de a la heredera.

Axia tragó saliva.

–Tal vez cambies de parecer si Maidenhall te autoriza a casarte con su hija. Quizá llegues a arrepentirte de haberme escogido.

Para consternación de Axia, Jamie se limitó a echar la cabeza hacia atrás y soltar una sonora carcajada. Abrió una alforja y extrajo un papel.

–Jamás mandé la carta.

Axia estuvo a punto de desmayarse de la impresión.

–¿No enviaste la carta a Perkin Maidenhall? Pero Frances afirmaba que...

Jamie se inclinó y le besó la mejilla.

–Frances no es demasiado inteligente. Insistió tanto en que ella enviaría las misivas que sospeché de sus intenciones y la convencí de que yo ya había mandado la mía para observar su reacción. Como suponía, quedó petrificada. Supongo que jamás consideró en serio la posibilidad de casarse conmigo. Me temo que sólo pretendía provocarte celos. ¿Tú qué opinas?

Axia le rodeó el cuello con los brazos.

–Me importa un rábano lo que pretendiera Frances. Jamie, ¿sabes qué significa eso? Significa que disponemos de más tiempo. ¡Más tiempo! Algo que el dinero no puede comprar. ¡Jamie, te quiero tanto!

Jamie no entendía por qué el hecho de que no hubiera enviado la carta le producía tanta alegría, pero le gustaba ver a Axia feliz. Seguía dolido por su negativa a hacerle partícipe de su gran secreto, pero sabía que con el tiempo acabaría por confiar en él.

Empezó a besarla y al poco rato todas las preocupaciones desaparecieron de su mente. La llevó a un lugar apartado, como si fuese un salteador en busca de joyas... aunque, bien pensado, tal vez lo era en sentido metafórico.

Su pasión por ella había aumentado hasta el punto de que tenía la impresión de que, si no la poseía, moriría. Axia sentía lo mismo por él. Se desnudaron rápidamente, se acariciaron, se besaron y unieron sus cuerpos a la sombra de dos endrinos, abrazándose estrechamente, como si quisieran fundirse el uno en el otro.

Al cabo de unos minutos su pasión llegó al punto culminante, y Jamie se desplomó sobre ella, sudoroso y agotado. Axia le acarició la cabeza y el cuello, pensando en lo mucho que lo amaba y en lo feliz que se sentía. Si su padre no había recibido carta alguna, no había ningún ejército en camino dispuesto a separarla de Jamie.

—Pase lo que pase, no olvides que te quiero, Jamie —le susurró al oído—. Te quiero con toda el alma. Aunque...

—¿Aunque qué? —preguntó, clavando la mirada en ella.

Sonriente, Axia bromeó:

—Aunque esté casada con otro.

Jamie se puso serio.

—Me perteneces a mí, a nadie más. Me ha costado mucho conquistarte y ahora eres sólo mía.

—Sí, soy tuya, pase lo que pase.

Jamie aguardó a que Axia aclarara sus palabras, pero ella no añadió nada más. Se sintió nuevamente frustrado por su silencio, por su falta de confianza en él, y optó por distanciarse. Se levantó y le comunicó que debían reanudar la marcha.

Axia deseaba que olvidara el asunto de su secreto. Sabía que pronto descubriría la verdad. Mientras él la ayudaba a subir al caballo, le pidió que le hablara de su familia.

—Sé que tienes una hermana gemela, ¿es tan fea como tú?

Jamie sonrió.

—No sé cómo pudo ser, pero por alguna razón misteriosa Berengaria es muy hermosa aunque es cie... —Jamie se interrumpió cuando estaba a punto de montar su caballo y se quedó mirando a Axia. Teniendo en cuenta el amor que la joven sentía por Tode, estaba seguro de que no juzgaría duramente ni a Joby ni a Berengaria ni a su madre. Axia se fijaba en lo que la gente llevaba dentro, no en lo superficial.

—¿Crees que les gustaré? —insistió—. Es posible que les moleste que hayas desperdiciado una buena oportunidad para casarte con la hija de un comerciante pobre.

—No; estoy seguro de que no les importará —respondió Jamie totalmente convencido—. He mandado un mensajero para avisarles y estoy seguro de que te recibirán con los brazos abiertos. Ya lo verás. Al cabo de unos días te querrán tanto como yo —concluyó, poniéndose en marcha.

Axia no estaba tan segura. Jamie era un romántico, mientras que ella era mucho más pragmática. Si ella fuese su hermana probablemente le fastidiaría que hubiese dejado escapar la oportunidad de desposarse con una de las mujeres más ricas del país por amor a la hija de un comerciante venido a menos. Cabía la posibilidad de que su familia fuera tan romántica como él, y le encantase la idea.

Axia no esperaba encontrar las propiedades de Jamie en un estado tan lamentable. El castillo sin duda poseía un valor histórico incalculable, pero el tejado se hallaba en pésimas condiciones. Su ojo de comerciante le indicaba que se necesitaría mucho dinero para restaurarlo, tanto que sería preferible construir un edificio moderno y dejar el antiguo castillo para los libros de historia. No quería ni pensar lo frío que debía ser en invierno.

Axia acercó su caballo al de Jamie para preguntarle cuánta tierra poseían. Se sorprendió al enterarse de que sólo disponían de dos hectáreas, menos de lo necesario para obtener una buena cosecha, pero suficiente para cultivar un huerto productivo. Si el tiempo era bueno podrían elaborar sidra y venderla y… Axia suspiró. Carecía de sentido trazar planes porque no estaría allí mucho tiempo. Al final del verano se hallaría en otro lugar y probablemente sería la esposa de otro hombre, cumpliendo los deseos de su padre.

—¿Tan mal te parece? —preguntó Jamie observando su rostro. Axia comprendió que Jamie deseaba que convirtieran aquel lugar en su hogar.

—No —mintió con una sonrisa—. No está nada mal.

—O has perdido tu habilidad para mentir, o yo he aprendido a detectar tus engaños.

Axia sonrió.

—Creo que podré mejorarlo —explicó analizando el estado de un muro de piedra.

Jamie soltó una carcajada y la besó en la mejilla.

—Estoy seguro de que lo harás, querida esposa. Confío en que el año que viene, por estas fechas, habrás conseguido que triplique su valor.

»Mis hermanas te adorarán —agregó.

—¿Y tu madre?

—Bueno, ella… Pensaba hablarte de eso más adelante. Ella… —Jamie no encontraba las palabras adecuadas para explicarle que su madre tenía la mente de una niña. De pronto una flecha cayó a pocos metros de su caballo, que se encabritó asustado. Jamie observó que Axia estaba aterrada mientras trataba de dominar al animal. Cuando lo hubo conseguido tomó las riendas de la montura de su amada. Luego la miró con una media sonrisa y preguntó–: ¿Crees que merezco que me retrates como un héroe?

–Por supuesto que sí, Jamie –contestó Axia casi sin aliento.

Riendo, Jamie desmontó y recogió la flecha clavada en el suelo. Llevaba un mensaje atado. Jamie lo abrió y lo leyó. Como suponía, era de Oliver. Optó por no revelar su contenido a Axia.

–No ha hecho daño a Frances, ¿verdad? –inquirió Axia, atemorizada, mientras Jamie la ayudaba a desmontar.

–No, pero… –se interrumpió y frunció el entrecejo, decidido a no explicar nada más–. Tengo que irme. Lo siento. Volveré al cabo de un rato.

–Claro –asintió Axia, tratando de comportarse como una mujer segura de sí misma a pesar de que la idea de conocer sola a las hermanas de su esposo la aterraba.

–Ve, no tengas miedo. Les caerás muy bien. Yo volveré dentro de un par de horas.

–Iré contigo y…

–¡No! –atajó Jamie.

–Ha ocurrido algo malo y no quieres contármelo.

–Nadie ha sufrido daño alguno –tranquilizó–, pero he de marcharme.

–De acuerdo –concedió Axia. Sacó una bolsa de cuero de su bolsillo y se la entregó–. Dentro encontrarás hierbas medicinales. Son para Frances; procura que se las den. Mi prima es incapaz de cuidar de sí misma. Unas hierbas curan los resfriados, y las otras sirven para preparar cataplasmas y ponérselas en el pecho si tose mucho. La tercera le ayudará a dormir, y la cuarta…

Jamie sonrió, la besó y cogió la bolsa.

–Cuidaré de ella y la traeré sana y salva. Ahora entra.

Jamie echó un vistazo a las ventanas y la gente que los rodeaba. No le gustaban las demostraciones de afecto en público, pero no pudo reprimir el impulso de tomar a Axia entre sus brazos y besarla apasionadamente. Cuando se separaron, a la joven le flaqueaban las rodillas.

—No te vayas sin mí —rogó Jamie, y Axia asintió con la cabeza. A continuación el conde montó a caballo y se alejó al galope, dejando una estela de polvo tras de sí.

Axia lo observó avanzar hasta que se perdió entre los árboles. Sospechaba que el mensaje de la flecha debía portar malas noticias, porque de lo contrario Jamie no la habría dejado sola en un lugar donde ella no conocía a nadie. Temía por la vida de su prima.

Se volvió y contempló el castillo. Al llegar le había parecido un lugar bastante agradable, pero después de que el cielo se hubiese nublado y se hubiese levantado un viento frío cambió de opinión. Se le puso la carne de gallina. Estaba claro que amenazaba tormenta, pero lo peor era que intuía que también se desencadenaría una tempestad dentro del castillo. Tal vez no eran más que manías suyas, pero podía palpar la animosidad hacia ella en el ambiente. Se dijo que no había motivo para que la familia de Jamie la odiara. No les había hecho nada. No tenían por qué odiarla. No les había dado ni el más mínimo motivo.

25

—Joby —llamó Berengaria—, hemos cometido un error.

—¡No empieces otra vez! —protestó Joby, que apenas podía controlar su rabia—. No me gusta, no confío en ella.

—Creo que todos nos hemos percatado de ello.

Joby no pensaba permitir que Berengaria se ablandara. Sabía qué clase de persona era Axia antes de conocerla, y los diez días que llevaba en el castillo no habían conseguido hacerla cambiar de opinión—. ¿Cómo puedes sentir simpatía por ella después del modo en que ha tratado de controlar todo en esta casa?

—¡Joby! ¿Por qué te has vuelto tan dura? ¿No crees que a esta montaña de piedras en que vivimos le vendría bien que alguien pusiera algo de orden? No hizo más que remangarse y tratar de limpiar la cocina.

—Es una cuestión de poder y de saber quién dicta las normas. Supongo que podrás ver algo tan elemental.

—Ya que no soy capaz de ver nada…

—Ha conseguido que nos enfademos tú y yo.

—No; no es culpa de ella, sino tuya. Joby, toda esta historia comenzó a causa de ese estúpido de Henry Oliver. ¿Cómo pude permitir que lo incluyeras en nuestros planes?

—Alguien tenía que hacer algo. No podíamos dejar que el idiota de nuestro hermano… —se interrumpió al recordar que se había cumplido lo que más temía. Habían pensado que si Oliver «secuestraba» a la heredera de Maidenhall, Jamie acudiría a rescatarla y se enamoraría de ella. Pero, como siempre, Oliver lo había hecho todo mal. En lugar de dejar la nota que Joby había escrito, optó por redactar una; para colmo, clavó la flecha en que la envió en la pierna del pobre Rhys. Cuando le contaron lo sucedido, Joby había declarado: «Sólo Oliver es capaz de fallar al disparar al suelo.»

Sin embargo, el tiro les había salido por la culata, porque su hermano optó, no sabían bien por qué, por salir a buscar a la heredera acompañado de Axia y luego se había casado con ella. Y ahora el estúpido de Oliver amenazaba con no liberar a la heredera hasta que Berengaria aceptase desposarse con él. Jamie llevaba días intentando hacerle entrar en razón, mientras su flamante esposa se empeñaba en cambiar la vida de Joby y Berengaria.

El día anterior Joby se había visto obligada a pararle los pies y le había explicado que, al casarse con su hermano, había destruido las esperanzas de toda la familia.

Le contó que los campesinos habían realizado un gran sacrificio para reunir dinero y comprar a Jamie ropa nueva con que despertar el amor y la admiración de la heredera.

—Y de no ser por ti, se hubiera casado con ella —sentenció Joby con dureza—. Ahora estamos condenados a la miseria. ¿Crees que el título de «lady» te alimentará y proporcionará abrigo en invierno?

A Axia le impresionaron aquellas acusaciones.

—Lo siento. Por favor, perdóname —dijo entre sollozos. Luego subió por las escaleras a toda prisa y se encerró en la habitación de Jamie.

Berengaria y Joby quedaron solas en el segundo piso. Berengaria se arrepentía de haber permitido que Joby la hablase de aquella manera. Al leer las cartas de su hermano había sospechado que Axia pretendía aprovecharse de la situación, pero al conocerla había cambiado de idea.

—Me gustaría verles juntos —comentó Berengaria. Ambas sabían que se refería a estar en presencia de la pareja; con eso le bastaría para saber si Jamie estaba realmente enamorado.

Joby, por su parte, estaba convencida de que su maravilloso hermano no podía haber perdido la cabeza por una persona tan corriente como Axia. Le parecía que Axia haría mejor papel como ama de llaves que como esposa de un conde. Se le daba muy bien dar órdenes en la cocina y mirar los sacos de harina. Estaba claro que no pertenecían a la misma clase.

—Jamie se ha casado con ella —prosiguió Berengaria—. Nosotras no podemos hacer nada al respecto.

—Sólo quiero que sepa lo que su codicia y sus ganas de medrar han supuesto para esta familia. Tal vez cree que se ganará nuestro afecto vigilando la calidad de las judías; por cierto, al paso que vamos, pronto no habrá ni judías.

—¿Qué ha sido eso? —preguntó Berengaria, inclinando la cabeza al oír un ruido que parecía provenir del exterior.

—No he oído nada.

—Escucha, suena otra vez.

Joby se acercó a la ventana y echó un vistazo al jardín. Le hirvió la sangre al ver que la mujer que había arruinado sus vidas se hallaba sentada junto a su madre. Su pobre madre loca.

—¡Ahí está de nuevo! —exclamó Berengaria—. ¿Qué es?

Joby no daba crédito a sus ojos.

—Axia ha escrito algo y se lo ha mostrado a nuestra madre... Y parece que le ha gustado; ríe —informó incrédula.

—¡Voy al jardín! —comunicó Berengaria al tiempo que corría hacia la puerta, seguida de Joby.

Se escondieron tras un rosal.

—¿Qué está escribiendo? ¿De qué se ríe nuestra madre?

—Espera, voy a averiguarlo —anunció Joby—. Regresó al castillo y ordenó a una sirvienta que pidiera a Axia que fuera a la cocina. Cuando el camino quedó libre, Joby se acercó al banco donde estaba su madre y tomó unas hojas que Axia había dejado allí. Su madre solía ignorar a todo el mundo. Vivía en un mundo aparte, sin emociones, ajena a todo. Por lo menos hasta la fecha.

—¿De qué se trata? —inquirió Berengaria ansiosa.

Joby tardó en responder porque estaba contemplando los dibujos.

—Son retratos de Jamie —contestó maravillada, puesto que nunca había visto nada semejante. Eran tan buenos que casi podía sentir el calor de la piel de su hermano.

—Ya, pero ¿de qué se reía nuestra madre? —preguntó Berengaria impaciente.

Joby miró los dibujos una vez más y no pudo reprimir una sonrisa. Se los describió a su hermana:

—En algunos Jamie aparece normal, y en otros se le ve amenazando con su espada a unos villanos, rescatando a Axia de unos forajidos. Y en éste… —se interrumpió sin dejar de sonreír.

—¿Sí? ¡Cuéntame!

—Jamie está enfadado mirando un carro decorado con un dibujo en que aparece luchando contra un león. En otro dibujo observa perplejo cómo se pelean dos mujeres; una es Axia, y la otra una joven bastante hermosa.

—Seguro que es la heredera —aventuró Berengaria—. ¿Qué más?

—Aquí Jamie unta con aceite las piernas de un joven. Las piernas son lo único que tiene deformado, mientras que el resto de su cuerpo está proporcionado. Tiene la cabeza vuelta y sólo se le ve la mitad del rostro; parece apuesto. Y en este…

—Sigue… —rogó Berengaria.

—Jamie está tumbado en un campo lleno de flores —susurró Joby—, soñando despierto, con una mirada que jamás le he visto…

—¡Descríbemela! —ordenó Berengaria.

—En realidad tiene un aspecto ridículo —sentenció, a pesar de que no era lo que creía; sabía perfectamente que era la mirada propia de un enamorado.

—¿Ya has espiado todo lo que querías? —preguntó Axia, que se hallaba detrás de Joby.

—No espiaba, sólo…

—¿Sí? —inquirió Axia con las manos en la cintura. Como la otra no contestó, procedió a recoger los dibujos.

—Has dejado muy claro que no te gusta que esté aquí. Te aseguro que no me quedaré demasiado. Ahora, si me disculpas, me voy a… —Se interrumpió porque la madre de Jamie se llevó las manos a la cara y rompió a llorar. Axia se sentó a su lado en el banco y la abrazó—. Mira lo que has logrado —acusó mirando a Joby. Luego se concentró en consolar a su suegra—. Haremos otro dibujo. ¿Le gustaría ver a Jamie convertido en un cazador de dragones?

Joby y Berengaria quedaron boquiabiertas al observar que su madre se calmaba. Hacía años que no lloraba ni manifestaba emoción alguna.

Axia empezó a dibujar describiendo cada trazo. Primero retrató a Jamie con la ropa rota y quemada, luego dibujó al dragón con una cola muy larga y una nube de fuego que salía de su boca. Joby tardó un rato en comprender que los dibujos eran para su madre y la explicación para Berengaria. Joby miró a su hermana, vio que escuchaba con interés el relato de Axia y se sintió celosa. ¡Berengaria era suya y sólo suya!

—Berengaria puede oler al dragón —afirmó su madre. Era extraño oír su voz, y aún más pronunciando una frase coherente.

Berengaria rió.

—Sí, puedo olerlo. Tiene escamas verdes brillantes que cambian de color con la luz. Puedo oler el fuego que arroja por la boca y el sudor de Jamie. Está preocupado y asustado, pero su honor le obliga a enfrentarse al monstruo. Puedo oler su valor.

Axia dejó de dibujar y miró a Berengaria.

—¿De veras tienes mejor olfato que los demás?

Joby contestó por ella:

—Berengaria es ciega, pero conserva intactos los demás sentidos. No es un monstruo de feria.

—¡Yo tampoco! —exclamó Axia con un tono igualmente desagradable.

Berengaria quedó fascinada por la respuesta. Nadie conseguía acallar a Joby. Ésta era encantadora con su familia, pero los desconocidos la temían. Estaba claro que Axia no se dejaba intimidar por la niña. Berengaria intuyó que no era fácil asustarla.

Joby prosiguió:

—¿Engañaste a mi hermano para que se casara contigo?

—¡Sí! —afirmó Axia sin dudarlo—. Me puse un vestido provocativo y utilicé mis encantos para seducirlo. Después de todo es una presa tan deseable… ¡Pobre y con tres mujeres que mantener! Es apuesto, sí, pero la belleza no da de comer. ¿Cómo lográis pasar el invierno? No había visto una cocina peor administrada. Echa un vistazo a estos árboles frutales. Hace años que nadie los poda; podrían ser más productivos. ¡Y mira estas flores! Ocupan mucho sitio. Ya que tenéis tan poca tierra, deberíais usarla para sembrar judías o cebollas.

Joby quedó muda unos segundos.

—Las flores son de Berengaria —explicó por fin—. Resulta que le gustan. La vida la ha privado de muchos placeres; supongo que no querrás negarle el de oler las flores también.

—¡Dios mío! Tu hermana está ciega, pero nada más. Estoy segura de que preferirá oler un buen pudin de judías en invierno aunque deje de aspirar los aromas de las rosas en verano.

—¿Cómo te atreves?

Berengaria soltó una carcajada.

—Joby, creo que has encontrado la horma de tu zapato. Me parece que… —se llevó la mano a la oreja al oír ruido de pasos que se aproximaban.

Joby lanzó una mirada de desdén a Axia para darle a entender que era capaz de entender a su hermana aunque no acabase las frases. Luego salió corriendo hacia la puerta. Berengaria conocía los pasos de todos cuantos vivían en la casa y era la primera en enterarse de la presencia de un extraño.

—¡Qué horror de niña! —exclamó Axia en cuanto Joby se esfumó.

Berengaria no pudo evitar sonreír.

—Lo siento…

Axia la interrumpió porque no quería escuchar sus excusas. Por una parte tenía ganas de revelar su verdadera identidad; por otra, no deseaba que se mostrasen amables con ella al descubrir que era rica. Además, era muy probable que su padre la desheredara en cuanto se enterase de su boda, si no lo había hecho ya.

Joby no quería dejar a su hermana sola con la usurpadora, de modo que regresó enseguida al jardín con un mensaje.

—Jamie ha mandado un mensajero para avisarnos de que ha de permanecer más tiempo en casa de Oliver porque éste se niega a dejar marchar a la heredera.

—¿No ha mandado nada más? —preguntó Axia, que hubiese preferido callar por orgullo para no desmostrar cuánto deseaba que Jamie hubiese enviado un mensaje más personal para ella. Le parecía que habían transcurrido años desde la última vez que hicieron el amor y él la tuvo entre sus brazos.

—Nada —contestó Joby con tono triunfal al tiempo que entregaba la carta a su hermana.

Axia observó cómo Berengaria pasaba las manos por el papel.

—Está mintiendo. Jamie corre peligro, necesita ayuda.

—Enviaré un mensajero a casa de nuestros primos para que nos socorran —propuso Joby—. Y…

Axia reflexionó sobre lo que acababa de ver. Con sólo tocar un papel, Berengaria podía conocer los sentimientos de la persona que había escrito la carta. Quedó atónita ante tal revelación.

—¿Puedes adivinar si alguien miente o dice la verdad? ¿Eres consciente de que podrías ganar una fortuna con esos dones?

Joby se volvió indignada.

—¡No podrás explotar a Berengaria! Mi hermana no se sentará en una caseta de feria ni cobrará por adivinar el destino de nadie.

–¿También sabes leer las líneas de la mano? –preguntó Axia perpleja.

Berengaria se limitó a pestañear mientras Joby explicaba con tono desdeñoso que su hermana no pertenecía a ninguna familia de comerciantes y, por tanto, nunca se rebajaría para ganarse la vida. Al cabo de unos minutos Berengaria no pudo callar por más tiempo:

–Joby, necesitamos el dinero. Recuerda que pretendimos sacar partido de la belleza de nuestro hermano; no veo la diferencia.

Joby miró a su hermana estupefacta; se sentía traicionada.

–No es lo mismo.

Berengaria suspiró y optó por cambiar de tema. No estaba dispuesta a permitir que su hermana y su cuñada la pusieran en un compromiso, pero había de reconocer que las palabras de Axia la habían hecho pensar. Sería maravilloso ser útil a su familia, en lugar de una carga.

26

Axia observaba a sus cuñadas. La pequeña, hija de Satán, de doce años, había hecho todo lo posible por convertir su estancia en un infierno. Todo cuanto Axia hacía estaba mal. Incluso le había molestado que limpiara la pocilga que llamaban cocina; lo había considerado una intromisión por su parte.

Axia deseaba que Jamie regresara, pero al parecer su vuelta no estaba próxima porque pensaban pedir ayuda a sus ilustres familiares para que lo sacaran de un supuesto apuro. Tal vez lo habían atacado veinte hombres y se hallaba encarcelado en el torreón del castillo, muerto de hambre y sometido a continuas torturas. Sacudió la cabeza para alejar de sí tan horrendos pensamientos.

De pronto recordó a Frances. ¿Quién cuidaría de ella? Tal vez la tenían presa rodeada de margaritas.

Axia y Berengaria levantaron la cabeza a la vez. Alguien se acercaba, y Axia reconoció los pasos al instante. Recogiéndose la falda, echó a correr sin prestar atención a su nueva familia.

Llegó a la puerta antes de que Tode llamase. Se lanzó a sus brazos sin importarle que la vieran. Tode la abrazó y la alzó en el aire. Axia hundió el rostro en la capucha de su amigo y empezó a llorar de alegría.

—Te he echado tanto de menos… No he dejado de pensar en ti ni un solo instante —admitió Axia.

Tode reía.

—¿Ni siquiera cuando estabas en brazos del bello Jamie?

—Por supuesto —contestó Axia con una sonrisa en los labios—. ¿Qué es un marido comparado con un amigo?

Tode la apartó de sí para mirarla mejor y arqueó una ceja. Axia se dijo que parecía otro y se preguntó si su matrimonio haría que Tode cambiase de actitud hacia ella.

—Estarás cansado —observó—. Entra y deja que cuide de ti.

—Está bien —concedió Tode tomándola del brazo. Axia tuvo la impresión de que algo había cambiado. Pensaba descubrir qué había ocurrido en cuanto se encontrasen a solas.

Tras pedir comida y bebida para su amigo, lo condujo escaleras arriba hasta la mejor sala del castillo. Su forma de caminar evidenciaba que le dolían mucho las piernas. Tode le explicó que había tenido que andar mucho y que había pasado muchas horas tendido en la parte posterior de un carro.

La felicidad de Axia se disipó al encontrar a sus cuñadas en la sala. Tendría que compartir a Tode con ellas por el momento. Pensó que a su amigo le encantaría Berengaria porque, al ser ciega, no podría verle.

–Quiero que conozcas a mi cuñada. ¡Es ciega! –comentó Axia con orgullo.

Tanto Berengaria como Joby tenían la mirada perdida, y Tode supuso que la ciega era Joby porque le asustaban las mujeres hermosas. Se acercó a ella y retiró su capucha sonriente. Pero al ver la expresión de asco que adoptaba la muchacha volvió a cubrirse y miró hacia otro lado.

Axia lanzó una mirada de advertencia a Joby y señaló a Berengaria.

–No, ésta es Joby. A quien quiero que conozcas es a Berengaria –dijo y los presentó formalmente.

–¡Ah! –exclamó Tode retirando su capucha sin prestar atención a Joby, embelesado por la perfección de los rasgos de Berengaria–. Nunca hubiese imaginado que unos ojos tan hermosos pudiesen estar privados del don de la visión, pero gracias a ello los demás podemos contemplar vuestra belleza sin parecer osados. –Se acercó, tomó su mano y la acarició unos instantes–. ¿Me permite? –preguntó. Berengaria asintió, y Tode le besó la mano amorosamente.

Axia y Joby los miraban atónitas. Aquélla nunca había visto a Tode comportarse así con nadie. Cuando le presentaban a una mujer, aunque fuese ciega, se mantenía a distancia, sin atreverse a tocarla. Generalmente se preocupaba de colocarse de manera que sus cicatrices quedaran ocultas, pero en aquella ocasión se hallaba con la capucha bajada, mostrando su rostro a Joby y Axia sin ningún reparo.

Joby estaba más interesada en la reacción de Berengaria que en la de aquel hombre deforme. Su hermana era muy tímida con los desconocidos, no le gustaba quedarse a solas con gente que no conocía de años. Sin embargo había permitido que aquel hombre le besase la mano. De hecho, el recién llegado aún sostenía la de la joven entre las suyas.

Joby fue la primera en actuar. Se acercó a su hermana y separó las manos de Tode y Berengaria. Axia se hallaba detrás de ella. En cuestión de segundos habían pasado de ser enemigas a convertirse en perplejas aliadas.

Tode se volvió y lanzó a Axia una mirada protectora, casi paternal, la besó en la mejilla y dijo:

—Aquí está la comida. Vengan a comer conmigo, queridas damas. Me encantaría disfrutar de su compañía.

Ofreció su brazo a Berengaria con toda naturalidad y la guió hasta la mesa, que ya estaba servida.

Axia y Joby los miraron boquiabiertas. Axia nunca había visto a Tode comportarse de ese modo, y Joby no entendía que un desconocido que parecía un artista de circo llegase y actuase como si fuese el dueño de la casa. Además, ¿quién era aquel hombre?

Tode se sentó al lado de Berengaria y señaló el banco al otro lado de la mesa.

—Venid, chicas, ¿no queréis que os cuente las últimas novedades?

¿Chicas?, pensó Axia mientras se acercaba seguida de Joby.

En cuanto se sentaron Tode empezó a explicar su aventura. Axia apenas si prestó atención a sus palabras. Tode se comportaba como si un espíritu se hubiese adueñado de su cuerpo. Parecía haber tomado posesión de Berengaria. Sobre la mesa sólo había un plato, que Tode había colocado entre él y la joven. Mientras comía depositaba pequeños trozos de fruta o pan con mantequilla en la mano de Berengaria o le daba carne con la punta del cuchillo de plata.

Axia interrumpió sus pensamientos cuando oyó a Joby exclamar:

—¿Henry Oliver ha encerrado a nuestro hermano en el torreón? —Sacó la daga que llevaba en la cintura, pero Tode la detuvo.

—¡Siéntate! —ordenó, y la muchacha obedeció—. No podemos hacer nada hasta que caiga la noche —agregó—. Me gustaría descansar unas horas. Luego volveré a casa de Oliver.

Joby estaba molesta porque aquel hombre parecía creer que podía regir sus vidas.

—¿Qué puedes hacer tú? —preguntó con desdén.

—¡Joby! —protestó Berengaria.

Axia, que había enmudecido al enterarse de que Jamie corría peligro, se esforzó por recuperar el habla.

—Cuéntamelo todo. Necesito saber qué sucede —rogó.

—Henry Oliver no es tan estúpido como la gente cree. Es astuto y se ha fijado en... —se interrumpió y miró amorosamente a Berengaria— en ti —añadió con un tono tan dulce que la joven se sonrojó—. Ahora entiendo perfectamente su obsesión.

—¿Y qué hay de mi hermano? —inquirió Joby.

Tode siguió comiendo.

—Oliver pretende obtener la mano de Berengaria a toda costa. Se ha propuesto mantener a Jamie prisionero hasta que Berengaria acepte, y a Frances cautiva hasta que su padre pague el rescate.

Tode miró a Axia para darle a entender que su padre estaba al corriente de todo. Joby miró la daga que todavía empuñaba. Sabía que dos personas habían sido privadas de libertad por su culpa.

Tode prosiguió.

—La casa de Oliver se comunica con la playa por medio de unos túneles subterráneos. Son oscuros y húmedos, y hay celdas en ellos. Jamie permaneció en una unos días. Traté de llegar hasta él, pero los guardias vieron mi antorcha y me... —sonrió—, digamos que me detuvieron.

Joby y Axia asintieron con la cabeza, pero Berengaria se asustó.

—¿Cómo pudiste escapar? —preguntó preocupada.

–Me hice pasar por un bufón –explicó–. Empecé a actuar como un estúpido para hacerles reír.

Axia y Joby entendían muy bien la estrategia de Tode, pero Berengaria estaba perpleja.

–¿Cómo te las ingeniaste para hacerte pasar por un bufón?

Las dos mujeres quedaron petrificadas al oír la pregunta. Tode se limitó a tomar las manos de Berengaria y pasarlas por su rostro y su cuello para que palpara sus cicatrices.

–También tengo cicatrices en las piernas –comentó mirándola a los ojos.

–Si piensas que voy a permitir que mi hermana te toque las piernas, te equivocas –amenazó Joby.

Berengaria se ruborizó de nuevo y apartó las manos del rostro de Tode.

Éste sonrió y volvió a concentrarse en la comida.

–Pediremos ayuda a nuestros primos –afirmó Joby–. Arrasarán la casa de Oliver y le colgarán del árbol más cercano…

–No disponemos de tiempo para eso. Volveré esta noche y veré qué puedo hacer.

–Sí, claro, estoy segura de que serás de gran ayuda –comentó Joby sarcástica.

Tode no se molestó en contestar pero le lanzó una mirada tan dura que la muchacha no se atrevió a volver a abrir la boca. Tode le recordó que era una niña y que si quería estar con los adultos tenía que mejorar sus modales.

–Yo puedo entrar y salir libremente. Nadie se fija en alguien como yo. Sólo he venido para informaros de la situación.

–¿Cómo se encuentra Frances? –preguntó Axia–. ¿La tratan bien?

A Axia le pareció que Tode se sonrojaba pero pensó que debía tratarse de una falsa impresión porque no había motivo para ello.

—Francés está bien, aunque un poco asustada. La tienen cautiva en una habitación en lo alto de la torre. Oliver no deja que vea a nadie —sonrió—, salvo a un bufón como yo, encargado de animarla.

Axia tomó la mano de Tode.

—Dime qué puedo hacer. Daría mi vida por liberar a Jamie. Por favor, déjame ayudar.

Tode clavó la mirada en los ojos de Axia y atisbó en ellos lo que antes no era sino una sombra. Axia amaba a Jamie como nunca había amado a nadie. Se sintió celoso por un instante pero controló sus sentimientos y le apretó la mano para confortarla.

—No puedes hacer nada. Yo puedo colarme por los túneles porque los guardias me dejan pasar sin problemas. Lo difícil es sacar a Jamie de allí. Sé que tu Jamie es un gran soldado —explicó con ternura—, pero dudo de que pueda luchar contra todos los hombres de Oliver a un tiempo.

—¿No existe otra forma de liberarlo?

—No sé adónde conducen los túneles, pero creo que cubren toda la casa. Desconozco si existen viejas minas o criptas y tampoco creo que Oliver lo sepa. Me parece que incluso hay catacumbas romanas, algunas de las cuales están tapadas o en ruinas. No es fácil orientarse ahí abajo. Necesitaríamos el instinto de un topo.

—O el de un ciego —apuntó Berengaria.

—¡Ni lo sueñes! —exclamó Joby—. Jamie nunca…

—¡Silencio! —ordenó Tode. Luego se volvió hacia Berengaria—. Sí, un ciego podría sernos de gran ayuda en esos túneles oscuros. El primer día conseguí ver a Jamie, pero los guardas me descubrieron por culpa de la antorcha que llevaba. Otro día me dediqué a buscar la salida de los túneles en el bosque, pero no encontré nada.

—Podrías esconder a Jamie en los túneles hasta que llegasen refuerzos —propuso Axia, que cada vez temía más por la vida de su amado. Tode no la miró, y ella exclamó–: ¡Ocultas algo, lo sé! ¡No nos cuentas todo lo que sabes!

–Sí –afirmó Berengaria al tiempo que tomaba la mano de Tode–. Mi hermano corre verdadero peligro.

–Ayer por la mañana llegó el hermano de Oliver.

Al observar que tanto Joby como Berengaria contenían el aliento, Axia sospechó que eran malas noticias.

Tode bajó la mirada.

–Ronald, el hermano, dijo a Oliver que era un estúpido al querer casarse con una Montgomery pobre teniendo a la heredera de Maidenhall encerrada en la torre. Como él ya está casado, pretende que Oliver se despose con Frances. Jamie ha dicho que Frances está bajo su custodia y que no puede contraer matrimonio sin su consentimiento. Y por supuesto no firmará ningún papel, de modo que han decidido privarle de comida y sólo le dan agua para que no muera. –Tode levantó la cabeza y miró a Axia–. Cuando salga necesitará un médico.

Axia se puso en pie y se acercó a la ventana para evitar que los demás viesen la pena en sus ojos.

–¿Qué le han hecho? –preguntó Berengaria con un hilo de voz.

–Le han dado varias palizas –contestó Tode–. Me permitieron verlo porque ignoraban que le conocía. A pesar de todo lo que ha sufrido, Jamie ha logrado convencer al hermano de Oliver de que Perkin Maidenhall confía plenamente en él y que sólo él puede dar el consentimiento a ese matrimonio.

–De ese modo protege a Frances –comentó Axia volviéndose hacia su amigo–. Puesto que ella no puede tomar la decisión, nadie tratará de presionarla.

–Así es.

27

Tode detuvo los caballos al observar que se aproximaban varios hombres armados. Quedó sin aliento, sentado en el carro, porque sabía que se trataba de hombres
de Oliver. Una de las desventajas de su aspecto era que la
gente lo reconocía con facilidad.

Pero cuando empezaron a burlarse de él comprendió
que no corría peligro. Eso lo reconfortó porque dentro
del carro viajaban tres mujeres escondidas bajo varias
capas de flores.

—¿Qué tenemos aquí? —preguntó uno, que había
echado a reír ante la mera visión de Tode.

—Flores para la heredera de Maidenhall —contestó
Tode con tono jovial—. ¿Qué mejor manera de cortejar a
una mujer? Esta noche caerá en sus brazos. Con boda o
sin ella.

Axia escuchaba sorprendida debajo de la sábana de
lino que las cubría a las tres. Nunca había oído a Tode
hablar de ese modo. Era un hombre de carácter sombrío
y siempre se tomaba sus obligaciones muy en serio. En
cambio en esos momentos era capaz de hacer reír a cualquiera a mandíbula batiente. Y eso hacían los hombres
de Oliver; reían.

—Será mejor que vuelvas a plantar las flores —comentó uno—. La heredera no las necesitará.

—Por lo menos no para casarse con el pobre Henry
—apuntó un tercero.

—Entonces las usaré para mi boda —aventuró Tode.

Los hombres rieron aún más, como si aquél fuese
el mejor chiste que habían oído en mucho tiempo. Axia
advirtió que Berengaria cerraba los puños y se ponía
tensa.

—Tal vez puedas casarte con la heredera —propuso
otro—, si eres capaz de encontrarla.

—¿Y eso? —preguntó Tode, tratando de fingir indiferencia–. ¿Ha conseguido huir, o ha venido su padre a buscarla?

Axia fue la única que percibió miedo en la voz de Tode al aludir a Perkin Maidenhall.

–Escapó –explicó el hombre–, se largó. Si la encuentras, dile que vuelva –añadió antes de prorrumpir en carcajadas.

Los hombres siguieron riendo mientras se alejaban de Tode y el carro cargado de flores.

Diez minutos después, Tode detuvo el vehículo junto a un roble y bajó para tomar un trago de agua de uno de los barriles que llevaba atados al carro.

–¿Habéis oído? –preguntó mirando por una de las grietas los tres pares de ojos que lo observaban ansiosos.

Joby apartó la sábana de sí antes de contestar. Cuando aceptó viajar escondida no pensó que sería tan incómodo.

–Yo la encontraré –afirmó.

–Pero si no sabes ni por dónde empezar a buscar –replicó Tode, que consideraba que la joven era responsabilidad suya mientras Jamie siguiese preso.

–Conozco todas las madrigueras de la zona y tal vez sea capaz de dar con la salida de uno de los túneles. Seguramente vuestra querida Frances no sabrá adónde ir.

–No permitiré… –comenzó Tode.

Berengaria separó unas cuantas flores y se sentó.

–Joby conoce a todos los pastores de la zona. Una mujer no puede viajar sin que uno de ellos la vea. Permite que lo intente.

Axia también se incorporó.

–¡Tode, no podemos dejar que Frances vague sola por ahí! Sabes que es incapaz de defenderse por sí misma.

–En eso te equivocas –protestó Tode frunciendo el entrecejo, aun a sabiendas de que su amiga tenía razón.

–Por favor… –rogó Berengaria. Su tono tierno acabó de convencer a Tode.

Joby no esperó la respuesta. Salió corriendo a campo traviesa hacia la casa de Henry Oliver.

Tode dio a las dos mujeres un poco de agua y las observó. Gracias a su habilidad para pintar, Axia había conseguido que parecieran dos ancianas. Aun así, Berengaria continuaba siendo la más bella de las mujeres, y así lo declaró Tode.

No había permitido que disfrazaran a Joby. Su aspecto masculino era perfecto; su corte de pelo y su ropa habitual. Era mejor no tratar de convertirla en una jovencita. Según Tode, ni siquiera Axia con todo su talento podría lograr un milagro semejante. Joby le resultaba muy molesta y le gustaba incordiarla de vez en cuando.

Se alegraba de haberse librado de la muchacha, que ponía a prueba su paciencia con su desobediencia. Para llevar adelante su plan necesitaba un equipo disciplinado.

Cuando llegaron a la casa de Oliver ya había anochecido. A Tode le complació observar que reinaba la confusión. Se preguntaba cómo Frances habría logrado escapar de la torre. En cuestión de minutos se enteró de que todavía no la habían encontrado y de que Jamie seguía encerrado, negándose a firmar la conformidad para la boda. Tode juró que mataría a Joby cuando todo hubiese acabado porque Oliver le había explicado que la idea de secuestrar a la heredera había partido de ella y que él había aceptado con la intención de obligar a Jamie a concederle la mano de Berengaria. Tode se negaba a creer que Berengaria pudiera estar al corriente de los planes de su hermana pequeña.

Ronald, el hermano de Oliver, había apostado más hombres a la puerta para evitar que cualquier Montgomery se acercase a la casa. Temía que alguna de las intrépidas hermanas de Jamie tratara de rescatarlo y dio órdenes precisas de que se identificara a toda mujer que llegase a la propiedad.

Pero nadie registró el carro de Tode. Se limitaron a echarle un rápido vistazo mientras se desternillaban de risa.

Una vez dentro del castillo, Axia y Berengaria oyeron cómo Tode ofrecía a Henry Oliver su ayuda para recuperar a Frances. A las mujeres les encantaban las flores. Si las desparramaba por la casa, Frances se sentiría atraída y regresaría. Eran como una especie de cebo.

—Como dar queso a los ratones —comentó Henry maravillado.

—Exacto. Pero no digas nada a tu hermano, o la encontrará antes y se llevará todo el mérito.

—Sí —concedió Henry—. Ronald cree que es el único inteligente de la familia.

Tode opinaba que Ronald pensaba que era la única persona inteligente del planeta, pero prefirió callárselo.

—¿Dónde podemos colocar las flores? —inquirió.

Oliver no supo qué responder.

—¿En el sótano, junto al prisionero? —sugirió Tode—. Supongo que tratará de ponerse en contacto con él.

—¡Buena idea! —exclamó y se inclinó hacia él—. Pero no dejes que mi hermano te vea porque no permite que nadie se acerque al sótano, ni siquiera yo.

—Deberías explicarle que ésta es tu casa, no la suya, y pedirle que deje de inmiscuirse en tus asuntos. Después de todo, fuiste tú quien secuestró a la heredera de Maidenhall, no él.

—Si lo hiciera, Ronald se enfadaría.

—Sí, pero mientras discute contigo podré preparar la trampa para la heredera. Supongo que no temes a tu hermano, ¿verdad?

—Bueno, en realidad… ¡No, por supuesto que no! Ve y coloca las flores.

—Perfecto. —Tode esperó a que Henry se hubiese alejado, subió al carro y levantó la sábana—. Ya podéis salir; tenemos vía libre.

—Eres el hombre más inteligente que he conocido —declaró Berengaria mientras Tode la ayudaba a bajar—. Te estaré agradecida toda la vida, y mi hermana... ¡Ah!

—Disculpa —se excusó Axia—, he resbalado. Creo que no deberíamos perder el tiempo charlando. Será mejor que avancemos.

—Axia tiene razón —concedió Tode algo molesto.

Veinte minutos después, los tres se dirigían al sótano con la autorización de Henry. Había tanta confusión a causa de la fuga de Frances que nadie se percató de que Axia guiaba a Berengaria y la avisaba cada vez que había que saltar restos de comida que alguien había dejado en el suelo.

—¡Esto es asqueroso! —exclamó Axia, pero Tode la mandó callar con la mirada.

En una ocasión tuvieron que esperar mientras Tode hacía muecas para un ayudante de cocina, que se desternillaba de risa al verlo. Las dos mujeres se apretaron la mano; a ambas les dolía ver a Tode humillarse de aquel modo.

Una vez pasada la cocina, Tode trató de orientarse en un laberinto de viejos pasillos llenos de barriles, cajas y herramientas oxidadas. Al parecer Henry Oliver había almacenado todos los trastos viejos de la familia en el sótano. A Axia le costaba mucho guiar a Berengaria sin que ésta tropezara entre tanto desorden. De vez en cuando encontraban una antorcha encendida, pero realizaron la mayor parte del trayecto a oscuras.

Al cabo de un rato, que les pareció una eternidad, llegaron a una pequeña habitación discretamente iluminada. La pesada puerta de roble estaba abierta, y entraron en la estancia sigilosamente. Tres de las paredes de piedra estaban húmedas, y en la cuarta se abría un túnel que parecía interminable. A la entrada de éste había una mesa, una silla y un guarda sentado durmiendo a pierna suelta.

Axia se sintió aliviada. Tode había dicho que improvisaría algo para entretenerlo, mientras Axia y Berengaria iban a rescatar a Jamie. Axia le había preguntado qué sería de él cuando descubriesen que Jamie había escapado, pero Tode se había negado a responder.

Afortunadamente el guarda estaba dormido, con la barbilla apoyada en el pecho; las llaves estaban colgadas en la pared, cerca de su cabeza.

—¿Dónde estamos? —inquirió Berengaria ansiosa.

Axia le pidió que bajara la voz, temerosa de que el guarda despertara, y le apretó la mano mientras Tode se deslizaba hasta alcanzar las llaves que colgaban de la pared. Tintinearon, y Axia contuvo la respiración.

—¿Qué ocurre? —insistió Berengaria.

Tode se volvió con el entrecejo fruncido, y Axia tiró del brazo de Berengaria para darle a entender que debía permanecer en silencio. Al ver que volvía a abrir la boca, susurró:

—El guarda está dormido.

—Aquí sólo estamos nosotros. —Berengaria habló con voz normal, pero en la entrada del túnel sus palabras resonaron como un cañonazo.

Presa del pánico, Axia miró al guarda; por suerte continuaba durmiendo.

—Aquí no hay nadie, estoy segura —insistió Berengaria un tanto molesta.

Tode se detuvo con las llaves en la mano y observó atentamente al guarda. El hombre no se movía, ni siquiera se le hinchaba el pecho al respirar. Se aventuró a tocarle el hombro; el cuerpo estaba caliente. Al ver que el hombre no reaccionaba, le puso la mano en el cuello para buscar el pulso. En ese instante el guarda cayó de bruces sobre la mesa. Axia se asustó al oír el ruido.

Tode volvió a colocarlo en la silla y reparó en que tenía un cuchillo clavado en el pecho; sin duda le había provocado la muerte al instante.

–¡Jamie! –exclamó Axia soltando las flores que llevaba en la mano y echando a correr hacia el oscuro túnel.

Tode cogió una antorcha de la pared, asió la mano de Berengaria y siguió a Axia tan rápidamente como pudo.

La pequeña celda en que habían encerrado a Jamie estaba vacía; sólo un montón de ropas manchadas de sangre atestiguaban su paso por allí.

–¿Dónde está? –preguntó Axia como si Tode o Berengaria pudieran conocer la respuesta. Acto seguido se internó en otro túnel situado junto a la celda. Estaba segura de que Jamie no podía haber subido por las escaleras, pues arriba había demasiada gente y lo habrían reconocido enseguida. Sólo podía escapar a través de los túneles.

Tode levantó la antorcha y siguió a Axia sin soltar la mano de Berengaria. Una vez en el interior del tenebroso pasadizo, exclamó:

–Axia, no debemos separarnos. Hemos de permanecer juntos, ¿entiendes? –se interrumpió al oír un ruido proveniente de la entrada del túnel.

–¡Está muerto! ¡Tomad antorchas y buscadle! –ordenó una voz masculina–. ¡Mirad, veo luz allá al fondo!

Tode arrojó la antorcha sin vacilar. Sólo Dios sabía qué liquido cubría aquel suelo, pero la antorcha se apagó y reinó una oscuridad total.

Mientras Tode y Axia dudaban si avanzar, Berengaria se dispuso a guiarles.

–Seguidme –propuso satisfecha. Por primera vez podía guiar a alguien, y eran los demás quienes se sentían impotentes.

Los túneles estaban sucios y se notaba que no los habían usado en años. Además, se hallaban en muy mal estado; en algunos lugares el suelo estaba lleno de agujeros, y en otros el techo se había derrumbado.

–Tened cuidado –susurraba–. Aquí hay un agujero. Procurad no pisarlo.

–¿Cómo puedes saber eso? –preguntó Tode cogido de la mano de Axia, que avanzaba detrás de él.

–Este lugar es menos peligroso que mi casa, donde siempre se caen espadas o dagas. Además Joby considera que es más fácil mover un mueble que rodearlo para pasar. –Era consciente del peligro que corrían, pero se sentía feliz por llevar las riendas. Dejaba de ser la carga familiar por un rato para convertirse en una persona imprescindible.

Tenía que sacarlos de allí. Se detuvo y aspiró el aire.

–¿Qué haces? –preguntó Axia impaciente–. ¿Dónde está Jamie?

–Trato de oler el sol –contestó enigmática–. Es por aquí.

Tode tiró de Axia para que siguiese caminando. Temía que comenzara a preguntar a Berengaria el cómo y el porqué de todo. Su curiosidad podía ser más fuerte que su miedo.

Axia miraba alrededor tratando de divisar alguna antorcha de los hombres de Oliver. Por fortuna, imperaba la oscuridad. Anduvieron durante unos treinta minutos entre paredes semiderruidas.

–¡Esperad! –exclamó Berengaria al llegar a una zona más ancha, tanto que Axia podía abrir los brazos sin tocar nada–. Alguien ha estado aquí.

–¿Jamie? –inquirió Axia.

–No estoy segura, pero siento que alguien ha estado aquí.

–¿Puedes oler también eso? –preguntó Axia maravillada, y su tono hizo reír a sus dos compañeros.

En ese instante un hombre salió de la oscuridad y le puso un cuchillo a Tode en el cuello.

–Di una palabra y eres hombre muerto –amenazó con voz grave.

–¡Jamie! –exclamaron Axia y Berengaria al unísono. La primera se abalanzó sobre él al instante.

—¡Bendito sea Dios! —dijo Jamie, feliz, aunque un tanto preocupado, al tiempo que abrazaba a Axia estrechamente.

—Jamie, amor —susurró ella—. Pensé que moriría sin ti. ¿Estás bien? ¿Te hicieron mucho daño?

—No. Bueno… Tal vez un poco —confesó acariciándole el cuello—. ¿Me cuidarás hasta que me recupere?

—Pienso hacer todo lo posible para que desees vivir por encima de todo —contestó Axia emocionada. Se besaron en la intimidad que les brindaba la oscuridad.

A pocos metros, otras dos personas experimentaban emociones contradictorias. Tode, que nunca se había separado de Axia, sabía que su amistad había cambiado para siempre. Berengaria, por su parte, percibió lo mucho que su hermano amaba a esa mujer que había irrumpido en sus vidas y había desbaratado sus planes. Comprendió que Axia no había empleado ninguna artimaña para seducir a su hermano; simplemente lo amaba sin reservas, sin pensar en sí misma. No había prestado mucha atención cuando Axia había declarado que daría su vida por Jamie, pero ahora sentía que la joven realmente lo necesitaba y había sufrido mucho por su cautiverio.

Aunque se alegraba de que alguien quisiese a su amado hermano tanto como ella, lo cierto era que se sentía sola. Jamie era su mejor amigo, y el único hombre al que nunca había importado que fuera ciega.

Mientras Berengaria se entristecía por la pérdida de su hermano, Tode tomó sus manos, se inclinó hacia ella y la besó en la comisura de los labios.

—Nunca estarás sola —murmuró como si hubiera leído sus pensamientos—; no mientras yo viva.

—Venga, diablillo, suéltame y cuéntame qué haces aquí. ¡Tode! ¿Cómo se te ocurrió meterla en este lío? Los hombres de Oliver están dispuestos a todo con tal de conseguir la fortuna de Maidenhall. Y tú dejas que Axia…

—Y yo... —intervino Berengaria.

Mientras tanto, Axia recorría el cuerpo de Jamie con las manos para comprobar si estaba herido. Jamie se estremeció al oír la voz de su hermana, y Axia percibió que lo invadía la rabia.

—La necesitábamos —explicó Axia, tratando de calmarle—. Ella puede ver donde nosotros no podemos.

—Ya me molesta que hayas expuesto la vida de mi mujer, pero mi hermana... ¡Tode, te consideraba una persona responsable! No deberías haber permitido que las mujeres corrieran semejante peligro... especialmente mi...

—¡Di! —protestó Berengaria—. Especialmente la inútil de tu hermana ciega. ¿No es eso lo que estás pensando?

—Te equivocas. Ninguno de vosotros debería estar aquí.

—¡Vinimos para salvarte, ingrato! —se indignó Axia—. Y para tu información, Berengaria no es ciega aquí abajo. Es capaz de oler el sol.

Jamie quedó perplejo unos instantes y finalmente dejó escapar una carcajada.

—Está bien. Tienes razón. Salgamos de aquí. —Para su sorpresa, ninguno de los tres lo siguió. Se volvió y añadió—: Nos buscan; tenemos que salir cuanto antes.

Axia se puso las manos en la cintura.

—Berengaria ve mejor que tú; la seguiremos a ella.

En ese momento Berengaria decidió que adoraba a su cuñada. Era la primera vez que alguien afirmaba que confiaba más en ella que en otra persona. A pesar de su ceguera, tenía el orgullo de los Montgomery.

—Venid, ¡es por aquí! —ordenó echando a andar en dirección opuesta a la que había tomado Jamie.

Jamie era lo bastante inteligente para saber que su hermana se desenvolvía mejor que él en la oscuridad, de modo que retrocedió y los siguió.

Berengaria los guió durante largo rato, hasta que llegaron a un lugar donde el techo se había derrumbado. Los cascotes cortaban el paso. Jamie y Tode se dispusieron a retirarlos para abrirse camino sin permitir que las mujeres les ayudaran.

—Jamie está más herido de lo que nos quiere hacer creer —susurró Berengaria mientras tomaba un trago de agua—. Está sangrando. Lo huelo.

Axia suspiró.

—Sí, lo noté al tocarlo. ¿Estás segura de que la salida está por aquí?

—Sí. Puedo…

—¡Berengaria! —exclamó Axia de pronto—. ¿Podrías oler el sol si fuera de noche?

Berengaria sonrió.

—No huelo el sol, sino el efecto que éste produce en la tierra. Gracias a él todo crece; puedo oler las plantas y el aire fresco. Está tan claro cuál es el camino, ¿no lo notas?

—En absoluto. ¿Sabrías volver al punto de partida?

—Por supuesto. Mi hermano Edward solía llevarme al bosque, muy lejos del castillo, y me dejaba allí para ver si encontraba el camino de vuelta. Decía que si los perros podían, yo también debía ser capaz. La primera vez que lo hizo decidí que me sentaría a esperar que alguien me encontrase, hasta que recordé que había fresas para cenar.

—No me digas que las oliste y por eso encontraste el camino.

Berengaria se echó a reír, y los dos hombres se volvieron. Ninguna de las dos quiso contarles de qué se reía Berengaria.

—No —contestó ésta—. Caminaba dando tumbos, pero confié en el instinto y funcionó; logré regresar.

Axia se disponía a formular otra pregunta cuando Jamie anunció que el camino estaba libre y podían continuar.

Al cabo de una hora llegaron a un punto en que unas raíces impedían el paso.

–Cortadlas; estamos a punto de salir –explicó Berengaria.

Tenía razón, pues al cabo de un rato Jamie anunció que veía luz.

Todos estaban encantados, excepto Berengaria, que sabía que tendría que abandonar su papel de líder en cuanto salieran de los túneles. En el exterior volvería a ser una carga.

Jamie utilizó la daga que guardaba en su bota para desbrozar el camino, pues la maleza era muy tupida. Finalmente asomó la cabeza y observó que se hallaban relativamente cerca de la casa de Henry Oliver. Al ver movimiento en el exterior, ordenó a los demás que permanecieran quietos donde estaban.

Inspeccionó el bosque. La pinaza que cubría el suelo amortiguaba sus pasos. La luz del día lo cegaba después de tantas horas en la oscuridad y tenía que cerrar los ojos de vez en cuando. De todos modos, estaba seguro de haber visto a alguien moverse.

De pronto saltó sobre el desconocido. Enseguida se percató de que el cuerpo que había apresado era el de un niño. Se alegró, porque no se sentía con fuerzas de luchar contra un adulto.

–¡Hola, hermano! –saludó Joby con una sonrisa en los labios–. ¿Estabas jugando al escondite?

Jamie la soltó aliviado, se sentó y se frotó los ojos. Hacía días que no comía y sólo bebía un poco de agua; además le dolía la espalda y había pasado toda la noche perdido en los túneles.

–Ven –dijo a su hermana–, será mejor que nos reunamos con los demás. –Se levantó con mucho esfuerzo y echó un vistazo a la bolsa que Joby llevaba en bandolera–. No tendrás comida, ¿verdad?

–Dos pollos, cuatro tartas de cereza y algunas zanahorias —contestó Joby al tiempo que tendía la bolsa a su hermano, que se precipitó sobre ella.

—Crudas, ¿verdad?

—Recién cogidas —afirmó. Le apenaba ver su aspecto, pero procuró disimularlo. Estaba sucio, con la ropa manchada de sangre seca.

—¿Y quién te enseñó a cazar pollos y robar tartas? —preguntó fingiendo estar enfadado. Miró la bolsa—. Espero que no hayas puesto juntos los pollos y las tartas.

—¿Qué es una tarta sin un pollo cerca? —Al ver la mirada de Jamie optó por cambiar de tema—. ¿Dónde has dejado a Berengaria y los otros dos?

Jamie se volvió de pronto, y Joby advirtió que se retorcía de dolor. Al cabo de unos minutos echaron a andar hacia la salida del túnel.

28

Cinco personas esperaban en el bosque a que cayera la noche. Era un atardecer frío y tranquilo. En dos ocasiones habían oído los caballos de los hombres que Oliver había mandado a buscarlos. Jamie sabía que sus primos no tardarían en llegar porque había logrado enviarles un mensaje al principio de su cautiverio.

Al ver sus heridas a la luz del día, todos habían decidido que Jamie necesitaba reposar un rato. Axia llevaba consigo un bálsamo para aliviar el dolor de los latigazos. Le había obligado a tenderse de bruces y permanecer quieto mientras ella le aplicaba el ungüento.

Ahora todos estaban más descansados, después de haber dormido prácticamente toda la tarde. No podían proseguir su huida hasta la noche y todavía quedaba un par de horas de luz. Axia temía que Jamie quisiese actuar como un héroe y capturar a Oliver él solo, sin ayuda de sus primos.

—¿Puedes oler algo? —preguntó a Berengaria con la

intención de distraerse y olvidar sus preocupaciones–.
¿Sabes que es un don muy valioso? Muchas veces he intentado elaborar perfumes como hacen los franceses.
No basta con secar unas violetas y destilarlas; lo he probado. Es preciso mezclar varias hierbas para conseguir
un determinado aroma.

–Por ejemplo, la hierba luisa huele más a limón que
el propio limón.

–Tienes razón. He realizado varios experimentos,
pero al cabo de un rato no podía distinguir el olor de las
rosas del de la ropa usada. Una persona con un olfato
tan fino como el tuyo podría ser de gran utilidad…

–Mi hermana es capaz de distinguir cien plantas dife-
rentes sin equivocarse –comentó Joby, que seguía dolida
por la traición de Berengaria. No entendía qué había sucedido en el túnel para que su hermana se mostrase tan
amable con Axia y riese todas sus gracias.

Axia empezó a coger plantas para que Berengaria las
oliera y descubrió que Joby tenía razón.

–Es increíble, de veras. ¡Podríamos hacer grandes
negocios juntas!

–Mi hermana no trabajará en un comercio; llamaría
demasiado la atención –sentenció Joby.

–¿Llamar la atención? ¡Ah, lo dices porque es muy
hermosa!

–No, ¡porque es ciega!

–Con una nariz como la suya, ¿a quién le importa
que no pueda ver?

–¿Cómo? –exclamó Joby.

Axia se arrepintió enseguida de sus palabras.

–Lo siento, no pretendía parecer irrespetuosa. Olvidé que era ciega, cometí un error.

Joby empezó a protestar de nuevo, pero Berengaria
la interrumpió:

–Desearía que todos olvidaseis que soy ciega. Me
gustaría poder dejar de ser una carga para esta familia.

–¿Carga? –preguntó Axia con una sonrisa en los labios–. Tienes mucho talento, y estoy segura de que podrías ayudarnos a ganar dinero. –Se levantó y observó que todos la miraban perplejos. Se dijo que era un buen momento para hablar de algo que les distrajera–. Con tu talento podríamos elaborar un maravilloso perfume. Le llamaríamos Elizabeth, y Jamie se lo mostraría a la reina. –Axia advirtió que su marido fruncía el entrecejo–. Como es tan apuesto, la convencería de que lo probase. Sería un perfume exclusivo para ella, nadie más podría usarlo. Lo produciríamos sólo para la reina, y ella pediría a sus pretendientes que le regalasen grandes frascos.

Tode sonreía discretamente, y Jamie empezaba a relajar la expresión de su rostro.

–Luego crearemos perfumes para las damas de la nobleza. Impondremos la moda de los perfumes personales, que hará furor en la corte.

Berengaria sonrió.

–Pediremos a Jamie que huela el cuello de todas las damas para saber quién usa jazmín, quién violeta…

A Joby le gustaba la idea, y empezó a sentirse más cómoda. Adoptando la expresión que Jamie ponía cuando estaba concentrado, comenzó a imitarle. Cogió la mano de una dama imaginaria y la olisqueó.

–Sí… –dijo pensativa–, es usted una belleza madura… la fragancia de almizcle le va de maravilla. Y usted… –prosiguió como si tomase otra mano– es tan dulce como el aroma de la violeta.

Joby soltó las manos imaginarias y de pronto se puso seria.

–Tenemos que elaborar una lista con todas las fragancias.

–Por supuesto –añadió Berengaria–. Y será mejor que decidamos a qué dama le conviene qué perfume antes de que Jamie vaya a la corte. Los hombres son un desastre a la hora de decidir cosas tan sutiles. Son capaces de vender un perfume de lirios a una condesa muy delicada y agua de rocío a una mujer corpulenta como un caballo.

—¿Tú qué opinas, Jamie? —inquirió Axia.

—Me alegro de que alguien haya recordado que existo. Habéis estado decidiendo por mí sin consultarme… y ahora alguien me concede el honor de formularme una pregunta. Así podré salvar mi orgullo herido. —Sonrió—. No pienso colaborar con vosotras en esta empresa. ¡Me niego a pasarme la vida besando las manos de las damas de la corte para decirles lo bien que huelen!

De pronto a Axia se le ocurrió una idea, y sonrió feliz.

—¡Eso es! Sin duda será mejor que trate con ellas una persona con un olfato muy fino.

—¿Yo? —inquirió Berengaria. Pensaba que se trataba de una broma—. ¿Yo en la corte?

Axia estaba entusiasmada.

—Te sentarás en una silla aterciopelada para atender a las damas. Te tenderán la mano y tú determinarás qué perfume es el más conveniente para ellas.

—Berengaria no puede… —protestó Jamie.

—¿Y los hombres? —interrumpió Joby—. Los hombres también querrán un perfume. ¿A qué crees que puede oler Richard? ¿A tierras y oro?

Berengaria sofocó una risilla.

—¿Cómo sería un perfume llamado Henry Oliver?

—Olería a sudor de caballo —apuntó Joby, provocando la hilaridad de Tode y las dos mujeres. Jamie sonrió tímidamente, lo que animó a Joby. Se puso en pie, echó los hombros hacia atrás y se colocó las manos en la cintura, con los pulgares hacia fuera, como si fuese un hombre prepotente. —¡Soy un hombre! —exclamó—. Y quiero algo realmente masculino. Algo que pueda usar un hombre de verdad.

Axia se acercó a su cuñada e hizo como si le tendiese una botella.

—¡Oh, gran héroe, aquí tengo el mejor aroma que se haya fabricado!

—¡No quiero flores! —exclamó Joby con voz grave—. He de proteger mis… partes nobles; ya sabe a qué me refiero, jovencita.

—Por supuesto, señor —contestó Axia, pestañeando coqueta—. Hemos usado ingredientes muy varoniles.

—¿No hay flores? —gruñó Joby.

—No, ninguna flor, señor. Bueno, tal vez una.

—¡No quiero flores! ¿Entiende, jovencita? ¡Soy un hombre y no quiero flores! Me voy.

—Pero, señor —llamó Axia, cuando Joby dio media vuelta y fingió marcharse—, se trata de la coliflor.

Todos rieron a mandíbula batiente, Jamie incluido. Joby regresó sobre sus pasos.

—¿Qué más lleva el perfume? —preguntó algo reticente.

—Trozos de sierra.

Al escuchar la respuesta de Axia, Joby estuvo a punto de perder los papeles y echar a reír como los demás. Estaba acostumbrada a protagonizar esa clase de parodias y hubo de reconocer que Axia lo hacía tan bien como ella.

—Sierras oxidadas, espadas rotas y hierbas cogidas en campos de batalla donde perecieron verdaderos héroes.

Joby no pudo reprimir una sonrisa.

—Por supuesto.

—Y como siempre, todo ello mezclado con estiércol de caballo.

—Perfecto.

—Pero… —Axia miró alrededor, como para asegurarse de que nadie la oía—. Para usted hemos incluido un ingrediente muy especial.

—¿De qué se trata?

—Mugre de pie. La extrajimos de debajo de la uña

del pie de un turco que no se había bañado en toda su vida.

—¡Me lo quedo! —exclamó Joby por encima de las carcajadas de los demás—. Le pagaré con seis castillos y ochenta hectáreas de tierra. ¿Bastará?

—Que sean cien hectáreas.

—De acuerdo.

—Entonces...

—¡Silencio! —ordenó Jamie. Se alejó de los demás y les hizo señales con la mano para indicarles que se tumbaran en el suelo mientras él trataba de averiguar qué ocurría. Tode puso el brazo sobre Berengaria en un gesto protector.

Al cabo de unos minutos Jamie se volvió hacia Axia y anunció con una sonrisa en los labios que se trataba de su prima.

—Reconocería el brillo de sus vestidos en cualquier lugar —explicó.

Axia alzó la mirada y quedó boquiabierta al ver que Frances caminaba como si estuviera dando un paseo. Se paró detrás del tronco caído junto al que se habían refugiado Tode y Berengaria.

En cuanto pudo reaccionar, Axia se levantó y corrió entusiasmada hacia su prima, pero al llegar frente a ella se detuvo vacilante. Frances tenía el mismo aspecto de siempre, como si nada le hubiese pasado, y sin embargo algo había cambiado en ella. Igual que Tode, pensó.

—¿Y bien? —preguntó Frances—. ¿No te alegras de verme?

A continuación abrió los brazos, y las dos jóvenes se fundieron en un afectuoso abrazo. En realidad Axia estaba sorprendida de lo mucho que se alegraba de ver a su prima.

Jamie no tardó en acercarse a Frances, dispuesto a interrogarla, pero la muchacha declaró que no tenía ganas de hablar, sino de comer. Jamie se quedó perplejo cuando Frances explicó que había escondido una bolsa llena de alimentos.

—Axia, no pongas esa cara —dijo entre risas en cuanto Jamie fue a buscar la bolsa en cuestión—. ¿Cómo crees que sobrevivió mi familia antes de tener acceso al dinero de los Maidenhall?

—No lo sé.

—Robando. A los cuatro años ya era una experta en el arte de robar en las cocinas ajenas y sustraer huevos antes de que las gallinas se diesen cuenta de que los habían puesto —informó. Luego se volvió y se acercó a los demás.

Axia observó a su prima. Hasta entonces Frances siempre había descrito a su familia como un grupo de gente maravillosa y amable. Aquella confesión resultaba de lo más asombrosa. Trató de recuperarse y se reunió con los demás.

Al cabo de una hora la comida estaba lista. Por primera vez Frances había ayudado a cocinar. Ahora todos estaban sentados en círculo en torno a ella, esperando que les contase detalles de su escapada.

Axia se sentía muy extraña. Las personas con quienes se había relacionado hasta entonces estaban cambiando. Su querido Tode, que solía mirarla con ternura, se había enamorado de Berengaria. La frágil Frances había logrado escapar sola de la torre de un castillo y había frito huevos y tocino en una hoguera como si lo hubiese hecho millones de veces, cuando en el pasado ni siquiera era capaz de atarse los cordones de los zapatos sin pedir ayuda.

—Cuéntanos —rogó Joby, tumbada en el suelo. Estaba tan fascinada con Frances que no acababa de entender que Jamie hubiese preferido a Axia. Pero Axia era divertida y... Bueno, tal vez no era tan mala como había pensado en un principio—. Explícanos cómo escapaste —insistió.

—Pinté puertas en las paredes —contestó Frances con una sonrisa en los labios. Observó a los demás, que la miraban expectantes, sin acabar de comprender.

Al cabo de un rato Tode echó a reír.

—Como Axia —comentó.

Frances se volvió hacia él, y Axia advirtió sorprendida que intercambiaban miradas de complicidad. Parecían compartir algún secreto.

Frances indicó a Tode que lo explicara a los demás.

—Se trata de un truco que Axia utilizó en una ocasión. Reclutó a todos los sirvientes de la casa y pasó toda una noche pintando puertas entreabiertas.

—Y algunas ventanas —añadió Frances.

—El cocinero bebía demasiado y casi enloqueció porque se pasó toda una semana chocando contra las paredes cada vez que intentaba cruzarlas —prosiguió Tode.

Axia había olvidado ese incidente por completo, pero de pronto recordó también la vez en que pintó margaritas en la habitación de Frances. Después del episodio de la capa de Jamie, esperaba que Tode y Frances no sacaran a relucir ese tema.

—Pero ¿cómo saliste? —preguntó con la intención de evitar que Tode y Frances comenzaran a relatar anécdotas de su infancia.

—Traté de pensar qué haría Axia en semejante situación y lo puse en práctica —explicó Frances con orgullo, sin dejar de mirar a Jamie—. Axia es una joven muy inteligente.

Axia quedó boquiabierta, asombrada de que le dedicara semejante alabanza.

—Será mejor que empiece por el principio —añadió Frances—. Al principio todo iba bien. Henry se mostraba muy amable conmigo porque sólo pretendía casarse con la hermana de Jamie. Aseguró que me liberaría en cuanto le concedieran la mano de Berengaria, pero su horrendo hermano llegó y dijo: «Henry, ¿has secuestrado a la heredera de Maidenhall y quieres cambiarla por una chica que es incapaz de arreglar el techo de su casa?» Convenció a Henry de que debía desposarse conmigo. Así pues, me encerraron en la torre del castillo, donde debía permanecer hasta que se hubiese pactado la boda.

Frances tomó aire y echó un vistazo a su público. Generalmente la vitalidad de Axia eclipsaba la belleza de Frances y restaba interés a cualquier historia que ésta narrase. Ahora, en cambio, todos estaban pendientes de sus palabras. Frances estaba segura de que nadie volvería a prestarle atención cuando se descubriera que ella no era la heredera de Maidenhall. Lo cierto era que, a pesar del secuestro y el cautiverio, a Frances le gustaba ser la heredera tanto como Axia lo odiaba.

Reanudó su relato.

—Yo quería que Henry se sintiese atraído por mí, de modo que le dije que yo había pintado el carro del dragón. Estaba tan asustada durante nuestro viaje… Cuando comprendí que ése no era el secuestro que Axia había planeado… —miró preocupada a su prima y luego a Jamie.

—Ya se lo he contado —aclaró Axia.

—Bueno —prosiguió Frances—, a Henry le pareció que yo era la mejor pintora del mundo. Yo esperaba que nunca me pidiese una demostración de mi arte. Así pues, una vez encerrada en la torre, pensé que no le extrañaría que le pidiera pinceles y pinturas, sobre todo teniendo en cuenta que estaba sola y asustada. Tode fue el único a quien permitieron visitarme, y sólo en dos ocasiones. De no haber sido por él… —se sonrojó.

Axia miró a Frances, Tode y Berengaria. Esta última parecía molesta.

—Llevaba días tratando de encontrar la forma de escapar, pero no se me ocurría nada. Henry me llevaba la comida, pues sabía que podía convencer a otro hombre de que me liberara, pero no a él. Es una persona muy tozuda; cuando quiere algo, no ceja hasta conseguirlo. –Hizo una pausa y sonrió–. Luego me pregunté qué haría Axia en mi lugar y recordé la anécdota de las puertas pintadas. Rogué a Henry que me facilitara más pinturas. Me pasé la noche trabajando. Pinté tres puertas y una ventana con un pájaro y todo. –Miró a Axia con los ojos brillantes de emoción–. A través de la ventana se veía un campo lleno de margaritas. Había visto a Axia pintar margaritas tantas veces que no me costó reproducirlas –explicó con tono jocoso. Axia enrojeció–. Luego pinté la verdadera puerta para que pareciese un trozo más de pared. Mis dibujos no eran excesivamente buenos, pero confiaba en engañar a Henry y escapar.

–Y lo lograste –intervino Jamie. Todos se volvieron hacia él–. Yo no me atrevía a huir por miedo a lo que pudieran hacer a Frances. Un día oí a unos guardas comentar su huida, pero al parecer se mantenía en secreto la forma en que había conseguido escapar. Utilicé mis dotes de persuasión para lograr que mi guardián me contase todo. Henry había abierto la puerta de la celda de Frances y la había encontrado dormida en la cama. Estaba tan inmóvil que decidió acercarse. Frances, que en realidad se había escondido detrás de la puerta, aprovechó el momento para marcharse y cerrar tras de sí. Oliver tardó horas en salir de la habitación. Chocaba al intentar abrir puertas y ventanas. Estaba tan maravillado que ni siquiera se preocupó por la fuga de Frances. –Jamie miró a Axia y le guiñó un ojo antes de agregar–: Juraba que era capaz de oler las margaritas.

Axia no sonrió, absorta como estaba en sus pensamientos. Estaba segura de que le habían azotado a causa de la fuga de Frances.

–Pero a su hermano no le gustó el truco –aventuró, acariciando el cabello de Jamie.

–Es cierto –concedió éste–. El hermano de Henry se enfadó mucho.

Se volvió hacia su esposa, tratando de expresar con la mirada todas las cosas que no había tenido ocasión de contarle todavía. En aquella prisión se había dado cuenta de que nunca le había dicho lo mucho que la amaba. No había dejado de pensar en ella ni un solo instante, en lo mucho que significaba para él. Por un lado tenía ganas de matarla por haber arriesgado su vida al intentar rescatarle; por otro la admiraba por su coraje.

Aquella noche podría volver a abrazarla. Recuperarían su intimidad y podría comunicarle sus sentimientos.

—Está oscureciendo; creo que es hora de que volvamos a casa —anunció Jamie poniéndose en pie.

Frances se levantó al instante y comenzó a recoger el campamento. Axia no podía dejar de mirarla. Frances no había movido un solo dedo durante todo el viaje y mientras vivía en la casa de los Maidenhall siempre se había comportado como si no supiese hacer nada.

—No lo entiendo —admitió Axia cuando pudo hablar a solas con su prima—. Frances, eres una de las personas más inútiles que conozco y, sin embargo, has logrado escapar de tus secuestradores, has buscado comida y has…

Se interrumpió al ver que su prima se echaba a reír.

—Axia, no soy una inútil.

—Pero…

Frances clavó la mirada en Axia.

—Fingía ser inútil para complacerte. Tú adoras a las personas indefensas.

—¿Yo? —replicó Axia entre enfadada e incrédula.

—Axia, temes que nadie te quiera por ti misma. Siempre piensas que la gente te aprecia por el dinero de tu padre. Cuando llegué a tu casa era sólo una niña, pero había padecido más que muchos adultos en toda su vida. Decidí que sería lo que tú quisieras para evitar que tu padre me mandase de vuelta con mi familia.

—¿Y crees que yo deseaba que te mostrases indefensa? —inquirió Axia con tono sarcástico.

—Así es, Axia. Necesitas sentirte útil. Consideras que, para demostrar que vales más que la fortuna de tu padre, has de desvivirte por los demás. Por favor, no me entiendas mal; eres una gran ayuda, pero haces que cuantos te rodean se vuelvan inútiles. Es tan fácil sentarse y dejar que tú te encargues de todo…

Axia estaba indignada.

—¿Y también es culpa mía que me hayas sacado dinero durante todos estos años? Nunca hacías nada por mí gratis.

—Es verdad —admitió Frances—. Y conservo cada penique que me has dado. Axia, tienes gran capacidad para ganar dinero. Estoy segura de que serás la esposa perfecta para Jamie. Además, serás de gran ayuda tanto para su hermana pequeña como para la mayor, que está ciega. —Sonrió—. Axia, conseguirás que sean ricos en menos que canta un gallo. Podrías convertir en oro el aire que respiras… igual que tu padre.

Axia quedó sin habla.

—Todo está cambiando —musitó—. Tú has cambiado. Tode ha cambiado.

—Así es —convino Frances. Al ver que Tode ayudaba a Berengaria a sacudir la hierba de su falda, murmuró—: Tode se humilló ante Oliver, contó chistes vulgares e hizo gestos obscenos. Era horrible oírle, y peor aún verlo. —Tomó aire como si tratase de calmarse—. Lo hizo por mí. Siempre había pensado que me odiaba o, cuando menos, que le resultaba indiferente, pero fue tan… —Lanzó una rápida mirada por encima del hombro y se interrumpió.

—Le veo distinto —comentó Axia—. No sé qué ha pasado, pero algo ha cambiado en su interior. —Miró a su prima—. Tú también eres otra. ¿Qué os ha hecho cambiar tanto a los dos?

—Axia —susurró Frances inquieta, cogiéndola del brazo—, tengo que decirte algo antes de que…

No pudo acabar la frase porque Joby se acercó corriendo a ellas. Jamie había oído caballos y la había mandado a investigar con la esperanza de que se tratase de sus primos ricos.

—¡Es Maidenhall en persona! —exclamó Joby feliz, moviendo los brazos sin parar—. ¡Viene a buscar a su hija!

Ni Axia ni Frances tuvieron tiempo de reaccionar. Cogidas de la mano, miraron en la dirección que Joby señalaba. Entre los árboles surgió la figura de un hombre a quien ninguna había visto antes pero a quien ambas conocían perfectamente. Axia solía pedir a todos los visitantes que acudían a su casa que describieran físicamente a su padre y gracias a ello se había formado una imagen que había dibujado en multitud de ocasiones. Incluso había pintado dos óleos.

No había duda; aquel hombre bajito y delgado, de cabello cano y largo hasta los hombros, que avanzaba hacia ellas vestido de negro, era Perkin Maidenhall, el comerciante más rico de Inglaterra.

Se acercó a Axia y dijo:

—Bien, hija mía, ¿qué puedes alegar en tu defensa? —Su mirada era fría, y su tono delataba rabia contenida.

29

Al ver que ni Frances ni Axia contestaban, Perkin Maidenhall ordenó:

—Ven, hija. —Le dio la espalda, dando a entender que esperaba que lo siguiese, y se dirigió hacia sus hombres, que habían rodeado el lugar.

—Creo que está en un error —comentó Jamie divertido al tiempo que asía a Axia del brazo—. Ésta no es su hija.

Maidenhall lo miró como si lo viese por primera vez. Era un hombre de baja estatura, ojos negros y brillantes.

Su mirada era tan penetrante que Jamie comprendió por qué se decía que nadie podía superarle a la hora de cerrar un negocio.

—¿Insinúa que no conozco a mi hija?

Jamie pasó un brazo por los hombros de Axia.

—Ésta es mi mujer.

Al oírle Maidenhall echó hacia atrás la cabeza y emitió un sonido grave y desagradable que sonó como la carcajada de alguien poco habituado a reír.

—¿Qué crees que has hecho? ¿Casarte con la heredera de Maidenhall? ¿Tú, un pobre noble sin tierras?

Instintivamente Jamie hizo ademán de desenfundar su espada, y al instante un ejército de unos trescientos hombres, a pie y a caballo, lo apuntaron con sus armas para disuadirlo.

—Por favor —rogó Axia tratando de que Jamie la soltara—, he de hablar con mi padre.

—¿Tu padre? —Jamie no daba crédito a sus oídos. De pronto la expresión de su rostro se endureció—. Entiendo. De modo que éste era tu gran secreto. ¿Temías que te cortejara para conseguir tu fortuna? ¿Tan pobre opinión tienes de mí?

Maidenhall habló antes de que Axia pudiera responder:

—¿Acaso no pretendía usted eso? Primero trató de seducir a su prima Frances, pero luego centró su atención en mi verdadera hija. —Miró a Axia—. ¿Alguna vez te has preguntado a qué se debía ese cambio? ¿Por qué iba a dejar de cortejar a una mujer tan hermosa como Frances para centrarse en alguien tan corriente como tú?

Perkin Maidenhall parecía haber leído el pensamiento de su hija.

—No sé qué insinúa, pero… —comenzó a protestar Jamie.

—Señor —interrumpió Maidenhall—, lo que digo es

que al descubrir que las dos primas habían intercambiado sus identidades decidió modificar su estrategia para
seducir a la verdadera heredera.

—No hice tal cosa… —exclamó Jamie. Miró a Axia a
los ojos y comprendió que la joven creía a su padre, o
por lo menos dudaba. Bajó los brazos y se dio por vencido, con el orgullo herido.

Axia intervino por primera vez:

—Quiero hablar con mi padre a solas.

—Bien —accedió Jamie dolido—. Eres la verdadera hija
del gran Maidenhall; habla con él.

—Jamie —dijo Axia poniendo una mano en su brazo,
pero él le dio la espalda. Así pues, la joven se alejó hacia
el bosque junto con su padre.

Perkin Maidenhall era bajo, de modo que sus ojos
quedaban a la altura de los de su hija.

—¿Qué quieres? —preguntó Axia con extrema crude-
za. Toda su vida había deseado conocer a su padre, y,
ahora que lo tenía a su lado, no veía en sus ojos más que
su obsesión por el dinero. Lo que decía Frances era verdad: su padre nunca se había molestado en conocerla
porque no había encontrado la forma de sacar dinero de
ella… hasta ese momento.

Maidenhall sonrió al oír el tono cortante de su hija.

—Me habían dicho que eras como yo. Veo que tenían
razón.

—No me insultes —replicó Axia—. Hablemos de dinero. ¿Cuánto hay en juego?

Maidenhall no dudó en contestar.

—Firmé un contrato con Bolingbrooke, y tú debes
cumplirlo.

—Ya no sirvo. Ya no soy virgen y no valgo el precio
estipulado.

—No hay problema, el hijo de Bolingbrooke es impotente. Si estás embarazada le cobraré más por darle un
heredero.

Axia quedó impresionada por la falta de humanidad de su padre.

—¿Cuál es el problema, hija? ¿Creías que lo que dicen de mí era falso? ¿Pensabas que era un hombre dulce, amante de los perros y los niños?

Axia esperaba que por lo menos sintiese ternura por ella, pero aquel hombre era incapaz de amar. No era fácil ver ojos tan duros e insensibles como los suyos.

Se irguió, orgullosa. Si quería ganar esa batalla tenía que usar sus propias armas.

—Estoy casada con él.

Maidenhall soltó una carcajada cínica.

—No me costó demasiado anular ese matrimonio. Te casaste sin mi consentimiento y mentiste acerca de tu identidad. —Sus ojos brillaban—. Si investigas, descubrirás que el registro parroquial en que figuraba tu matrimonio ha desaparecido misteriosamente y el cura que os desposó se ha trasladado a Francia. Creo que te costaría demostrar que estás casada.

Axia tardó unos segundos en recuperarse. Siempre había sabido negociar con todo el mundo, convencer a la gente. Sin embargo comprendía que su padre era la horma de su zapato; bastaba con mirarle a los ojos para intuir que era inflexible.

Tomó aire.

—¿Qué harás a Jamie si me niego a acompañarte?

Maidenhall rió de nuevo.

—¿Estás enamorada, hija? Pensaba que eras más inteligente. Alejé de ti a todos los que podías amar, excepto a un hombre deforme y una mujer tan bella como falta de caridad. —Miró a Axia de arriba abajo—. Me decepcionas. Te enamoras del primer joven apuesto que se cruza en tu camino. Me preguntaba si podrías resistirte a un rostro tan atractivo como el suyo. Es tan…

—Di lo que tengas que decir pero déjale en paz. No permitiré que hables de lo que no conoces.

Maidenhall la miró con desdén para darle a entender que despreciaba su debilidad.

—Le destrozaré. Quemaré su casa, y cuando acabe con su familia le parecerá que lo que antes consideraban ser pobres era vivir en la opulencia comparado con lo que les quedará.

Axia se llevó las manos a la cintura.

—Todo eso te costará mucho dinero. ¿Qué harás por él si voy contigo?

Axia creyó percibir un destello de emoción en los ojos de su padre, pero pensó que sin duda la vista la engañaba.

—Le devolveré todo lo que ha perdido.

—Es muy orgulloso, no aceptará caridad de nadie, y menos de ti.

—Lo haré de forma tan sutil que lo atribuirá a su buena fortuna. Alguien morirá y cederá sus tierras a los Montgomery. Cuando lleve el grano al molino, le devolverán más del que dejó. Sus ovejas se multiplicarán de manera sorprendente.

—Entiendo —dijo Axia. Miró a través de los árboles hacia donde se hallaban los demás. Todos los observaban. ¿Cómo iba a casarse Berengaria, la hermana ciega de Jamie, si no disponía de dote? Y Joby, que se comportaba como un hombre... necesitaría una dote enorme para que un varón consintiese en casarse con ella. Y qué decir de Tode y Frances. Tode estaba hablando con Jamie, que se encontraba de espaldas a ella, y Frances estaba sola, con una expresión de pavor en el rostro, esperando conocer la decisión de Axia, de la que dependía su propio futuro.

Axia sabía que no tenía elección. Si regresaba con Jamie, su padre lo arruinaría.

—Voy a despedirme —musitó.

—¿Le contarás que te sacrificas noblemente por él? —aventuró Maidenhall con tono cínico—. ¿Recurrirá a su espada para protegerte? Ojalá lo haga, pues así mis hombres podrían darle una paliza.

Axia comprendió que no podía explicar a Jamie la verdad. Tendría que volver a mentirle. Miró a su padre.

—¿Lo sabía? ¿Sabía que yo era la heredera?

—Se enteró en el castillo de Lachlan Teversham. Se lo dijo alguien que había trabajado en casa cuando eras más pequeña; por eso no le reconociste. —Arqueó una ceja—. ¿No fue allí donde Montgomery empezó a cortejarte?

—Estás muy bien enterado de todo —reprochó. Necesitaba tiempo para asimilar la noticia de que Jamie había descubierto quién era y por eso se había fijado en ella.

—La información ayuda a ganar dinero. ¿Sabías que esos dos demonios que llamas cuñadas planearon todo esto? Reunieron a los campesinos y recaudaron fondos para vestir elegantemente a tu amante con el fin de que conquistara a la heredera de Maidenhall. —Al advertir que su hija estaba al corriente de eso, esgrimió un nuevo argumento—: Ellas pagaron a Oliver para que te secuestrara.

—¿A mí? —preguntó con una media sonrisa—. Creo que te equivocas. Oliver quería secuestrar a la heredera.

—No, tenía que secuestrarte a ti para separarte de Jamie y dejarle a solas con Frances. Al parecer con frecuencia te mencionaba en sus cartas, y temían que tratases de seducirle e impidieses que se casara con la heredera. —Al ver que Axia no le creía, añadió—: No te recibieron demasiado bien, ¿verdad?

Axia no contestó. Observó a Jamie, que seguía de espaldas a ella, con un pie apoyado sobre un tronco caído. No necesitaba ver sus manos para saber que estaba jugando con su daga. Era un gesto mecánico que realizaba cuando se sumía en sus pensamientos. No le culpaba por haberla engañado y haber ocultado que conocía su verdadera identidad. Quería a su familia, que había depositado todas sus esperanzas en él. Pensaba casarse con Frances, pero al enterarse… cambió de planes.

Axia no se molestó en decir nada más a su padre. Avanzó sobre el manto de pinaza que cubría el bosque hasta llegar a donde se encontraba Jamie. Se percató de que todos la miraban. Se preguntaba si las hermanas habrían pagado realmente a Oliver por secuestrarla. ¿Acaso consideraban que un rapto era una pequeña travesura sin importancia? Frances podía haber resultado herida, incluso podía haber muerto, y a Jamie le habían destrozado la espalda a base de latigazos.

Todo por dinero y por orgullo, se dijo. Tienen familiares ricos a quienes acudir, pero por no bajar la cabeza prefieren poner en peligro la vida de una mujer. Todo por lograr el oro de Maidenhall.

Y Jamie había estado de acuerdo en todo.

Sabía que la había oído acercarse y no pensaba volverse, y no la miraría a menos que ella se pusiera delante.

—Te has burlado de mí —declaró con la vista perdida en el horizonte—. Pobre Jamie, tan ingenuo. ¡Frances y tú debéis haberos divertido mucho a mi costa! Desde el primer día en que te confundí con tu prima hasta la mañana en que me aseguré que no podías venir con nosotros. Ahora lo entiendo todo. *Carpe diem.* Supongo que lo necesitarás cuando te cases con tu rico prometido. —Jamie la miró por fin. Sus ojos eran más fríos aún que los de su padre—. Tode dice que tu prometido es impotente. ¿Hiciste todo esto para tener el hijo que él no puede darte?

A pesar de lo mucho que le dolían sus palabra, Axia sentía deseos de abrazarle y decirle que lo amaba, que entendía lo que había hecho y por qué. Pero ¿qué pasaría si la creía, si la perdonaba? Imaginó a Jamie empuñando la espada contra los hombres de su padre. Moriría desangrado, afirmando: «Sólo eran trescientos…»

—Así es —afirmó—. Te advertí que nuestro matrimonio

no duraría mucho. Mi padre ha destruido las pruebas. Voy a ir con él.

Por unos segundos le pareció que Jamie iba a implorarle que se quedara. En cambio endureció aún más la mirada y dijo:

—Espero que no hagas esto por mí.

Axia sabía que bastaría con que se lo pidiese para que Jamie luchara por ella hasta la muerte.

Fingiendo indiferencia, echó la cabeza hacia atrás y soltó una carcajada.

—¡Jamie! ¡Qué ingenuo eres! ¿Crees que renunciaría a la fortuna de Maidenhall para seguir casada con un conde venido a menos? ¡Fíjate en ti! ¿Qué tienes que yo pudiese necesitar? Sólo te preocupa cuidar de tu familia. Tienes una madre loca, una hermana ciega y otra que no sabe si es un chico o una chica. ¿Crees que alguna mujer sensata desearía algo así? Sólo buscaba a alguien con quien entretener el tiempo hasta que mi padre viniese a buscarme.

—Entiendo —repuso Jamie—. Ahora lo veo claro. Supongo que todo lo que te he dicho estando a solas contigo te habrá resultado muy gracioso.

—No creas que lo olvido fácilmente. Ahora disculpa, pero mi padre me espera. —Se recogió un poco la falda y se alejó—. ¡Tode, ven! —ordenó al pasar a su lado.

Tode no obedeció y continuó sosteniendo la mano de Berengaria entre las suyas.

—Yo me quedo —respondió.

Axia sabía que si se paraba a pensar se derrumbaría. Al parecer estaba condenada a perderlo todo en un día. Miró a Frances y arqueó una ceja interrogante.

Frances le tendió su mano, y las dos jóvenes echaron a andar sin mirar atrás hacia donde Perkin Maidenhall las esperaba con dos caballos ensillados.

30

Faltaba un día para la boda de Axia.

No pretendía sentirse feliz ante la llegada de ese momento porque estaba segura de que sería el día más aciago de su vida. Bueno, el más aciago ya había pasado, tres meses atrás, cuando vio a Jamie por última vez. Aquél había sido el peor día de su vida, sin duda.

Había intentado escribirle en varias ocasiones, explicarle por qué había actuado como lo había hecho… pero temía lo que pudiera ocurrir si trataba de ponerse en contacto con él. Si Jamie la creía, si se convencía de que lo amaba y que el intercambio de identidad había sido un simple juego…

Se llevó la mano al estómago y vomitó por enésima vez aquel día. Tal vez había intuido que estaba embarazada en el momento en que se separó de Jamie. Tal vez sintió que debía proteger al niño y al padre.

Perkin Maidenhall había aplazado la boda hasta asegurarse de que su hija estaba embarazada. Después había pedido más dinero para dar el consentimiento. Vende a su propio nieto, pensó Axia. Pero a decir verdad, desde el momento en que se vio obligada a abandonar a Jamie, ya nada le afectaba.

La mujer que su padre había contratado para cuidar de ella había afirmado que viviría como una reina. Ya no tendría que economizar ni ahorrar ni pensar en elaborar perfumes. Tendría criados que intuirían todos sus deseos. Gente que la ayudaría a vestirse, a desvestirse, que cocinaría para ella. Axia solía preguntar si también masticarían por ella, pero nunca recibía respuesta. Al parecer la meta de la mayoría de las personas era no hacer nada. A nadie le entraba en la cabeza que una mujer rica soñase con volver a vender telas en un carro.

Axia procuraba huir de los recuerdos, se negaba a pensar y sentir. Le habían explicado que la separarían de su hijo porque Londres no era un lugar adecuado para criar a un niño.

Ella solía alegar que nada la obligaba a residir en Londres, pero nadie parecía entender su rabia ni apreciar su sarcasmo.

Sentía rabia a diario. ¿Por qué no había creído en ella Jamie? ¿Por qué pensaba tan mal de ella? ¿Realmente sabía quién era antes de casarse? ¿La había cortejado por su dinero? Su padre afirmaba que nunca la hubiese amado por sí misma.

—Es hora de acostarse —comentó una bonita mujer. Las doncellas que su padre contrataba siempre eran bonitas, no tan hermosas como Frances, pero sí más que Axia.

Suspiró y levantó los brazos para que la mujer le desabrochase el vestido de satén; le quedaba tan ajustado que limitaba considerablemente sus movimientos. El traje de novia estaba colgado de un gancho, en la pared; tenía tantos encajes y bordados en hilo de oro que dudaba de que pudiera caminar con él puesto.

Al día siguiente conocería al hombre con el que contraería matrimonio. En todos aquellos meses ni él ni su padre habían mostrado el más mínimo interés por conocerla. Querían el dinero de Maidenhall, ella no importaba.

Axia se puso el camisón y se metió en la cama. La noche era el único momento en que podía disfrutar de un poco de intimidad. Eran los momentos que solía aprovechar para llorar.

Pero esa noche no quería llorar. Al apagarse las velas de la habitación sus ojos estaban secos, y sólo pensaba en una cosa: Jamie. Jamie, ¿me has olvidado? Jamie, ¿dónde estás? Jamie, ¿piensas alguna vez en mí? ¿Me echas de menos como yo a ti? Jamie, ¿me quisiste alguna vez?

Tardó mucho en dormirse y cuando lo hizo no descansó. Daba vueltas en la cama, le parecía oír ruidos, se levantaba, volvía a dormirse, soñaba con que la perseguían. Despertó asustada. Alguien estaba encima de ella y le tapaba la boca con una mano. No lograba ver de quién se trataba.

De pronto se dio cuenta de que era Jamie y temió por su vida. Si su padre le sorprendía allí, le mataría.

—No digas nada —murmuró él.

Axia vio que sangraba y que su ropa estaba desgarrada. Se preguntó qué le había sucedido.

—He ido a Francia y he encontrado al cura que nos casó —susurró—. También he localizado a los testigos y el registro parroquial perdido. Si lo deseas puedo demostrar que estamos casados. —Dudó—. Pero sólo si lo deseas. Si quieres unirte a Bolingbrooke…

Axia logró liberar los brazos y le rodeó con ellos el cuello al tiempo que le besaba en los labios.

—No tenemos tiempo para esto —murmuró Jamie sin intentar apartarse de ella.

Finalmente Axia habló:

—No puedo ir contigo. Mi padre…

—¡Al demonio con tu padre! —exclamó Jamie.

Axia le tapó la boca y miró preocupada hacia la puerta. Jamie retiró su mano y empezó a besarla.

—Mi padre me desheredará —explicó Axia—. Me dejará sin nada y a ti te castigará de forma horrible. No le conoces.

—Sé que es inmensamente rico, pero no es un rey ni tiene derecho a decidir sobre la vida de los demás, Axia. Te quiero a ti, no a tu dinero.

Axia parpadeó perpleja.

—Pero… ¿qué hay de las necesidades de tu familia?

—Ahora vivimos con mis primos ricos.

—¡Jamie! Tú no querías eso. No te gusta vivir de la caridad de nadie.

Jamie la besó con ternura.

—Haría lo que fuera por estar contigo. Te quiero más que a mi orgullo.

Axia tardó unos minutos en entender lo que eso implicaba. Se daba cuenta de que era sumamente romántico, pero muy poco práctico.

—Tus hermanas me odian. Ellas…

Jamie la besó en los labios para acallarla.

—Están enfadadas conmigo. Todo el mundo te echa mucho de menos.

Axia se mostró bastante escéptica porque no había olvidado que Joby y Berengaria habían planeado su secuestro.

Al ver la expresión de su rostro Jamie sonrió.

—Han pasado muchas cosas durante estos meses que hemos estado separados. Tode y Berengaria están enamorados y desean casarse. Berengaria afirma que es el hombre más apuesto que ha conocido jamás. Está tratando de elaborar perfumes, pero asegura que necesita tu ayuda.

Advirtió que los ojos de Axia destellaban al oír el verbo «necesitar» y comprendió que podría convencerla.

—Joby no me quiere —argumentó.

—Joby está muy triste, aunque no tanto como yo, por supuesto. Dice que tú me amabas tanto que estabas dispuesta a perder la fortuna de Maidenhall por mí y que ella nunca podría amar tanto a un hombre. ¿Es cierto? ¿Me amas hasta ese punto?

Axia tomó aire.

—Más si cabe. Te amo… —Negó con la cabeza y lo apartó de sí—. No, no… no funcionaría. Mi padre te arruinaría. Él…

—Sí, lo sé. Pero ni siquiera tu padre puede vencer a todo el clan de los Montgomery. Si es preciso viviremos en Escocia, donde mi familia tiene posesiones que ni siquiera Dios sería capaz de encontrar. Por supuesto, todo depende de ti, mi amor. Basta con que quieras seguirme.

Axia lo miró y le acarició la mejilla.

—Te seguiré hasta el fin del mundo.

—¿Aunque sea pobre? —preguntó.

—Lo que me has dado es mejor que el dinero —contestó refiriéndose al niño que llevaba en su vientre. No quería comunicarle la noticia de momento. Ya habría ocasión más adelante.

Se besaron una vez más, y cuando se separaron Axia le preguntó cómo había logrado llegar hasta su habitación. Su padre había apostado guardias en todas las puertas.

—Ven —dijo sacándola de la cama. La llevó en brazos hasta la ventana, desde donde la joven divisó un verdadero ejército de hombres montados a caballo.

—¿Quiénes son? —inquirió Axia casi sin voz.

—Son los Montgomery de Inglaterra, Escocia, Irlanda y Francia. Podría haber traído más, pero los de América no llegaron a tiempo.

—Jamie —susurró—, ¿has hecho todo esto por mí?

—Esto y mucho más. Axia, te amo con toda el alma. Te quiero más que al dinero, más que a mí mismo. —Hizo una pausa para besarla—. ¿Vendrás conmigo ahora... como mi esposa?

—Sí. Iré contigo a donde quieras, esposo mío.

EPÍLOGO

—¿Qué es esto? —preguntó Axia soñolienta.

Estaba en su último mes de embarazo y lo único que le apetecía era dormir. Tras muchas discusiones, había logrado convencer a Jamie de que lo mejor era que vivieran en las remotas montañas de Escocia, donde nadie podría encontrarlos. Al principio él se había opuesto, pero al saber que Axia se hallaba encinta estuvo de acuerdo en que lo importante era que se sintiese segura. Y lo principal era ponerse a salvo de su padre. Al parecer Axia pensaba que era tan poderoso y cruel que nadie podría vencerle.

—Han llegado varias cartas —comentó Jamie mostrándole la bolsa de cuero que alguien había portado de más allá de las montañas. Desde su exilio voluntario no mantenían contacto con el mundo exterior. Axia lo prefería porque no quería que le dijesen que su padre la buscaba por toda Inglaterra ni que Jamie amenazase con aniquilar a los ejércitos que mandara para recuperarla. Tampoco deseaba saber si su padre había ofrecido una recompensa por la cabeza de Jamie.

—Axia, no es bueno para el niño que estés tan asustada —afirmó Jamie pacientemente.

Axia se sentó con dificultad.

—Si pueden mandarnos cartas, pueden localizarnos.

Jamie sabía a quién se refería. Se sentó en la cama y suspiró.

—Estas cartas llegaron a casa de mi tío, y él ha enviado un mensajero hasta aquí.

—Seguro que alguien lo siguió.

—Sí —asintió Jamie sarcástico—. Y seguro que le encontrarán muerto al amanecer. ¡No me mires así! Era una broma. —Desató la cuerda de la bolsa y vació su contenido sobre la cama. Había dos cartas. Axia se sobresaltó al reconocer la letra de su padre en una de ellas.

—¡Nos ha encontrado! —exclamó presa del pánico.

—No, esta carta nos la ha remitido mi tío. Axia, no te escondas debajo de las sábanas. Hemos de leerla.

—Seguro que nos amenaza de muerte…

—Ésta es de Frances —comentó Jamie enseñándole la segunda misiva.

Axia enmudeció. No tenía noticias de Frances desde el día en que su padre las separó. Había preguntado por ella muchas veces, pero nadie había sabido darle razón.

—¿Cuál prefieres leer primero? —preguntó Jamie, que tenía las dos cartas en la mano.

—La de Frances —contestó Axia, que deseaba posponer el mal trago.

Jamie sonrió y abrió la carta de Frances. Empezó a leerla en silencio, y enseguida le cambió la expresión de la cara.

—¡Madre mía! —exclamó con los ojos abiertos de par en par.

Axia le arrebató el papel y comenzó a leer en voz alta.

Querida prima:

Sé que siempre me consideraste un ser indefenso y estúpido, pero quiero que sepas que he aprendido mucho de ti. Después de que te marcharas con Jamie, tu padre me visitó y me explicó lo que había sucedido. ¡Sí, te lo prometo! Vino en persona a contármelo. No estaba enfadado, más bien triste, muy triste, y supuse que era porque le dolía tener que deshacer su acuerdo con Bolingbrooke, pues, como ya sabes, tiene fama de cumplir siempre su palabra.

Axia, no sé de dónde saqué fuerzas para hacer lo que hice; el caso es que le propuse un trato. Como Bolingbrooke no te conocía, no se sorprendería al verme a mí en el altar.

Axia miró a Jamie con expresión asombrada y continuó leyendo:

De modo que me casé con Gregory Bolingbrooke y todo el mundo piensa que soy la heredera de Maidenhall. Supongo que no te importará porque sé cuánto odias ese título. En cambio, a mí me encanta. ¡Todos me colman de atenciones y visto ropa espléndida! Tu padre me ha entregado mucho dinero, de modo que soy inmensamente rica, tanto que nadie se dará cuenta de que no poseo toda la fortuna de Maidenhall.

Axia, sé que, como siempre, pensarás que soy una estúpida, pero necesito confesarte algo. Te ruego que quemes esta carta después de leerla. Si lo que voy a contarte saliese a la luz, sería mi ruina.

Axia, estoy embarazada de Tode. Vamos a tener un hijo.

Axia quedó tan impresionada que se le cayó el papel de la mano. Jamie tuvo que recogerlo y seguir leyendo:

No se lo digas jamás a Berengaria, que ahora es la esposa de Tode. Estoy segura de que Jamie lo entenderá; él sabe cuán terribles fueron aquellos días

de encierro. Tode se portó tan bien conmigo, Axia,
tan bien…

—Es lo mínimo que puede decirse —comentó Jamie.
Axia le arrebató la carta y prosiguió la lectura:

Axia, ¿no te parece una ironía que el hijo de Tode
vaya a heredar la fortuna de los Maidenhall? Por desgracia, es una ironía que no puedo compartir con casi
nadie.

Nunca te he agradecido todo lo que hiciste por
mí. No pienso hacerlo ahora. Tienes que venir con
Jamie y pasar unos días con Gregory y conmigo. Entonces te daré las gracias. Por cierto, me llevo muy
bien con mi marido. Nunca me pone la mano encima, pero le satisface la idea de tener un niño. Jamás
me ha preguntado quién es el padre. Mi suegro tampoco.

Da recuerdos a Jamie y dile que me alegro mucho
de que no se casara conmigo.

Tu prima que te quiere,

FRANCES.

Axia se recostó contra la almohada.
—Es lo más extraño que he oído en mi vida. ¡Tode y
Frances! Y mientras ellos hacían eso, yo estaba preocu-
pada por su cautiverio…
—Si dices algo más pensaré que estás celosa. Ahora ha
llegado el momento de leer la otra carta.
—No —protestó Axia.
Haciendo caso omiso de sus palabras, rompió el se-
llo y empezó a leer en voz alta:

Querida hija:
Como sabes, me precio de ser la persona que más
entiende de negocios de toda Inglaterra. Sé cómo es-

coger una mercancía y distinguir una buena tela de una mala. Sé qué pieles, alimentos, tierras o barcos merecen la pena.

Y sé cuándo un hombre es de buena cepa.

Piensas que no te quiero porque nunca te visité. Sin embargo, eres lo único que he amado en mi vida. Te encerré para protegerte, para mantenerte a salvo. Si hubieses vivido rodeada de gente, el dinero habría corrompido tu espíritu. Te di algo que no se puede comprar: la libertad de ser una persona en lugar de un montón de bolsas de oro.

Y sí, escogí un marido para ti. Igual que quien elige un purasangre para el mejor jinete del mundo. Busqué mucho hasta dar con James Montgomery. Conocía su fama de persona honesta, valerosa y preocupada por el bienestar de los demás. No había caballero mejor que él.

Pero, como hombre de negocios que soy, no podía fiarme de la opinión de otros. Así pues, lo coloqué en un difícil dilema: amor o dinero.

Sé que crees que no te conozco, pero hacía años que estaba al corriente de tus escapadas. Mis espías, como tú los llamabas, me informaban puntualmente. Sí, cada vez que alguien se acercaba demasiado a ti por tu dinero, yo lo apartaba de tu lado. Los únicos que superaron la prueba fueron Tode y Frances. Tode te quería, tuvieses o no dinero, y Frances era de toda confianza, como creo que ha demostrado recientemente.

Te di un buen hombre, tu joven y querido Jamie. Y luego le puse a prueba para que demostrara que realmente te amaba. Estoy seguro de que, si le hubiera propuesto que se casara con la heredera de Maidenhall, habría aceptado, pero tú, querida hija, te habrías pasado la vida dudando de su amor. Y nada de lo que hubiese hecho te hubiera convencido de que su cariño era verdadero. Yo sabía que te querría, ¿cómo podría no quererte? Cada joven que te conocía deseaba casarse contigo, ¿lo sabías? Supongo que no. Yo rechazaba todas las proposiciones. Cuando insistían les explicaba que, si contraías matrimonio contra mi voluntad, te desheredaría; después de eso ninguno volvía.

Salvo Jamie. Luchó contra toda clase de obstáculos por ti, incluso contra dragones, ¿no es cierto?

Ahora puedes estar segura de que te quiere. A ti, no tu dinero.

No te he desheredado. Todo será tuyo algún día, excepto la parte que he destinado a Frances. Ahora mismo cuentas con una gran suma. Puedes disponer de todo el dinero que precises; me gusta compartirlo. Supongo que en eso me parezco a mi hija.

Os deseo toda la felicidad del mundo. Sé que así será porque estás con un buen hombre. Como ya he dicho, sé juzgar las cualidades humanas.

Os mando todo mi amor, querida hija. Todo mi dinero y todo mi amor.

Tu padre que te quiere,

PERKIN MAIDENHALL.

Jamie vio que Axia estaba llorando.

—Pensé que esta carta te haría feliz —comentó con ternura. Se sentía un tanto molesto al enterarse de que Maidenhall lo había puesto a prueba. Abrazó a Axia, notó su vientre contra su cuerpo y se dijo que no le importaba cómo había llegado a conocerla y enamorarse. Sólo le importaba que ahora Axia era suya y que por fin eran libres.

—Soy la persona más feliz de la tierra —afirmó Axia, todavía con lágrimas en los ojos—, la más feliz.

—La segunda; la primera soy yo —susurró Jamie mientras besaba su cabello—. La segunda después de mí.

ESTE LIBRO HA SIDO IMPRESO
EN LOS TALLERES DE
LITOGRAFIA ROSÉS, S. A.
PROGRÉS, 54-60. GAVÀ (BARCELONA)